髪の長い女奴隷が、
顔をあげて、気づかれないよう
一瞬だけペレウスに視線をおくり、
片目でぱちりと瞬きしてみせた。

柔らかくもりあがる砂丘を、
ラクダと馬が越えていく。
「ペレウス、あれを見るがいい。

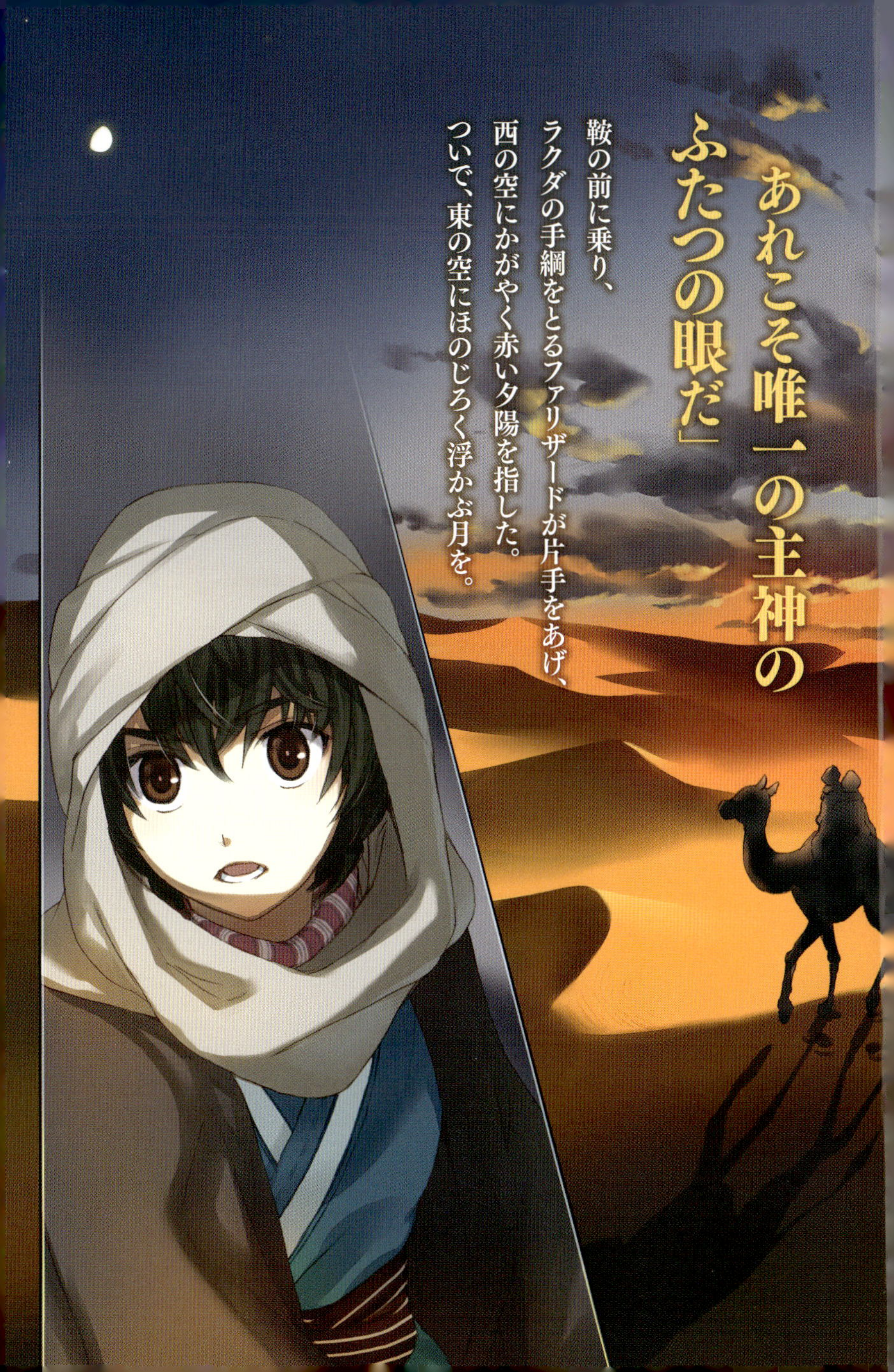
あれこそ唯一の主神の
ふたつの眼だ」
鞍の前に乗り、
ラクダの手綱をとるファリザードが片手をあげ、
西の空にかがやく赤い夕陽を指した。
ついで、東の空にほのじろく浮かぶ月を。

彼女が示した地面の一部分が、
鮮やかな赤や黄色に染まっていた。

「蝶の……群れ？」

（すごい、何百匹いるんだろう）

ペレウスはこの奇観にすっかり感じ入った。

# ジンニスタン

砂漠と海の物語

1

二宮酒匂

口絵・本文イラスト　中島　鯛

# Contents

# プロローグ

砂漠を灼く太陽の下、ペレウスはファリザードの馬の鞍のうしろに乗っている。

ペレウスは十二歳、少女のような顔立ちの少年である。ゆるく波打つ黒い髪の毛、黒い瞳。細く小柄な体格。かれは手綱をさばくファリザードの腰につかまりながら、ちらと後ろを見て警告した。

「追っ手との距離が縮まってる！」

ふたつの騎影が近づいていきていた。追っ手の賊はあきらかに、戦闘用に調教されたヒトコブラクダに乗っていた。わかってるっ、と馬を駆る可憐な少女――ファリザードが叫び返す。

（もどかしい。敵はラクダでこっちは馬なのに、追いつかれそうだなんて）

ペレウスは剣の師であるあの十字軍騎士に教わっていた。通常、戦闘や競走に使われる騎獣としては、ラクダは馬に劣る。疲れていないうちは馬のほうが三倍も走るのが速いからだ、と。

現にペレウスたちの乗る馬も、最初のうちは襲撃者たちのラクダを引き離していた。ここが足場の固い礫《れき》砂漠や岩砂漠なら、足跡の残りにくさもあって逃げ切れていただろう。

だが現在かれらが追われている場所の地面は、見わたすかぎり砂、砂、砂だ。一歩ごとに馬のひづめが沈んでしまう柔らかい砂地で、そして水の補給もない長距離の疾駆となると……それが砂地に適したラクダという獣が、競走において馬を打ち負かすことができる条件だった。

「なんでわたしにはジンの妖印《ようい》がまだ浮いていないんだ」長い耳をぷるぷると動かし、ファリザードが思いつめた声を出した。「わたしに力のある妖印《ようい ん》さえ浮いていれば、ふたりくらいの追っ手はすぐにでもしりぞけられるものを……」

ペレウスは彼女の愚痴を聞きながら、ぎりっと奥歯を噛み締めた。

(こんなところでファリザードを死なせるわけにはいかない)

ペレウスはなんとしてでも彼女を生かさねばならなかった。この敵国の、人ではない少女を。

ファリザードの父親のために。

長く続いている戦争を止めてくれそうなジンのために。

めぐりめぐって、それはかれの故国と人族を利するのだ。

# 第一部　薔薇の姫君ファリザード

かれらは残忍であり、かれらは狡知《こうち》に長ける。

かれらは傲慢であり、かれらは意地が悪い。

かれらは恨みぶかく、かれらは忘れない。


それらの風聞は真実であっても、真実のすべてではない。

かれらは強く憎悪する一方、愛するときも深く愛する——種族の特性であり、その情愛はきわめて濃い。

褐色の肌と優美な容貌、それに魔法の技術と長い寿命をもつ種族である。


——古代ファールス末期の人族の賢者、イブン・アリー著『ジン族の生態』より抜粋。

——かれはジン族による新ファールス帝国が建国されたとき、ジンを分析したこの書を記したかどで〈剣〉《アッシャムシール》に殺された。

## 姫君と使節たち

その赤煉瓦づくりの城館は、砂漠のなかの都市イスファハーンの中心に位置していた。

鹿や鳥が放された広大な中庭には、なつめ椰子《やし》やイチジク、檸檬《レモン》にオレンジの木、薔薇や水仙やチューリップやキンポウゲが満ちあふれている。眺めは美妙にして目を楽しませ、樹花の香気は鼻を甘くくすぐる。訪れる者はこの麗しい庭に見とれて飽かず立ちつくすことだろう。

ただし、炒《い》りつけるように暑い午後の日差しのなかでなければだが。

「なんの用だか知らないがさっさと終わらせてくれ、ファリザード」

ペレウスは周りに聞こえないようにつぶやく。

王子ペレウスはうんざりしきっていた。美少年といっていい繊細な顔の造りに似合わず、かれはいつも強情そうなしかめ面であごを食いしばっている。このときは特にそうで、ほとんど歯ぎしりが漏れ聞こえそうなほどであった。

汗が目に入りかけ、かれはひたいを短衣《テユニク》の袖でぬぐった。

(ファールス帝国の内陸部では、陽光さえも意地悪い。ファリザードには負けるけど)

いや、客観的には、イスファハーンは美しい。砂漠をつらぬくザーヤンデ川の河畔に建設され、中継貿易で栄えて人口は三十万をかぞえる。都市をかこむ城壁は高く、玉ねぎ形のドームを持つモスクや塔は壮麗。富強を誇るファールス帝国においても有数の、商業と文化を爛熟させた大都市だ。

だがペレウスにとっては、この都市は蛇の巣も同様だった。この一年、不快な日々を強いられてきたのだ。故郷ヘラスからの少年使節団のひとりとして、イスファハーンに送り込まれてからずっと。

かれと同格の使節である、周囲のほかのヘラス人《ヘレネス》少年たちも、この酷暑でいらだちをかろうじておし殺す表情になっている。もっともかれらの顔には、同じくらい恐怖の色も濃かったけれども。ヘラス諸都市からひとりずつ帝国へ預けられた賓客――じつは和平交渉のあいだの人質――であるヘラス人有力者の子たちは、冷や汗と暑さによる汗の双方をかきながら庭に立たされていた。

かれらの前では、ファリザードが大胆にさらした肌に香油を塗らせている。そのジン族の少女は、木陰にひんやりした大理石の寝台を運ばせて、小さな身にまとっていた透けるような薄物を脱ぎ、うつぶせに寝そべっているのだった。

妖王女《ビント・マーリド》ファリザードはペレウスと同年齢の十二歳。妖王《マーリド》の位をもつ大領主イスファハーン公の娘である。この城館は、帝国五公家のひとつであるイスファハーン公家のものなのであった。

「最近」

女奴隷に按摩をほどこさせながら、ジン族の姫はとうとう口を開いた。

「ヘラス側の傭兵たちが、この一帯を荒らしまわっている。わが帝国とは休戦中じゃなかったのか？」

人族のどんな赤子よりもなめらかな褐色の肌が、香料入りのオリーブ油を塗られ、光沢をまとってつやめいている。その一方で、庭に立たされている少年使節たちをみまわす金色の瞳は辛辣な光をうかべ……花弁のような唇からでる言葉は毒をふくんでいた。

「おまえたちヘラス人というのが救えない愚者であると、また証明されたな。あと何人殺されたら気が済むのだろうね。千人？　一万人？　それともヘラスの都市国家のどこかひとつ、皆殺しにしてみせなきゃだめなのか？」

ファリザードはもたげた頭を呆れたようにふった。蜂蜜《はちみつ》色の短めの髪がさらさらと揺れる。少年たちを見下すいつもの口ぶりに、この日は怒りの気配が混じっていた。

「まったく、休戦協定をそちらから破るなんて。弱者の行動としては、身の程知らずの愚行だぞ。それとももしかして、西方住まいのアーダム《人族》の子らは、この戦争をつづけて帝国に対して勝ち目があると思っているのか？」

嫌味を浴び、ペレウスは気づかれないように拳をにぎりしめる。

（ヘラスはきっと最後には勝つ。昔の第一次ファールス戦争でも第二次ファールス戦争でも、自由の土地が帝国を打ち負かしたじゃないか。父上や叔父上がかならずおまえらみんな殺してくれる）

だが、そう考えたとき、父王の声が耳奥によみがえってきた。あの勇敢な父王が苦渋の面持ちでぽつぽつ語った話が。

――ペレウス。飾らず言おう。第三次ファールス戦争の和平交渉のあいだ、おまえは人質として帝国に送られる。こちらから講和を打診したのだから、帝国側のこの要求はもっともだ。

――講和は絶対に必要だ。ヘラスがファールス帝国に、最終的に勝てる見込みはない。この事実を覚えておきなさい。いまいちどヘラスがヘラス諸都市をすべて連合させたとしても、帝国の人口はこちらの十倍をかるがると超え、その軍事的潜在力は二十倍にも達しよう。そしてヘラス諸都市は、この敗亡のまぎわにあっても連合できたとは言いがたい。結束はわれらの不得手なものなのだ。

ヘラス人は結束が不得手。ここへきて、父の言葉は痛いほど身にしみた。苦々しくペレウスは眉をぎゅっと寄せて、セレウコスを見やった。

ヘラス第一の都市アテーナイの、ほかより年長のその少年は、ふだん指導者を気取っていばりちらす態度からは想像もつかないへどもどした様子で、ようやく反駁《はんばく》しはじめた。

「待ってください、それは本当にヘラス側の傭兵ですか？」

「わが帝国の兵が、なぜわが領民を殺す！」ファリザードが、猫のようにしなやかな動きで上体をがばっと起こした。ふくらみはじめた乳房の先に桃色の乳首がつんと尖っているのが見えた——が、目のやり場に困るなどと照れている余裕はヘラス側のだれにもなかった。

ファリザードの声が、孕んだ怒りの響きを増してゆく。

「やつらはわが父上の民の穀物と財貨と家畜を持てるかぎり奪って、持てないものはみな焼いている！　わが民ごと焼いているんだぞ。同じアーダムの子らであっても、ヘラス人よりずっと従順で良き民をだ。

賊どもは掠奪、強姦、破壊、拉致、おまえらヘラス人が、この戦争でヴァンダル人の『十字軍』——あの下衆どもと組んでやってきたことをぜんぶやっているんだ」

「ただの盗賊だってやることだ。帝国のこんな内陸まで、ヘラスやヴァンダルの兵が来るものか」

ペレウスは反感をおさえかねて、ぼそりといった。

だがつぶやきは、ファリザードの横に尖った長い耳にしっかり吸いこまれたようだった。まだ幼いながらぞっとするほど整った美貌のなかで、金の目が剣呑にほそまった。

「だまれ、小便王子！」

ペレウスの繊弱な細面がかっと燃えた。

数瞬してから、周囲に笑いがさざ波のように広がった。ぎこちない笑いではない——遠慮なく、しかも徐々に大きくなっていく。ほかの少年使節たちは悪意をこめてペレウスを嘲《あざけ》っていた。

死ねばいい、とペレウスは唇を噛んだ。

すべての蛮族《バルバロイ》は死ねばいい。ヘラス諸都市を滅ぼそうとするファールス帝国の異種族ジンどももちろん、「十字軍」などと称して西の果てから来るやファールス帝国に喧嘩を売り、ヘラスを大戦争にまきこんだヴァンダル人どもも。だが、いまのペレウスにとってそれ以上に息の根を止めてやりたいのは、ここにいる同じヘラス人、民主政の都市アテーナイやテーバイの少年たちだった。セレウコスがとりわけ盛大に笑いながらファリザードに話しかけた。かれは明らかに、便乗してペレウスを笑いものにすることでファリザードの機嫌を取ろうとしていた。

「小便『王女』を許してやってくださいよ。こいつは顔が女みたいなことだけが取り柄なんです」

その言葉に、少年たちの笑いはさらに沸き立ったが、ファリザードは微笑みのかけらも浮かべなかった。侮蔑する相手に異論を唱えられたことが腹にすえかねたようであった。

「おまえは確かペレウスといったな。上の口からなにか出すときは、小水よりは価値のある言葉を排出しろ。焼き討ちされた村落では、ヴァンダルの『騎士』が身につけるような板金の全身甲冑を着込んだ賊徒が目撃されている。そんなものをただの賊が着ると思うのか？　昼は日光で蒸し焼き寸前、夜は霜のおりる砂漠においてなお全身甲冑をわざわざ装備するのは、ヴァンダル人の戦士階級くらいだ。連中の騎兵はそのような重装備を好むのだ。

わかったら口をつぐめ、小便。二度とそっちからわたしに話しかけるな！」

ジンの少女にきつくさげすまれ、ペレウスは屈辱に真っ青になった。

が、ファリザードを香油で按摩していた髪の長い女奴隷が、顔をあげて、気づかれないよう一瞬だけペレウスに視線をおくり、片目でぱちりと瞬きしてみせた。

奴隷の娘――ゾバイダの手のひらが、ファリザードのくびれが目立ちはじめた腰のあたりを丹念に這いまわりはじめる。ファリザードが、ん、と甘い声をもらして陶然と弛緩した。くすぐったげに両足を交互にぱたぱた上げ下げし、彼女の種族をあらわす尖った耳をぴくぴく動かす。むき出しの丸いお尻までもじもじよじられはじめると、さすがに見ていられなくなって赤面した少年たちは気まずげにそっぽを向いた。

執拗で恨みを忘れず、狡猾で残忍で尊大で、気まぐれなくせに激しい――他の種族がささやくジン族の悪評のなかでも、淫乱という評判はことのほか有名である。この砂漠の豹のような美しい種族は、長い長い寿命の大半を、戦いか肉欲にふけるかで過ごすのだと。

ペレウスは声に出さず吐き捨てた。

（外見だけがきれいで、中身はねじけているのがジンというやつらだ）

恨みごとはともかく、ペレウスは周囲の注意が散ったことにほっとし、ゾバイダに感謝の目を向けた。歳上の娘は、かすかに笑みを浮かべてかれに応えた。

奴隷ではあるが、ゾバイダだけがいつもよくしてくれる。ここにきた当初、彼女をかばう出来事があったからだろう。もっともそれが、同じヘラス人の少年たちに迫害されることになった発端でもあったのだが……

そのとき、近くを通りかかっていたノロ鹿の群れがぱっと散って逃げた。

木立の中から一頭の雄ライオンがのそのそやってきたのである。その猛獣はファリザードの寝台に鼻面をこすりつける。砂漠の中にある「獅子の泉《シール》」から連れてこられたというそのライオンは去勢され、非常におとなしくて人馴れしている。

ジンの少女は手を伸ばしてライオンを撫ではじめ、少年たちを一瞥すらしなくなった。どうやら賊のことでかれらを呼びつけてなじったのは、単なる鬱憤晴らしであったらしい。

彼女の興味が大きな飼い猫に移ったことをさいわいとして、少年使節たちはそろそろと彼女と獣から遠ざかり、館のほうへ引き返した。

薔薇のつる這う赤煉瓦の塀をまわりこんだとたん、ペレウスは背中を突き飛ばされた。前のめりにたたらをふんでふりかえると、セレウコスがいやらしい笑みを浮かべていた。

「おいおい、王子さま、あの奴隷女に何をしたんだ。熱心に色目を送ってきていただろう。すました奴だと思ってたが、だいぶ手がはやいな、ええ？」

ゾバイダとの目線のやりとりを気づかれていたようだった。

（無視しなければ）ぷいと顔をそらして足早に歩みさろうとした……が、すでに囲まれていた。セレウコスがにやけ顔を肩越しにぬっと突き出して、「あの奴隷とはもうやったんだろ、本当のことをいえよ」と歯をむきだした。

ペレウスはにらみつけた。

「僕はそんなことはしない。セレウコス、あんたも背負ってる都市の体面というものを考えたらどうだ。そういう……あちこちに……彼女にまで迷惑がかかるようなおふざけを口にするな」

セレウコスは大仰に肩をすくめ、ペレウスの肩に手を回した。まるで友達として扱ってでもいるかのように。「みんな聞いたか。こいつらは清らかな仲だそうだ」とかれは声をはりあげた。

「なにもないだと？　嘘つけよ。おまえと奴隷女がいっしょにいるのを見たやつがいるんだぞ」

ぎくりとした。それもまた事実だ――ゾバイダとは、人目を盗んでたまに落ちあっている。といっても、セレウコスたちが邪推するようなことは一切ない。しかし数歳ほど歳上の、異国の少女とささやかな秘密を共有していることに、まったく胸の高鳴りを覚えていないわけではなかった。

ペレウスが黙っているとセレウコスは「おれにはわからんな」としつこく続けた。

「あの若い奴隷は、なかなかそそる体じゃないか。肌はオリーブ色で胸や腰にはむっちり肉がついていて、まともな男なら手を出したくなるってものだぜ。しかも、どう見てもおまえに惚れてる。おれのおかげだ、感謝してほしいね」

おどけたように言うセレウコスの目には、饐《す》えた憎しみがこもっていた。過去のあの事件以来、ペレウスを見るかれのまなざしから悪意が消えたことはなかった。「それでだ、なんで手を出してないんだ？　ああ、わかった。おまえ母親以外のおっぱいを吸うのが怖いんだな」

どっと嘲笑がわいた。ファリザードの前で笑われたときよりももっと盛大な笑い。真っ赤になるペレウスの横で、セレウコスが「もしかして、信じられないが」と、はっとばかりに目を見開いて唇をすぼめた。「まだ精通してなかったりするのか、おまえ？」

こんな下劣な奴が世の中にいるなんて、とペレウスは下唇をかみしめた。

この場でむしゃぶりついて叩きのめしてやりたい。だがセレウコスは十五歳、少年使節のうちでは体もいちばん大きい。今のペレウスが取っ組み合いで勝てる相手ではなかった。それに、セレウコスには取り巻きが何人もいるのだ。

やりもしないうちから怯えているのではない。やったのだ、一度。そして、数人に取り押さえられて、動けなくなるまでさんざんに殴られ蹴られ、羊の糞を顔に塗られた。

（ミュケナイの王宮にいたころ、詩歌じゃなくて、拳闘術や格闘術を熱心に学んでおけばよかった。もっと市井《しせい》に出て、世の中がこういうものだと知っておけばよかった）

ペレウスは、ヘラス都市国家のひとつ、クレタ島にある都市ミュケナイの王子である。偉大なるミュケナイは古代において紺碧の海を支配していた。没落し、民主政都市アテーナイにヘラスの覇権《ヘゲモン》の座を譲り渡すまではだが……。それでも今なおミュケナイ王族は『ヘラスでもっとも古い血』という由緒を誇っている。

だが、ファールス帝国のジン族や、ここにいる民主政の都市の子息たちは、珍種の動物ほどにもその血に敬意を払わなかった。いや、セレウコスたちは、かえって悪い方向にその血をあげつらう傾向があった。「王族も糞をひるのかね、小便を漏らすのは見たが」とからかうときのように。

最初からいじめを受けていたわけではない。一年前、和平交渉の人質としてイスファハーンに来たときは、まだ。互いにさほど関心をもっていなかったというのが正しいが。

ただし、セレウコスの我が物顔の態度は最初から目についていた。現ヘラス最強の都市アテーナイの、有力な議員の子だというかれは、母都市の威勢をかさにきて驕《おご》りたかぶっていた。そしてまた実際、都市テーバイや都市コリントスといったアテーナイ傘下の同盟都市からきた少年たちは、セレウコスの機嫌を損ねまいとおもねっていた。かれの下で、いつしか民主政都市の少年たちは異国にあって徒党を組み、ジン族の目の届かないところで好き放題にふるまうようになっていた。

ヘラスが恋しくてたまらないペレウスたち一部の者とちがい、かれらはどんどん帝国に馴染んでいった。それは悪しき方向での順応だった。かれらは異国の酒を浴びるように飲み、街に繰り出して騒ぎ、みずからがジン族になったかのように異国の奴隷や平民をさげすんだ。

そして、とりわけ異国の女に関心を示した……ファールス帝国の人族の美しい女や少女たちに。娼館で歌姫《カイナ》相手にたわむれるだけならまだしも、セレウコスはイスファハーン公の所有する奴隷にまで手をだそうとしたのだ。黒髪のゾバイダに。

ある日、屋敷内で、かれがゾバイダに言い寄っているところに出くわし、ペレウスは顔をしかめた。セレウコスはどう見ても葡萄酒の飲み過ぎで酔っ払っており、ゾバイダは身にまとった布をにぎりしめられ、円柱に押しつけられていた。

『すこしお酒を過ごしているよ、セレウコス。そういうことはやめたらどうだろう』ペレウスは、なるべく穏やかに、そう声をかけただけだった。しかし、掣肘《せいちゅう》するものがそれまでいなかったセレウコスの増長ぶりを甘く見ていた。かれはきょとんとしてペレウスに目をむけ、ヘラス人《ヘレネス》と見てとるや、たちまちに顔を怒りで赤黒くした。

『なんだ、ちび。アテーナイの代表できたおれに意見しようというのか。道理をわきまえない貴様はどこの田舎者だ？』

『ミュケナイのペレウスだ』

『ミュケナイ？　クレタ島のか。たしか昔、王妃が牛とまぐわって怪物を生んだところだな。おまえも人の恋路にちょっかいを出さず、どこかの牝牛を相手にしていろ』

故国に伝わる神話まで持ち出されて愚弄され、かちんときてペレウスは言い返した。

『アテーナイが影も形もなく、ペロポンネソス半島に煉瓦の建物すら数えるほどしか建っていなかったころ、ミュケナイはすでに大船団で紺碧の海を制覇して、クレタ島に大理石の宮殿を築いていたんだ。

成り上がり者ほど、成り上がったのちは下々への寛容を忘れるのだな。品位のそなわった真の支配階級であれば奴隷にやさしくしてやるものだ。まして彼女はおまえの持ち物じゃない。無理を強いようとするならジン族を呼んでくるぞ』

セレウコスは怒りに口もきけない有り様で凍りついていた。その隙にゾバイダは逃げ、ペレウスは長衣《ヒマティオン》のすそをひるがえして自室に戻った。ペレウスはそのときは知らなかった、執拗な敵を作ってしまったことを。

数日後のことである。夕刻前、『酒神バッコスにかけて仲直りしようぜ』と、セレウコスは葡萄酒の革袋を手に、書をつみあげたペレウスの部屋に来た。

『悔いているんだ。おまえのいうとおりだよ、あんなことをするべきじゃなかった。これからはつつしむことにする。ヘラス人同士で仲違いするのもよくないよな、これからの友誼のために酒を酌み交わそう』

ペレウスも最初は警戒していた。だが、セレウコスの押しは強く、いかに自分が反省しているか、ペレウスと仲良くしたいか——を、涙までにじませて切々と説いたのだ。

『おまえと飲み交わすからと、あの奴隷の娘にもらってきた酒だ。あやしいものなんか入ってないぞ、ほら、先に飲んで見せてやるから』

なんであんな言葉を信じたのかと、いまにいたるまで悔やんでも悔やみきれない。

……たしかに、葡萄酒はただの葡萄酒だった。あとから知ったことでは、ゾバイダにもらったというのは嘘だったが。とにかくそのとき、ペレウスは、じゃあ一杯だけなら——と金の杯をあおったのだ。その酒は美味しかった。そして、故郷の味がした。セレウコスがいった。『知っている味だろう？　そいつはミュケナイからイスファハーン公に贈られた酒らしいぞ』

子供のペレウスは、父王には水で薄めた葡萄酒しか飲ませてもらえなかったが、このとき飲んだ酒は原酒の濃厚な風味だった。

ただ一杯で白い頬を染め、とろんと瞳を溶かしたペレウスに、セレウコスは裏表なさそうに笑いかけ、『そら、うまいだろう。もっと飲んでくれよ』と、どんどん注いできた。レモン水で割るのもいいぞ、こっちは蜂蜜と胡椒を入れて飲むやり方だ——などなど、手をかえて次々飲ませてきた。

注がれる杯を干しているうちに、ペレウスは緊張をゆるめてしまった。『いちどアテーナイの図書館には行ってみたいんだ、あそこの蔵書は凄いと聞く』ついには泥酔状態となって、そんな打ち明け話をセレウコスにするくらいに。

尿意をおぼえて、便所に行こうとよろめいて立ち上がったときだった。『どこへ行くんだ、もう飲まないのか』とセレウコスが聞いてきた。『うん、そろそろ……』そう答えたペレウスに、セレウコスは『ふうん、そうか』とつぶやくと、いきなり飛びかかってきた。

驚くひまもなかった。年上で体格の屈強なセレウコスは、生まれてはじめて原酒を飲んでふらついていたペレウスをたちまち組み伏せた。かれはのしかかり、ペレウスの腹にどすんと尻を下ろして動きを封じると、片手でペレウスの口をふさいできた。その一連の動作はいやに手慣れたものだった。そして間近に顔を近づけてきて笑った。鼻息荒く鼻孔がふくらみ、その目は暴力の快感と……恐ろしいことに情欲にぎらついていた。

『実をいえばなあ、男娼を抱いたことくらいはあるのだ。そう悪いものでもなかったぞ。おまえの顔の造作《ぞうさく》は、あのときの男娼よりずっとおれの好みだ』

そのとき感じた恐怖をなんといえばいいのだろう。ペレウスは酔いが消し飛ぶほどにおののいた。ヘラスにはたしかに男が男児を愛する風習がある。だがペレウスは、自身がセレウコスの寵童《ちょうどう》にされるなどまっぴらだった。必死にもがき、口をふさいでくる手に爪を立ててかきむしった。ひっかかれる痛みを気にもせずセレウコスはもう片方の手を伸ばしてきた。肩口にきたその手は、乱暴にペレウスの長衣を引っ張り、はぎとろうとした。

『おれを奴隷女の前でこけにしやがった罰を与えてやる。これなら、人に告げ口できるものじゃあないだろう？　奴隷にはけ口を見出すのがだめなら、王族が肩代わりしてくれよ。「下々への寛容さ」でもってな』

腹の上に座りこまれていて動きがとれず、葡萄酒を飲み続けたことにより膀胱《ぼうこう》は圧迫されていて……そして、ほかのどんな屈辱より、犯されることだけはいやだった。

自分の意思でペレウスは漏らした。

尿がじんわり長衣の前を濡らしたとき、すぐにはセレウコスは気付かなかった。だが湿った感触が尻に伝わったことで飛び上がるようにしてかれから離れ、罵《ののし》った。そして、『みんな見ろよ、これがミュケナイの神々しき「ヘラス最古の王族」だぞ。酒をたっぷりきこしめしたあげく、服を着たままだらしなくお漏らししやがった』

暴れるペレウスを力まかせに引きずり、セレウコスは部屋から出て叫んだ。庭で格闘の練習をかねて取っ組み合いの遊びをしていたヘラス人の少年たちの前に、かれを放りだしたのだ。

話は、次の日には屋敷じゅうに広まっていた。

どういうわけかヘラス人だけでなく、ファールス人までが知っていた。ファリザードによって、それをペレウスは教えられた。

ヘラスの少年たちに応援しながら、毎日ものうげに長椅子に寝そべり、話を聞き流しながらお菓子をかじっているだけだったジンの姫は、その日は身を起こしていた。そしてペレウスを見るや、『酔っ払って漏らしたんだってな』と手をうって嘲弄《ちょうろう》したのだ。ジンというのは、意地悪い種族だという話だった。

傷ついており、それでも誰かに真相をいう気になれなかったペレウスは、その瞬間からファリザードをセレウコスの次に憎み、そしてジン族全体をあらためて憎んだ。

ともあれ、以来、ペレウスの敵に回ったヘラス人は、この館に集められた十数人の少年使節たちの半数にもおよぶ。いずれも民主政の都市から来た者たちだ。のこり半分は王政の都市からきた子たちだったが、かれらはたまに気の毒そうな目をペレウスに向けはするものの、いっさい関わってこようとしなかった。

実際、ペレウスが顔を横向けると、たまたま横を通りすぎようとしたパウサニアスと目が合ったが、その都市クレイトールの王子はさっと目をそらした。他の王政都市の子らとともに先に行き、後ろめたげに顔を伏せたままふりかえろうとすらしない。アテーナイの使節の機嫌を損ねるなと自分たちの都市から言い含められているのかもしれないが、それにしても……

(いや、他人になにか期待したり、信頼したりするのが間違いなんだ)

そのことは、強烈な教訓になっていた。

ペレウスはいきなり人の隙間をぬって囲みを飛び出した。伸びてきたセレウコスの手を払いのけて逃げる。腕力はとぼしくとも足はそこそこ速かった。服装は、以前は威厳をかもしだす紫染めの長衣を身につけていたが、からまれるようになってからは、走って逃げやすい短衣《テュニク》にしていた。

おもしろがって連中が追いかけてくる。ペレウスは庭に流れる何条もの細いせせらぎをとびこえ、館に背をむけて灌木の木立に走りこみ、歯を食いしばって駆けつづけた。

（戦い方を、だれかから学ばなければ）

決意していた。これまで、僕はあまりに無為に生きすぎた。歌や物語や学問なんて、多少知っていたからどうだというんだ。僕は戦士にならねばならない。いずれは歌にうたわれる英雄のようになって戦場で兵をひきい、ファールス帝国の脅威をヘラスから一掃するために。

だがさしあたっては、アテーナイのセレウコスに借りを返すために。

## 剣の師匠

イスファハーンの市場《バーザール》はその日もにぎわっていた。

ファールス帝国の貴族はのきなみジン族だが、平民のほとんどは人族である。市場で目に入るのも人族ばかりであった。

石畳の路地には、露天商によってイチジクやオレンジの盛られたざるや器が並べられていた。串焼きの屋台から、仔羊や鶏の脂が焦げるにおいが香ばしくただよってくる。取り引きされる水牛や馬やラクダのいななきが聞こえた。馬具のほかにラクダ用の鞍や鞭、針や糸やひもや麻縄、羅紗《らしゃ》に更紗《さらさ》に絹の布、陶器に玻璃器に銀の器、塗り薬、飲み薬、回春剤、食屍鬼《グール》よけのまじない札。奴隷を取り引きする商人たちの交渉の声がかまびすしい。玉ねぎ形のドームを持つモスクから礼拝の時刻を告げる呼びかけが響き渡った。みながひざまずいて祈りをささげだす……

そのなかにあって立っている異国人、つまりペレウスは、落ち着かない気分であたりを見回した。

異国情緒が強い光景には、一年たったいまでもなかなか慣れなかった。

（でも、このファールス人たちがなにをいっているか多少わかるんだから、いままでの日々がまるきり無駄ってわけじゃないな。ゾバイダのおかげだ）

彼女を思うとペレウスの頬に、ひさかたぶりに柔らかい笑みが浮かんだ。かれは助けた十五、六歳ほどの奴隷の少女ゾバイダから、ファールス語の手ほどきをひそかに受けていた。

当たり前だが、ジン族も人族も含めたファールス人は、ファールス語で話す。ただ、ヘラス語を話せる者もそこそこおり、少年使節たちを応接する役目を任されたファリザードや、使節たちの日常の世話をするゾバイダなどは、流暢《りゅうちょう》にヘラス語を操る。が、ペレウスは疑っている。ファリザードがヘラス語ばかり使うのは、こちらにファールス語をおぼえさせないためではないか、と。

そうはいかないとペレウスは決意したのである。気づかれないうちにファールス語を聞き取れるようになって、ヘラスのために役立てなければ。

なんといってもここイスファハーンは敵国の重要都市のひとつなのだ。街角のささやきや風聞からさえ、貴重な情報がはいるはずだった。

（でも今日のところは情報収集はあとまわしだな）

ペレウスは武芸を学ぼうと決意していた。が、ファリザードの館の武芸指南役になどぜったいに教えてもらいたくなかった。そこでかれは、この異国の地で唯一心を許せる相手であったゾバイダにたずねたのである。内緒で武術を教えてくれる人がいないか、と。

おどろくべきことに、ゾバイダはにっこり笑って、うってつけの人がいますと即答してくれた。

（ゾバイダのいうことでは、たしか、猿を連れてうろうろしている男を探せばいいんだった）

注意してあたりを確かめていたペレウスの目に、そいつはすぐに見つかった——といっても猿のほうだが。

奴隷を安く買おうと値下げ交渉に没頭している客に、そっと尾の長い小猿が近寄り、手をのばして気づかれないように衣服をまさぐっていた。店主には獣が見えているはずだが、なにもいわない。なんだあれ、とあっけにとられてから、ペレウスは気づいた。

（猿にすりをやらせてるんだ。店主とぐるなのかな）

そのほかのファールス人は拝跪《はいき》してかれらの神をあがめており、気づいていない。気づいていたところで、ひざまずいていない不信心者に注意してやろうとは思わないのかもしれなかった。

この不正義を見ている僕はどう対応するべきだろうか、とペレウスが迷って立ちつくしたときだった。

後ろからぷんと異臭がにおったかと思うと、いきなり口をふさがれた。驚きに目を見開いたとき、頭上からファールス語がひびいた。

「ここはひとつ見逃してもらおう、子供。おれたちも食わなきゃならんのでね」

肩ごしに見上げると、ペレウスがこれまで見た内でもっとも汚い物乞いがそこにいた。

頭にまきつけたターバンは茶色っぽくなっていて、ぼろぼろの服は半ば腐っている。ひげは手入れなど一切されず伸び放題、肌には黒い垢が三層にもつもっていて元の色がわからない。そして体臭たるや野良犬も同様だった。否、野良犬でさえこの男よりは清潔にしているであろう。

ただ、すらりと背が高く、その目は澄んだ空色をしていて、落ち着いた低い声は美しいといってよかった。

口をおさえる物乞いの手をはがし、ペレウスはいった。

「『よき卵が六個、腐った卵も六個』」

ぴくりと男の眉が動いた。男はにわかに用心するように、ペレウスをつくづくと見つめた。

「……その合言葉、だれから聞いた？」

ファールス語をどうにか駆使して、ペレウスは聞いた。

「ゾバイダですけど……あの、ゾバイダの知り合いの方ですよね？」

「……なんの用だ」

「内緒で武術を教えてくれる人がいるかと聞いたら、こちらを紹介されて」

「は――はあ？」

「お願いします。強くなりたいんです」ペレウスは真剣に頼みこんだ。とにかく、すぐにでも力をつけて、セレウコスやファリザードを見返してやりたかった。

「そうだ、ゾバイダから手紙を持ってきています」

猿にすりをやらせていた物乞いの男は、疑念に満ちた目でペレウスの出した手紙――陶片のかけらに炭で書いたもの――を受け取り、読み始めた。

それを待ちながら、ゾバイダのことがちょっとわからなくなった、とペレウスは頭の隅で考えている。奴隷なのにだいぶ教養があるし、市中の者と通じるおかしな合言葉を知っているのも不思議といえば不思議だ。

読み終わると男はペレウスを一瞥し、きびすを返して「こっちに来いよ」と路地を戻り始めた。猿が駆けてきて男の肩にするすると登った。歩くことしばし、男は崩れかけた建物の戸をあけて入っていった。

その後についで戸をくぐったとたん、ペレウスはいきなり壁におさえつけられた。

「あいつがなにを考えておまえをよこしたか知らんが」ペレウスに汚い顔を近づけ、男は一節ずつ区切るようにいった。「おまえの行動いかんではおれの命にかかわる。できれば考え直せ」

「……あの、どういう……」

「おれの教えられる戦い方は、この市中では使えん。ファールス人に見られたら困るんだ」

「別に……見せびらかしたいわけではありません。身を守るすべを学びたいだけです」

男は、長々としたため息をつき、「いくつか約束しろ」と念を押した。

「習い覚えたものは人前でなるべく使うな。よっぽど必要があるときだけだ」

「はい。必要があるときだけにします」

「おれは剣術しか教えられないぞ。いいのか？」

これにはとまどった……できれば拳闘や格闘あたりを学びたかったのだ。だが、剣はそれらより実際的だし、どのみちいつかは学ぶ。

なにより、考えてみれば、体の大きいセレウコスに勝つには、拳闘や格闘ではたぶんだめだろう。剣ならまだ望みがあるはずだ。セレウコスに決闘をいどむときは互いに木剣でやれば、死ぬほどの重傷までは負うまい。

　ペレウスがうなずいたのを見て、男は腹をくくったようだった。

「おれのことはだれにもいうな。ゾバイダにも迷惑がかかるぞ」

「はい、けっして」

「……あと、おれがこのくそったれた街から出ていくのも手伝ってもらおう」

「え？」

　意味がわからずとまどった少年にかまわず、男は、「エル・シッド、水をもってこい」と猿に命じた。忠実な猿が部屋の隅の水がめに飛びつき、ひしゃくに水をくんで男にさしだす。

　男は自分のターバンを剝いだ。ひしゃくの水を見つめてしばしためらったあと、受け取ったそれを自分の頭にぶっかける。ひしゃくを投げ捨て、ごしごしと手で顔をこすった。

　ペレウスはぽかんと口を開けた。

　黒くなった汚い水がぽたぽたとひげから落ちていく。水をかけた箇所に現れたのは、茶色い髪、そして白い肌……ヘラスのさらに西方や北方に住む人種の肌の色。

（ヴァンダル人……十字軍の兵？）

## ふたつの剣

　がらくたの中にあった盾には、表面に古代ファールスの神が描かれていた。その「日輪に翼」の紋章を、サー・ウィリアムの一撃が打った。

（剣術じゃないよ、これ！）

剣も持たせてもらえない剣術があるか。

ペレウスは歯を食いしばって、重い青銅の円盾を左手一本でかかげた。右手は――脇をしめて体にくっつけるように革紐で縛られていた。

高い採光窓から、長方形の光がさしこんでくる。崩れかけていることに目をつぶれば、居心地悪い場所ではなかった。幾本もの円柱にささえられた天井は高く、剣を振り回せる程度には広い。鈍い音が石壁にひびく。

都市イスファハーンの一角にある、その砂色の石と煉瓦造りの建物は、たんなる古い納屋ではなかった。かつてジン族の征服の前、ファールス人が崇めていた光と炎の神にささげられた神殿であったという。古代神に代わって「唯一なる主神」を崇めるようになった現在のファールス人は、この場所をがらくた置き場にしてしまっていた。

そこはいま、ウィリアム（サーを付けろとかれはいう）というヴァンダル人の物乞いがねぐらにしており、またペレウスの修行の場にもなっていた。

汚いズボン《シャルワール》に汚い上衣《カバー》を身にまきつけた、ファールス風のぼろ衣装のサー・ウィリアムが踏みこんできた。ひび割れて一部は粉と化している床のタイルを踏みしめ、木剣を薙いでくる。

「きちんと盾で受けろ、へぼ従士！　本来なら門外不出の真夜中城《キャッスル・ミッドナイト》の剣術だぞ。それを教えてやってるんだから一撃ごとに感謝を新たにして受け止めろ」

（なにがミッドナイト流剣術だよ！　一月かけても片手盾での受けしか教えてくれないじゃないか！）

盾をかまえたペレウスは心中で罵ったが、実際、防ぐだけでせいいっぱいである。しかも盾での防御に専念していてさえ、ぺらぺらしゃべるサー・ウィリアムが無造作に繰り出す剣を、十のうち七程度しか防げない。ヴァンダル人が半分でも本気になれば一剣すら受け止められないだろう。

それにしても木剣で打たれるのはひどく痛かった。少年はうなりをあげる斬撃に怯え、盾をかかげながらよろめいて後じさった。

サー・ウィリアムが、せせら笑った。

「なにをへっぴり腰になってる、ちゃんと受け止めろ。そら、足が前に出過ぎだ」

男の手首がひるがえり、鞭のようにしなった木剣がペレウスの太ももを痛烈に打つ——痛苦が肉にしみわたった。悲鳴をあげて腰が砕けた瞬間、足を払われて、ペレウスは盾ごと床に転がった。

（もう動けない、左手も上がらない）汗まみれでうつぶせになり荒い息をついていると、信じられないことに背中を木剣の先で強烈に突かれ、また悲鳴をあげさせられた。

「だれが寝ていいといった？　これが本物の斬り合いの場ならいまのでまた死んだぞ、おまえ。さあ受けろ」

いたぶることを楽しんでいるに違いないヴァンダル人は、にやにやしながら踏みこんで大上段から斬り下げるかまえを見せた。

とっさに転がり、盾で地を押してはね起きた——右手が使えないため、最初のうちは倒れてしま

ったら身を起こすのにもたついていた。即座のはね起きをこなせるようになるまで打たれっぱなしだったのだ。

ペレウスはどうにか重い盾をかかげ、真っ向から斬撃を受けた。盾をもつ手がしびれ、指の股に裂けるような痛みがはしって、少年はみたび連続で苦痛の声をあげた。

「……よし、一ヶ月もかかったが防御だけはほんの少しさまになってきたな。ここらで一息つくか。エル・シッド、このど下手糞が持ってきた酒の袋をとれ」

木剣を肩にかついで偉そうにサー・ウィリアムがいう。猿のエル・シッドがペレウスの荷物をかきまわし、ラクダの膀胱でつくった酒袋をとって主人にさしだした。

荷物を勝手にあさられてもペレウスはそれに反応する気力もなかった。水がめに這って近寄り、生ぬるい水をひしゃくで一口飲むや、半死半生で床に倒れた。

……とたんにサー・ウィリアムが、恥ずべきものを目撃したかのように眉を寄せた。

「こら、従士、騎士が横たわらないうちから寝ようとするとはなにごとだ。いますぐ立て」

従士――なんだか知らないが、ヴァンダルの騎士につく小姓のようなものらしい。「真夜中城の剣は身内にしか伝えない決まりでね。そこを曲げて教えるんだから、せめて従士になってもらおうか」と腹のたつ条件をだされたのだ。

由緒正しきヘラスの王族が蛮族《バルバロイ》の小姓にされるなど屈辱の極み、と最初は憤慨したものだが、どうせたいした束縛はないと踏んで結局はしぶしぶ呑んだ。

いまや、呑んだ自分を罵りたくなっている。

恨めしげなペレウスの目の前で、サー・ウィリアムは酒袋に口をつけてごくごくと飲み……

「なんだこりゃあ、そこらで売っている馬乳酒じゃないか！　昨日まで持ってきていた葡萄酒はどうした、この糞餓鬼が」

「い、いいかげん、イスファハーン公の家令に、睨まれたんです！　ヘラス産葡萄酒、を、あなたの要求どおり、毎回、酒蔵から持ち出していたら……！　たっぷり嫌味をいわれましたよ」

立ち上がろうとして子鹿のように四肢をぷるぷる震わせつつ、少年は怨嗟した。

この若いヴァンダル人は、一日一袋、葡萄酒を持っていく端から水のようにごくごく飲んでいたのだ。ヘラスの至宝である最上級の葡萄酒なのだから、せめて味わって飲めといいたい。

顔をしかめたサー・ウィリアムは、

「ちっ、葡萄酒に免じて手加減していたが、今日からは情け無用でいくぞ。どろどろしたレモン水みたいに酸っぱい馬乳酒を持ってきやがって」

八つ当たり気味に、鍛錬をさらにきつくすると宣言した。ペレウスは無言でうなだれた。

（この都で会う人間は、ほとんど意地が悪い）

修行がはじまってからの最初の二週間は地獄だった。主に打ち身と筋肉痛だが、三日目の朝など、冗談抜きでしばらく床から起き上がれなかったくらいだ。

手のひらには血豆が次々でき、それは片端から潰れた。取っ手が血でぬるぬるして滑ると訴えると、おざなりに手に布を巻かれたうえで盾を拾わされた。盾の裏にあるのは取っ手のみで、腕に固定するための補助バンドすらついていなかった。

周囲に気づかれないよう、サー・ウィリアムは肌が露出するところは打たないでくれたが、そのかわり服で隠れるところは斟酌《しんしゃく》せず打ちすえてきた。ペレウスの体は棒状のあざだらけになった。

サー・ウィリアム──ゾバイダが紹介してくれたこの若い男は、ヴァンダル人の一国家、島にあるイングル国の「騎士」という身分であるという。かれは持てる武芸をペレウスに文字どおり叩きこんでくれていた。ヘラスの最強の戦士である都市スパルタの人々でさえ、こうまで苛烈な武技教育は受けないだろうというほどの徹底したしごき方で。

「おかしい……、これ、剣術だよね。剣術しか教えられないっていったじゃないか、あんた」

ペレウスは気息奄々《きそくえんえん》でたずねた。「そうだが」と悪びれないサー・ウィリアムに文句をつける。

「僕が持たされているのが剣じゃなく、武器ですらなく、盾だってことはこのさい置いておくとしても……そっちの攻撃も、めちゃくちゃじゃないか！」

「問答のまえにいっておくが、騎士には敬意を払った言葉づかいをしろ、従士くん」

「……足を払ったり、つかんで引き倒したり、いきなり短刀を突きつけたり！　剣以外の攻撃を平気でしてくるじゃないですか！　格闘術だか剣術だかわかりません！」

「実戦で、敵が細かい分類を気にするか？　相手をひっくり返せば一気に有利になるんだよ。ことに、防御力の高い重い鎧を着ている相手だったら、転がしたうえで、こう、隙間に剣先をつきおろす。組み合って密着していたら短刀だ。

そういった攻撃技はそのうち伝授してやる。ごたごたいわず守りの構えから完璧にしろ」

「ヴァンダルの騎士みたいながちがちの全身甲冑を着た相手と戦うわけじゃ……」

ぶつくさこぼしたペレウスに、サー・ウィリアムがにやりと笑いかけた。

「へえ、おまえが憎む相手はやはりファールス人か？　それならたしかに、やつらは軽い装備で戦うからな。おっと、いまさらとぼけようとするなよ。。まわりに隠れて強くなろうとする理由なんて、意趣返しと相場がきまっている」

　ペレウスは沈黙した。セレウコスのことを思い浮かべる——まさか、真っ先に復讐したい相手は同じヘラス《ヘレネス》人なんだとはいいにくい。

　あのわがまま娘のファリザードはとても嫌なやつではあったが、彼女相手とセレウコス相手では、抱く憎しみの種類がちがう。ジン族の姫ファリザードにはもう関わりたくないが、アテーナイのセレウコスにはこれまでの礼をしてやらねば気がすまなかった。

　サー・ウィリアムがすこし考えて口にした。

「ファールス人の毒矢と槍と三日月刀は、この砂の地ではたしかに厄介だ。やつらは踊るように戦う——おれたちの全身甲冑は重く、足を砂にとられて体力を消耗しやすい。周囲をかるがるはねまわって鎧の隙間に斬りつけてくるやつらに疲れきって、不覚をとっちまうことが、まあ、ないとはいえないな。

　だがな、それでもおれたち騎士は鎧を身につける。なぜならおれたちの武術のみならず生き様にあっては、防御こそがかなめだからだ。おれたちは罪なき者を護り、おれたちはすべての女性を護り、おれたちは誇りと名誉を護る。そのかぎりにおいて、神がおれたちを護ってくださる。たとえ身は殺されようとも魂は護られる」

酒をあおって、その「騎士」は歌うように祈った。

「神よわれらを護りたまえ、異教の敵から護りたまえ、砂と風から護りたまえ、獅子《シール》と蛇から護りたまえ、三日月刀から護りたまえ」そして最後に小さく、そそくさと謎めいた言葉――「わが身を闇から護りたまえ、深き夜《ミッドナイト》から護りたまえ」

男は指で十字を切るしぐさをしてから、ペレウスに釘をさした。

「おまえの意趣返しだが、やるなとはいわんさ。気にくわないやつってのはいるものだからな。だが、騒ぎを起こすなら、おれがこの街の市壁を無事に出ていってからにしろよ。おまえにはそれを手伝ってもらいたいからな」

そうだ――それにも手を貸すことになっているのだ。

ファールス人は交易によって昔から見慣れているヘラス人はまだしも、戦争でしか接してこなかったヴァンダル人のことは骨の髄まで憎んでいる。ヴァンダルの騎士とばれれば、サー・ウィリアムは捕縛され、イスファハーンの門前広場で首を斬られるか吊るされるだろう。かれはいますぐにでもこの街から逃げ出したいようだった。

しかし、都市イスファハーンをぐるりととりかこむ長大な市壁は、ヴァンダル傭兵をふくむ賊の一団が外で暴れまわるようになってから、出入りの見張りが格段に強化されている。なかなか逃げ出せるものではない。

そもそもなぜこの人はここにいるんだろう、と浮かんだ疑問そのままにペレウスは聞いた。

「……あなたはヴァンダル人なのに、この敵地のどまんなかでなにをしているんですか？」

（まさかほんとに、郊外に出没するという賊の手先じゃないだろうね）

サー・ウィリアムは、あからさまにごまかそうとした。

「おや、自分を棚にあげて妙なことをきく。おれの目の前にも、なぜか敵地にいる異国人の子供がいるんだが」

「僕は……僕たちは人質で来てるんです。ヘラスとファールス帝国は和平交渉に入っています。それがまとまるまでこの街のジンの貴族に預け置かれることになっているだけです」

「まとまるかな？　ジン族は恨みを忘れないときくが」

「無責任な。ひっかきまわしたのはあなたがたヴァンダル人でしょう」

むっとしてペレウスは声を高めた。

『ヴァンダルの蛮族など呪われるがいい』父王がかつて吐き捨てた話を思い出したのである。

『ヘラスは過去にも帝国と戦った。戦略によってかろうじて独立は守ったが、圧倒的な帝国の力に大損害を強いられた。諸都市の奇跡的な連携がなければ、ヘラス全土が粉砕されていただろう。われらはもう決して帝国という竜ののどをくすぐるべきではなかったのだ。

なのにまたも帝国と戦う羽目になったのはヴァンダル人のせいだ。西の蛮地から宗教かぶれのヴァンダル人どもが十字軍などと称してやってきて、帝国と戦端をひらきおった。外交的に下手を打ったヘラスは巻き込まれ、今日の滅亡寸前の惨状におちいった。

しかも勝ち目がなさそうだと知るや、ヘラスにあとを押しつけて、ヴァンダル諸王はさっさとそれぞれの故国に引き上げた。傭兵や遍歴の騎士などという、戦場の禿鷲《はげわし》どもを残してな。

今回の戦争の間、ヘラス諸都市はむろん帝国に何度も講和をもちかけたとも。だが、あの恨みを忘れないジン族は簡単にわれわれを許そうとしない。

ジンどもはなんといったと思う？　「われわれは前の戦争でもヘラス人に親を殺された、子を殺された、連れ合いを殺された。おまえらが忘れようがこっちはよおく覚えているぞ、当時から生きているからな。さあ、いまこそ貸しを取り立てに行くぞ。くりぬかれた一個の目玉につき二個の目玉を、折られた一本の歯につき三本の歯を、取られたひとつの首につき十の首をもらう。それがわれらジンの流儀だ」と』

（敵とみなした相手には、極めて残忍でしつこいジン族……）

疑念と懸念がないまざり、ペレウスは暗たんたる気分になった。感情は拒否していたが、理性では「ヘラスの敗北という形になっても和平が必要だ」とわかっていたのだ。

ペレウスはぶるりとふるえた。百年をかけても恨みを徹底的に晴らすのがジン族だと言い伝えられている。仇本人だけでなく子孫にまで累をおよぼすことも珍しくないのだと。

（ほんとうに、講和は成立するのだろうか？）

父のいうとおり真実は苦い。少年のやるせない感情は、怒りとなって眼前の騎士に向いた。

「ヴァンダル人の兵が十字軍の名のもとにおこなってきた非道こそが、帝国の怒りの火をつのらせているんです。なにが『護るのが騎士』……」

ペレウスは言葉をのみこんだ。それまで意地悪くはあったが陽気な態度をくずさなかったサー・ウィリアムが、痛いところをつかれた顔になったから。

その男は黙りこくって目を伏せた。そして何もいわなくなった。沈黙にペレウスが耐えられなくなりかけたころ、かれはだしぬけに認めた。

「ああ、そうだ。戦争で、敵の民にやったにしても、あれは……ひどすぎた」

にぎりしめた酒袋を口にあて、かれはごくごくとあおった。酔ってすべてを忘れようとするかのように。直前まで誇らしげであったその騎士の打ちしおれように、ペレウスは衝撃を受けた。にわかに同情がつのってきて、それ以上責める気にはなれなくなった。黙した少年の様子を見てとって、サー・ウィリアムがかすかに笑った。

「相手が弱ったとたん攻撃を止めるとは甘いなあ、おまえ。それに若い。ものすごく若い。国を出たときのおれの半分にもならない。

忘れるなよ、哀れみは真の騎士に必要な資質だ。だが戦闘では哀れみのゆえにためらえば死ぬ。だから、剣を手にしているときにだけは哀れむな、けっしてな」

酒臭い息で説教する騎士の空色の瞳が、どんよりと酒精によどんでいる。酔いが回ってサー・ウィリアムは、ペレウスが騎士に叙任されることを目指す本当の従士ではないということを、すっかり忘れてしまったようだった。かれは、「だが」ともごもごと続けた。

「いまは剣で立ち会ってるわけじゃないからな……その哀れみを受けておこう。おれのことはいっさい聞かないでくれるとありがたい。いつかこちらから話すおりもあるだろう」

しまった、とペレウスはつかの間、思った。質問を封じられるまえに、「ゾバイダとはどんな関係ですか?」と聞いておけばよかったのに。

サー・ウィリアムは身なりこそ不潔で飲んだくれの物乞いだが、若い戦士らしく均整のとれたたくましい体をもっている。そして、酒を抜き、ひげをそって風呂に入ればなかなかの美男なのではないかと思われた。親しい奴隷娘のゾバイダと、この騎士とが、本当はどんな知り合いなのか、ペレウスは気になっていたのである。

けれどペレウスは、いじめられることで少々歪んだとはいえ、基本的には行儀のいい子だった。そして、サー・ウィリアムに少しずつ親しみを感じはじめていた。かれは黙った。

ペレウスは左の盾をかまえ、騎士にたずねた。

「まず防御を身につければいいんですね？」

「ん？　――おお、そうそう。よし、再開だ。

盾をかまえた姿勢ですばやく回れ右、回れ左を百回ずつ。体の軸をくずすなよ」

「あ、それと……」

「なんだ？」

「毎回ちょっとずつでいいので、ヴァンダル人の言葉――あなたの使うのはイングル語でしたっけ。それを教えてくれませんか」

「……なんでだ？」

「護るために存在するという騎士と、その護る土地と、その信じる神の話を、もう少しよく知りたいんですよ。僕も故国を護りたいんです」

手にした盾の表面を見る。古代ファールスがジン族に征服されたとき捨てられた炎の神の紋章を。

ヘラスが帝国に蹂躙《じゅうりん》されるようなことになれば、諸都市にある壮麗な神殿も壊され、太古からヘラスの文明とともにあったヘラスの神々も抹殺されるのだろうか。

断じてそんなことはさせない。

「護りにこそ重きを置く武術というのなら、もう文句はいわずやってみます」

✣ ✣ ✣ ✣ ✣

イスファハーン公の館、庭園の砂場にしつらえられた武芸修練場。

少女のもつ漆黒のダマスカス鋼の鋭利な刃が、黒い稲妻のようにひらめくや、対手の持つヘラス式の短槍が二つに断たれた。

ファリザードは三日月刀の刀尖をつきつけた。歳上で背がずっと高い少年の眼前に。

「わたしの勝ちだ、今回も」

部屋着である、薄衣だけの裸に近い格好ではない。若草色の長袖シャツ《カミース》に、すその締まったズボンと絹の靴を身につけて、ファリザードは運動のための男装になっていた。

刀をつきつけられたセレウコスが、荒い呼吸で卑屈な笑みを浮かべた。ヘラスの歩兵の兜と鎧をつけたかれは「ま……まいりましたよ」といって、断たれた槍をほうりだした。それから、全面降伏のあかしに円盾をも腕から外し、砂の上にへたりこんだ。

かれほどではないが胸をあえがせながら、ファリザードは、いつものさげすみの目でセレウコスを見た。かれと、修練場に雁首をそろえて成り行きを見ていたほかのヘラス人の少年たちを。

「ヘラス人というのが、かくも惰弱な民とは思わなかった。これで二巡目だぞ、わたしがおまえら全員に勝ったのは」

「お嬢様が強すぎるんですよ。それに、その名刀がすごい」

侮辱すると、即座におべっかが返ってきた。当然だと優越感をくすぐられる一方、セレウコスへの嫌悪がこみあげる。ファリザードは黙って愛刀を鞘におさめた。

（父上はなんで、こんな誇りのかけらもないやつらに、わたしを……）

この一年、ファリザードは父から、かれらヘラス人少年使節たちの接待を任されていた。

十二歳のファリザードとは年齢が近い少年ばかりだったが、仲良くなった者など皆無だ。そもそもかれらは人族のなかでも、汚らしい性質のものばかりとしかファリザードには思えなかった。どいつもこいつも仲間内でかたまり、街へ出て遊び呆け、父上の良民に対してすぐ問題を起こす。家令の報告によれば日ごろから淫売窟にいりびたりの者が半数もいる。

弱い相手に強く出るくせに、ジン族に対してはこびへつらい、裏にまわってひそひそと陰口を叩くだけ。表向き露骨にファリザードにおもねってくるのは「あの話」があるからだろう。

この、ヘラスの有力者の子からなる少年使節のうちのだれかが、彼女と結婚できるという話。

――汚らわしかった。虫唾が走る。

こいつらといて胸がすくような時間は、言葉でやりこめ、武技で完膚なきまでに打ちのめす瞬間だけだ。それもほんの一瞬で、すぐにむかむかがつのる。

父からは、ヘラス人のうち、気に入った者を夫として選ぶがいいとなどいわれているが……どの者に対しても、かけらも情愛を感じることはあるまいと思われた。

（ヘラス人なんか、戦争を続けて徹底的に負かしてしまえばいい）

ファリザードは、本音では、この愛刀を与えてくれた母方の伯父の意見に賛成だった。「和睦など帝国には必要ない、今回のヘラスとの交渉はばかげている」という意見に。しかし彼女の父、イスファハーン公は、宮廷において、ヘラスとの和平を強力に推進する派閥の筆頭だ。娘としては、父の意向に従わざるをえない。

――けれど、どうしても嫌。こんなやつらのだれかに与えられるのだけは嫌だ。

ジン族は、人族よりもさらに感情を重視する。当人たちの意に添わぬ結婚は、人族ならば多々あると聞き及ぶが、ジン族は自然な心の動きに従うことが多い。それでも政略結婚がないわけではない……ことに、帝王《スルターン》を輩出する五大名家のひとつ、イスファハーン公家に生まれたからには、ファリザードも覚悟はしてきた。父上とわが一族のためになるのなら、自分はどんな好かないジンにでも嫁いでみせる。

でも、人に嫁げというのは、ひどすぎた。愛する父がいったのでなければ、侮辱と受け取っていただろう。それも、戦争をしかけてきた異文明の民と和睦するためにだなんて……こっちの完勝寸前なのに。

それに、わたしは百三十年ぶりに生まれた、家のただひとりの女児なのに……。「ジンは子がとても少ない。ことにイスファハーン公家には現在、女児はほかにひとりもいない。だから、おまえはうちの宝物なのだよ」と、父に幼いころに聞かされたことがあった。

ヘラス人との結婚の話を知っているひとにぎりのジン族はみな、ファリザードをおもしろがる目で見るか、哀れみの目で見るかだ。父以外の家族でさえそうだ。

いちばん若い兄エラムが父上に意見してくれたことがある。「攻撃をやめて、自治を許してやるともちかけるだけで、疲弊しきったヘラス諸都市はひざまずいて帝国に臣下の礼をとるでしょうに。なぜファリザードまでくれてやらなければならないんです」と。

（きっと父上はもう、わたしのことがぜんぜん可愛くないんだ）

美しい双眸に、じわりと屈辱と悲しみの涙がたまった。ファリザードはそれを見られないうちにときびすを返し、少年たちの前から急ぎ足で去った。

毎日ひとりずつを相手に武芸勝負をいどみ、ヘラス人使節全員を打ち負かす――そのうっぷん晴らしのこころみも、二度目となるとあまり気が晴れなかった。

（真剣での手合わせをせまるだけで、腰が引けているんだから。あんな、ねずみほどの勇気もない者たちにいくら勝っても無意味だった）

もっとも、厳密には、まだひとり戦っていない者が残っている。

王族でありながら酔っ払って小便を漏らしたペレウスとかいうやつ。ほかのヘラス人みたいに徒党こそ組まないが、例によって、酒を毎日持ち出して、市内のどこかに消えていくという。セレウコスたちとおなじように、馴染みの娼妓《しょうぎ》かなにかをつくって、そこにしけこんでいるのだろう。今日も姿が見えなかった。あれのことは数に含める気にならない。どうせまともな手合わせになるはずもない。

伯父であるホラーサーン公より贈られた三日月刀をすらりと抜く。ジンの心臓近くから抜き出す魔石を加工したダマスカス鋼の刀。軽く、鋭利で、柔軟でありながらきわめて丈夫な魔法の刃。吸いこまれそうなほど黒い刀を見てファリザードは思案した。

（いっそ、父上のまえでこの刃を自分の首筋におしあてて、「ヘラス人と結婚させられるのは耐えられる恥辱ではありません」と訴えてみようかな）

だが出来はしないとわかっていた。貞潔や名誉を守るためであっても、唯一神の教えでは自決は許されない。

少女は、沈んだ思いを払おうとするかのように刀を横に薙いだ。緑の木立のなかでそのまま演武を展開する。幹や枝のあいだをぬってステップを踏み、斬撃を縦横にめぐらして幾重にもかさねる。刃が風を切る快音は一振りごとに高まり、木々の葉だけが正確に切られて舞い散っていく。

武術指南役の教えどおり、迅く。峻烈に。火のように烈しく。

彼女の教わった剣は、ジン族の正統の剣技——息もつがせぬ攻撃の速さにこそ重きを置く剣。

## 皮剝ぎ公

数百年前、帝国のホラーサーン地方を治める妖王《マーリド》アーディルは、おのれに逆らった人の部族を幼子を残してことごとく殺戮《さつりく》し、その皮を剝いだ。生き残った子供たちは、成人するまで人皮が敷き詰められた家畜小屋に住まわされたという。以来、〈皮剝ぎ公〉とかれは呼ばれる。

恐ろしいほどの精強さを誇るかれの軍は、ファールス帝国における最強の武力である。

ゆえにかれは、剣を意味する〈アッシャムシール〉の異名をも持っている。

⚜ ⚜ ⚜ ⚜ ⚜

——サー・ウィリアムに稽古をつけてもらうようになって五ヶ月あまりがたった。

きついが、楽しい日々だったと、あとになってからペレウスは思ったものだ。

修行開始五十日目あたりで、盾とともに片手剣をもつことを許された。

サー・ウィリアムは、あまたの戦闘技術や戦いの心得を、ペレウスに厳しく教導した。

「片手盾は、敵の攻撃をただ受けるだけの防具ではない。打撃用の武器であり、隙をついて敵の体や武器をおさえこむ道具となる」

「大ぶりの斬撃は、なるべく真正面から受けるよりかわすか受け流せ。つぎの一瞬がこちらが致命傷をあたえるチャンスとなるが、実際にその機会につけこめる者は少ない。日ごろからの地道な練習だけが確実性をます」

「敵の武器が鋭利なら、手首への攻撃にも気をつけろ。小手先への攻撃でも、動脈を傷つけられたら致命傷になる。腱が傷つけば武器をにぎれなくなるぞ」

必死にくらいつこうとするペレウスの体形は、変わりつつあった。細身はあいかわらずだが、女の子並みに華奢で貧相な体つきから、従士の若者らしく芯からひきしまった肉体へと。

廃墟となった神殿のほこりっぽい薄あかりのなかで、炭が赤く熾《おこ》っている。

「呪縛にとらわれ動けぬ王に、ターン・ワザランの魔の騎士は問うた……

『すべての女が望むものは何ぞ？』」

陶製の火鉢のうえでゆっくり焼肉の串を回しながら、サー・ウィリアムが故国の言葉で朗々と物語を吟じていた。

午前いっぱいと午後の大部分をついやした武術の修行が、ひととおり終わったあとだった。ペレウスはいつものようにひどく疲れて、倒れた石の柱に腰を下ろしていたが、眠くなることはなかった。修行のあと、サー・ウィリアムが故国の言葉でつむいでくれるヴァンダルの騎士英雄譚が、最近、いたくお気に入りになっていたのである。

この数ヶ月のうちに、あっという間にイングル語には慣れていた。騎士物語にはまり、せっつきながら聞いていたおかげだろう。ゾバイダに教えてもらったファールス語より上達が早かったくらいだ。少年の性格は強情でも、その好奇心と知性は柔軟だった。

「それで、王はどうなったの？　魔の騎士の謎かけの答えはなんなんですか？」

もともと物語好きのペレウスは、目をきらきらさせて続きをうながした。サー・ウィリアムはにかっと腹の立つ笑いをみせた。

「続きは明日だ」

「またですかそれ！　いつもいつも、気になるところで切らないでください」

むうっとふくれたペレウスに、あぶっていた馬の焼肉の串を一本渡し、サー・ウィリアムはふんふんと鼻歌を流した。その肩に駆け上ったエル・シッドが、主人の耳をひっぱって肉の切れはしをねだる。小さな肉片を吹き冷まして、手渡しで与えているサー・ウィリアムに、少年は片眉をあげていった。

「……ご機嫌ですね」

「故国の言葉で好きなだけ語れるってのは気分いいもんだ。ありがとうよ」

思ってもみなかったことに礼をいわれ、ペレウスはびっくりした。いささか照れ、「べ……べつに。こっちが頼んだことですし」などとぼそぼそいいながら串をかじる。ペレウスはこのヴァンダル人……いや、イングル国の騎士と、すっかり親しくなってしまっていた。不覚にも。

上機嫌のまま騎士がいった。

「おまえの剣の筋は悪くない。おまえの年頃のおれよりは強くなっているだろう」

こんどは褒められて、ペレウスは赤くなった。

「不気味ですよ、なんで急に……これまでそんなこといってなかったじゃないですか。むしろ、ひどいいわれようだった気がするんですが」

ど下手くそだの才能のかけらもみえんだの、しごかれながらぼろくそに罵られていたというのに。

それに対して若い放浪の騎士は、口元を馬の脂で汚しながらうそぶいた。

「気にするな。罵りながら従士に稽古をつけるのは騎士の楽しみのひとつでね。気分爽快だからや

っているだけだ」

その飾らなさすぎる言い草でペレウスに目を剝かせたあと、かれは考えながらいった。

「ちょっと早いが、おまえには両手剣を持たせてみよう。ミッドナイト流の本分はそっちだ」

いよいよ本格的に、騎士の武芸の枠である剣を学べるんだ。ペレウスは興奮が血管を力づよく脈打たせるのを感じた。だが、サー・ウィリアムは「どうしたものか」と上方に視線を向けてつぶやいた。

「肝心の両手剣がない。ヴァンダル式のあれは目立つから、イスファハーンの市壁の内側に持ちこむわけにはいかなかったんだよなあ」

「木剣でいいんでは？　いま教わっている片手剣だって木剣ですよ」

「両手剣は重い。その重さに慣れておくことが重要なのだ。よし、市場《バーザール》で近い重さとバランスの木剣を探してみよう。運がよければ、おれたち式の両手剣が置いてあるかもしれん」

ペレウスは歓声をあげかけた。だが、サー・ウィリアムが「最近はファールス人どもが、賊の討伐に血道をあげているそうだし。殺された賊の武器が売られてるかもな」とつけくわえたのを聞いて、どう応じればいいかわからず沈黙した。

以前からイスファハーン近郊に出没する賊は、ヴァンダル人の一党だともっぱらの噂であった。が、ペレウスの困惑に対し、サー・ウィリアムは同胞の末路をさほど深刻に気にとめてはいなそうだった。「なにしてる？　行くぞ」かれは火鉢にふたとして皿をかぶせ、エル・シッドを肩にのせて立ち上がった。

ファリザードはよく来る市場の果物屋の前に立っていた。裸に近い部屋着でもなく、刀をふりまわすときの男装でもなく、通常の女児のように丈の長着《カフタン》を身につけている。伴をつれず、こうして気楽に市内に出ることがよくあるのだ。主に気晴らしとして買い食いするためであり、そのための小銭までわざわざ安い銅貨で持っている。

杏、柘榴《ざくろ》、イチジク、葡萄と店前に並べられた新鮮な果実を、どれにしようかなとじっくり観賞する。ひとさし指を当てたつやめかしい唇が、われ知らず楽しげな微笑の弧を描いていた。

「ファリザード様、こちらのダイラム産の桃はいかがですか。入荷したばかりでしてな」

果物屋の老爺が、前歯の抜けた笑顔もほがらかにすすめてきた。

「うん。とてもおいしそう」

ファリザードはにっこりする。ヘラス人《ヘレネス》の少年たちにはけっして見せない、無邪気な笑い。数えもせず多めに小銭を渡して、小ぶりだがよく熟れた桃をひとつつかみとり、やや行儀わるく店先でかぶりつく。彼女は果物が好きだった。幸せそうに果肉をほおばる少女を、孫娘を見るような目で老爺がにこにこながめている。後ろに控える衛士も苦笑するのみである。

通りを行きかい、値引き交渉で怒鳴りちらしている人々も、一瞬ちらりと微笑ましげな視線を少女にむけていく。領主の娘はよちよち歩きのころから、この市場界隈の常連なのだ。

ペレウスたちは誤解していたが、ファリザードはすべての人間を嫌っているわけではない。

たしかにファールス帝国の一般的なジン族の感覚としては、人は異種族であり、自分たちに支配される者であり、自分たちより一段劣る存在だ。しかし、人が犬を愛でることができるように、ジン族は自分に忠実な異種族については慈しみ、親しむことができた。

数軒となりのパン屋の太った女房がわざわざ寄ってきて、大声で少女に話しかけた。

「ファリザード様、蜂蜜菓子の新作がありますよ！　試食してもらえますかい」

「食べる！　ちょっと待っ……」

快活に叫びかえしたファリザードの声が途中で途切れたのは、開門を告げる鐘のためだった。

市場のだれもが、いっせいにひとつの方向を見た。イスファハーンをとりかこむ赤茶色い煉瓦の市壁――その西側の、二基の尖塔をつけた巨大な門が市場からは一望できる。

午後の大気を重くふるわす鐘につづき、人の頭より倍も巨大な、太古貝の笛が鳴らされた。

ウウウウウウウウウウ――――――――ウウウウウウウウウウ――――――

それは軍勢入城の合図だった。

縦横二十ガズ（約二十メートル）ずつある巨大な石の扉が外側に開き、鎖巻き上げ式の格子ががらがらと上げられ、馬蹄がずしゃりと門前の広場にふみこんだ。そうして、二百人ばかりのかれらがやってきた。

まず楽器を手にした奏者たち。旗持ち。弓を鞍につけた軽騎兵。鎖かたびらをつけた重騎兵。顔面を怪鳥をかたどった恐ろしい面頰《めんぼお》で守り、紡錘形の兜にターバンを巻いている。その兵士たちは、急行してきたのか全員が馬に乗っていた。

楽団以外は沈黙をまもり、市民に顔を向けもしない。たった二百名の軍勢ながら、かれらは圧迫感をまとって、イスファハーン公の館へ通じる道を進んでゆく。

旗には、黒い剣の紋章がかかげられていた。

その紋章旗がひるがえるのをみた瞬間、市場におののきまじりの緊張がさっと走った。ファリザードの横でパン屋の女房があえいだ。

「なんてこった、アーディル公ですよ。ホラーサーンの皮剝ぎ公……」

その呼び方で、ファリザードが複雑な表情になったのを見て、「……おい」果物屋の老人がパン屋の女房をとがめる声をだす。中年女ははっと口をおさえ、言い訳をはじめた。

「いえね、ファリザード様、伯父様を悪くいったんじゃないですよ、ただ……」

「別にいい。本当いうと伯父御のことは、わたしも怖い」

ファリザードに刀を与えた母方の伯父というのは、ホラーサーン公アーディルのことである。

ファールス帝国でもっとも危険な妖王。かれは古代ファールスを滅ぼした征服戦争のときから武将であり、生ける伝説である。反乱を起こした人の部族を、幼子を残して虐殺し尽くしたとき以来、かれは〈剣〉、もしくは皮剝ぎ公と呼ばれて恐怖されていた。

そしてかれは、対ヘラス戦の最強硬派として、和平にもっとも強く反対している男でもあった。

そのかぎりでは頼もしいのだが……少女は苦笑して正直に吐露した。

「伯父御についていては、近寄るより、遠くから武勇をたたえていたいな」

「ええ、そうそう、そんな感じですよ。あ……ファリザード様、また店にいらしてくださいね」

懲りずにしゃべるパン屋の女房は、果物屋ににらまれてそそくさと退散していった。

軍列の先頭が市場にふみこんだとき、市民のだれかが地にひざまずいた。大領主級の高位のジン族にむける礼である。

つぎつぎと自発的に市民がひざをおっていく――

この街の領主であるイスファハーン公相手におこなうときと違い、その礼は敬意からではなく、気圧されてであった。ひざまずかねば何をされるかわからない。〈剣〉の名とその統率されきった沈黙の軍勢には、そのような危惧をいだかせる異様な威圧感があった。

鷹が軍勢にさきがけて市場の上空を舞う。見上げ、伯父御は鷹が好きだった、とファリザードは思い出した。それから決心した。

（隠れなければ）

ジンでありイスファハーン公の娘であるファリザードは、むろん領民たちのように伯父の前でひざまずく必要はない。だが、周囲の者たちが身を縮めるなかでひとり立っていれば、すぐみつかってしまう。そうすれば、「なぜおまえは伴をつれずこんなところにいる、ファリザード」と、伯父はあの凍てついた刃のような目を向けて問いただしてくるだろう。

ホラーサーン公は、義弟であるイスファハーン公とまったくちがい、ジン族と人族が親しくまじわることを喜ばない。「わたしは顔見知りの領民たちの店で買い物をするのが趣味なのです」などといえるわけがなかった。

こっそり館にもどろうと身を返しかけたとき、ファリザードの目に珍奇な光景がとびこんできた。

小さな猿が屋台の柱にとりつき、横にたちどまったひとりの商人の帯に手を伸ばしていた。柄と鞘に宝石《ジョウハル》を象嵌《ぞうがん》した高価そうな短剣を、帯から抜き出そうとしている。商人は軍勢の行進のほうに心を奪われており、猿に短剣を盗まれようとしていることに気がついていない。

ファリザードは顔をしかめた。彼女の父の領地で、ささやかとはいえあきらかな不法行為が白昼堂々とおこなわれている。

「あの小猿はなに？」

果物屋の老爺が頭をかいてため息をついた。

「じつは、前からあの手合いが出没しておりまして……獣を仕込んで、すりを働かせるんですな。嘆かわしいことですが、その、狙われるのは礼拝の時間のとき拝跪していない不信心者が多かったもので、ついつい放っておりました」

「でも、今回は不信心者への盗みではない。見逃してやる理由がない」

不愉快そうにファリザードはつぶやいた。近いうちに館の衛士を派遣して、本格的に猿の主をつきとめて裁く必要がありそうだった。

だがそのとき、影が電光のごとき速さで空から地へつっこんできた。

鷹の急降下に、ファリザードを含め、みなが息をのんだ――猿が驚いて短剣を放す。だが逃げようとして背をむけるかむけないかのうちに、鷹の爪はその獣をとらえていた。暴れる猿を地におさえこみ、翼をおおうようにかぶせて、猛禽は殺しの爪をぐっと握りこんだ。骨がぱきぱきと折れる音——断末魔の痙攣とともにぐったりした猿をひっつかんで、鷹は力強く宙にまいあがった。

ファリザードは嘆息した。罰を受けるべきは、あんなことを教えこんだ飼い主であって、あの哀れな動物ではなかった。鷹は屋根のひとつに猿をはこび、捕食の「食」の段階にうつるべく、その死体をあらためて足でおさえつけた。肉が引き裂かれる光景を見るにしのびなく顔をそらしたとき、ファリザードはまたも予想外のものを……人物をみた。

(あいつは)

あの恥さらしのヘラス人王族、ペレウスが路上にいた。かれは突っ立って、屋根の上の鷹をみつめている。

(あの馬鹿もの、何やって……)

その立つ位置がまずかった。軍勢がいましもかれの立つ区画に踏み込もうとしており、かれの周囲の人間はひざまずこうとしている。かれの姿はいやでも目立つことになっていた。

伯父御はあいつを問題にするだろうか、とファリザードは気を揉んだ。〈剣〉は、容赦のなさと厳格さにかけては、ほかのジンの追随を許さない。

あんなやつでも、彼女の家の食客だ。なにより、殺されるのはさすがに寝覚めが悪い。もう眼前で死を見たくなかった。

だからといって、わざわざそばにいって声をかけてやったり、伯父の軍勢に「そいつを殺さないで」といってやる気にはなれなかった。どうせヘラス人のことだ。今日もまた遊びまわっていたのだろう。せっかく忘れていられたヘラス人への嫌悪感がよみがえってくる。

（あんなやつを救うには、これでじゅうぶん）

ファリザードは、手にしていた食べかけの桃をかれに投げた。

熟れた桃はかれの頭に当たってつぶれるだろう。かれが果汁にまみれた愕然とした顔でこっちを向いたら、さしまねいてやる。ファリザードが行くのではなく、かれが来るべきだ。少年が生意気にも怒ってこちらに来たとき、状況を教えてやるつもりだった。思いきりさげすんだ表情と口調で。

ところが、想定した状況は起こらなかった。

その少年は、ファリザードが予想しなかったことに、きわめて機敏に反応した。自分への攻撃を鋭く感じとってか、即座に桃の飛んでくるほうに顔をむけたのである。

それだけでも意表をつかれたが、かれのつぎの行動は、ファリザードの目をさらに丸くさせた。

ペレウスは一瞬で、左足を軸に体を回転させ、盾で防ごうとするかのように左腕をかかげ――飛んできた桃を反射的につかんだのだ。俊敏な防御の身ごなしだった。

果物を投げたのがファリザードだと気づくや、ペレウスは、きっとばかりに彼女をにらんできた。そして手の中のかじりかけの桃に目をおとし、いきなりそれを投げた。

ファリザードに投げかえすのではない。いましも猿の肉をついばもうとしていた鷹に投げた。

猛禽は驚き、つかんでいた獲物を離して舞い上がった。怒りの鳴き声が響きわたるなかで、猿の体が屋根のふちからずり落ちた。突如としてひとりの物乞いが路地裏からとびだしてくるや、死体を抱きあげ、出てきた路地裏にふたたび消えた。

呆然と物乞いの消えたほうを見ていたファリザードは、はっとしてペレウスに視線をもどした。

その少年の姿も、すでにかき消えていた。黙々と軍勢が通ってゆく街路の両端には、ひざまずくファールス人たちがいるばかりである。

「……ふうん?」

ファリザードは自身も屋台の裏にかくれながら、手についていた桃の汁をぺろりと舐めた。

「武芸の心得、あったんだ」

金の瞳が、ほそまりながら物騒に輝く。

食う肉もないとうかつにも捨ておいていた小さな虫が、じつは丸々太った美味しそうな獲物だったと再発見した、豹の仔の目。

† † † † †

「エル・シッドがおれの命令なしで勝手に盗もうとしたのははじめてだった」

神殿に戻り、冷えた火鉢をはさんで二人して腰かけていた。小さな死骸を胸に抱いてゆっくり撫でながら、騎士はほうけたようにぼそぼそしゃべっていた。

「こいつは、いままでの盗みから学びとって、価値のありそうなものを持ってくればおれが喜ぶと知っていたんだろう。まったく、利口なのか馬鹿なのかわからねえなあ。この阿呆め、軍勢行進で人々がひざまずくのを、いつも盗みをやってた礼拝の時間と勘違いしたんだ」

「サー・ウィリアム……」のどがつまったような声で、ペレウスはかれに話しかけた。「エル・シッドを埋めてあげましょう」

「そうだなあ……こいつは三年もおれの盗みの相棒で、話し相手で、従士で、友達だった。おれの国だと友達が死んだら葬ってやって、祈るんだ」

「僕の国でも。たぶん、どこでもそうですよ」

ペレウスは泣き笑いに近い表情を浮かべてうなずいた。かれも悲しかった。その小さな猿は、ペレウスにもだんだん心を許し、かれの手から食べ物を受け取るようになっていたから。

神殿の裏に出て、砂利っぽい土を掘りかえす。墓穴にエル・シッドの体を横たえて埋め戻し、死骸が掘り返されないよう大きな石を上においた。

祈りをささげた——ヘラスとイングル、それぞれの地のやり方で。

それが終わると、一気に虚脱したようにサー・ウィリアムは肩を落とし、「潮時だ」ともらした。

「この街にいるのは潮時だ。エル・シッドがいなきゃ、おれは食っていけない」

「……僕が授業料を払います、いままでのぶんも含めてきちんと」

できるかどうかわからないが、なんとかして金を稼いでみよう。少なくとも、ヴァンダル人であるせいで表立って働くことすらできないサー・ウィリアムより、ペレウスは立場的に恵まれている。

だが、サー・ウィリアムは力なく首をふった。

「だめだ。なぜ使節が日々の食糧や金をあくせく手に入れようとするのかと、ファールス人に怪しまれるに決まっている。ヴァンダル人とつながりがあると知られれば、おまえにも、おまえの国にもまずいことになりかねないぞ」

自分の身だけならともかく、故国のことをもちだされるとなにもいえない。

「じゃあ……じゃあお別れですか、エル・シッドだけでなく、あなたとも」鼻がつまる。この人たちは僕の友達だったんだ、とペレウスははっきり悟った。身を切られるように辛かった。この街では、ほかに友達はゾバイダだけだったから。

「街から出るのを手伝うという約束でした。僕は何をすればいいんですか？」

「いや、ペレウス、その約束はそれほど本気でいっていたわけじゃない。心配せずとも、おれは自分で――」

「盗みの相棒でこそありませんでしたが」ペレウスは強い口調でさえぎった。「僕はエル・シッドとおなじくあなたの話し相手で、従士で、それにちょっとは友人みたいなところがあったと自負しています。お別れのときくらい手伝わせてください」

騎士は、鈍い動きで首をまわして少年をみつめた。ややあって「わかった。具体的なことはそのうち頼もう」と、かれはいった。

ペレウスは話題を変えた。

「……あなたは、やっぱり、傭兵なんですか？」

「……ちがう、騎士だ。この地にきたいちばんの理由は、求め探すものがあったからだが、十字軍に参加することが騎士としての誉れでもあったからだ……くそったれ、雄々しく戦って、負けたときは死ねばよいだけだと思っていたのに」

その騎士は両こぶしをにぎりしめて独白した。

「折があれば話す」と以前、サー・ウィリアムがいっていたことをペレウスは思い出した。どうやら、いまがその折だとかれは判断したようであった。

「戦うだけであれば、簡単だったんだ。だが、戦い続けるためには金と食糧が必要だった。故国は遠すぎる。食糧なんぞ運んでこれないし、無理に運ぼうとするとどんどん出費がかさむ。背後のヘラス人が援助してくれたのは最初だけだ。歩調を合わせた軍事作戦で帝国に大敗したのち、十字軍とヘラス諸都市の関係は悪化し、援助は打ち切られた。傭兵どもに払う給金が尽き、部下や馬に食わせる糧秣《りょうまつ》も尽きた。

だから、敵から奪ってすべて満たそうということになった。気づけば十字軍のすべてが盗賊になっていた。ファールス人の町や集落を襲い、掠奪で食っていくことしか考えなくなっていた……敵の民を拉致して奴隷商人に売って金をつくることだけはするまいと思っていたのに、王たち自身が率先してそれをやりやがった。上が腐って、下がそうならないと思うか？

おれは耐え切れず十字軍を飛び出した。エル・シッドを市で買ったのはそのあとのことだ」

あなたたちは最初から来るべきではなかった。ペレウスはそう思ったが口にはしなかった。サー・ウィリアムはもうじゅうぶんに傷ついているようだったから。

それに、話を聞くかぎりヘラスにも失態はあった。中途半端な援助など最初から一切せず、十字軍などやめろとかれらを諭すべきだったのだ。

「前に、剣をとれば敵にはけっして哀れみをかけるなといったな。あれは取り消す。それで十字軍が哀れみを忘れた結末が、あの極悪非道だったならば……おまえのありようこそが正しいのかもしれん、甘いペレウス」

「……この街を出て行ったあと、イングルの国に戻るんですか？」

「故国にはまだ戻れないんだ」

サー・ウィリアムは、軋むようなうめきじみた言葉をもらした。

「帰るのがいちばんいいとはわかってるんだ。度を越した蛮行で、この地においておれたちは忌まれる者になっている。留まりたくなんてないよ、おれだって。

だが、いまさら引き上げられない。わが血筋にかかった呪いを解かねばならん。どうしても帝国の地にいなきゃならんのだ……それに、あいつを救わねば」

妙なことをぶつぶついいだしたかれを問いただすのははばかられ、ペレウスは続きを待った。だが、騎士はそれ以上しゃべろうとしなかった。


翌日の昼前。

イスファハーン公の館——庭園の修練場。なんでこんな状況に、とペレウスは立ち尽くしていた。汗がにじむ。涼しい風がこずえを揺らす本日は、さほど暑くはないのに。

（なぜだ!?）

円形の修練場をとりかこんでほかのヘラス人少年たちが勢ぞろいしている。

その前で、ファールス人少年の着るような服を身につけたファリザードが、ひざの腱をのばして準備運動を丹念におこなっていた。ジンの少女の生命力あふれる肢体が、柔軟にたわみ、曲げられ、伸ばされている。長い耳がぴくぴく動く。

端麗な面をペレウスに向け、彼女は笑った――挑戦的に、獰猛《どうもう》に。

「好きな武器をとるがいい」

## はじめての決闘

「アーダムの子ら《人族》は増えすぎる」

イスファハーン公の館の薄暗い客間にひびく、感情のない低い声。

「それが根本の問題だ、義弟よ。やつらは毎年産み、増え、たちまち世代を変えてまた産みはじめる。対してわれらジン族は、長く生きるとはいえ、ひとつのつがいが二十年に一度産めばひんぱんなほうだ。『子宮錠《ラヘム・コフル》』の存在ゆえに……もっともそれは、ジン族が地上の管理者として人より優る一因ともなっているが」

円く高いドーム状の天井の下、鳥獣紋のじゅうたんが敷かれた上。むきあうジンたちの陰影――それぞれ長椅子で寝そべるように足をなげだした、ふたりの妖王《マーリド》。

義弟と呼びかけられたジンが、ものうげに指摘する。

「しかたあるまい、ホラーサーン公――唯一神の経典が、人族に説いているのだ。

産めよ、増やせよ、地に満ちよと。

ヴァンダル人の歪んだ教えもわれらの正しき教えも、根元はひとつの経典だ。世界のどこであれ、唯一なる主神は、人族に地上の支配権を与えようと決めたのだよ」

「では、そう決めたとき主神はどうかしていたに違いない」

帝国ではけっして許されないはずの瀆神《とくしん》の言葉を平然と吐いたのは、ホラーサーン公と呼ばれたもう一方のジンである。亡き妹の夫であるイスファハーン公に対し、〈剣〉《アッシャムシール》は、霜がおりるようなまなざしを向けていた。

「われらは長い命を持つ。われらは経験をたくわえ、われらは賢い。それなのに、ねずみのように考えなしに増えるというだけで、人族がわれらの上に立つのか。ばかげている。義弟よ、わしは征服時代の上古《いにしえ》から生き、人のすべてをじゅうぶんに見とどけた。国また滅びまた興《おこ》り……何度くりかえせば気がすむ、アーダムの子らは？」

〈剣〉は手をふった。

「人の発想がときに役に立つのは認める。人族に有用な者、善良な者がいることも認める。だが地上の管理者になるには、かれらには致命的な欠陥がある。爆発的に増えることそれ自体だ。しかも短い命ゆえ生きいそぎ、百年単位で考えることがほとんどできぬ。

ひとたび人族にじゅうぶんな土地と食糧を与えてみるがいい。その割り当てが足りなくなるまでかれらはたちまち増える。世界の他の生き物を滅ぼし、資源を食いつぶしながら、増えても増えてもまだ増えようとする。そして終末に破滅がやってくる。どの文明も行き着くのはそれだ。飢饉・疫病・戦乱・死だ。人口の限界をむかえて社会を破綻させ、生き延びるために他者をおしのけ、奪い、殺し……周りをまきこんで荒廃しきってからまた最初からやり直そうとする。

愚劣の極みである。

こたびのヴァンダル人の侵略にも、その人族の宿業が関わっていることだろう。われわれジン族が、かれらを『管理』してやるべきだ。持ってよい子の数を厳しく定めるべきだ。獣を保護するのと同じように、ときには間引いて数を減らしてでも、種としての平和と安寧を与えてやるべきだ。ヘラスやヴァンダルの地にも、帝国がそれをもたらすべきだ。炎と刃で征服し、法によって管理する。征服と管理こそが長い目でみたとき、平和につながってゆくだろう」

ホラーサーン公の声音は淡々としていた。イスファハーン公は黙って聞いたのち、疲れたように首筋を揉んだ。

「あなたへの恐怖で保たれる平和と安寧か……人族は自由を求めるぞ、われらジン族とおなじく。征服されるヘラス諸都市やヴァンダル人は、帝国に対して最後まで抵抗するだろう。かれらの侵略軍に対し、われわれが徹底的に戦ったように」

「人族にわれらと同じだけの自由を求める資格はない」無造作に〈剣〉は口にした。「自由を手にしてよい者は、それを適切にあつかう知恵をもつ者だけだ。人族の好きにさせていれば、この世界はいずれ破綻する」

「……〈剣〉よ、百年以上かけて議論してきたが、あなたと意見をともにすることはできないようだな。わかっていたことだが」

〈剣〉は答えた――無表情に。

「そうだな、われわれはどちらもわかっていたのだ。わしはおまえと話をしにきたのではない、義弟よ」

「では、あなたは何をしにきたのだ、ホラーサーン公？　あなたがわが街に伴ったのは二百騎だが、私の聞いた話によれば、三万もの大軍を自領から発して西進させているそうではないか」

「やるべきことをやりにきたのだ。帝《スルターン》の意を遂行するために。

最初は、この地の賊の一掃。それから、しぶとくいすわる最後の十字軍国家、アレッポの『聖ゲオルギウス騎士団』なる犬どもの皮を剝ぐ。

そのあと、ヘラスを踏みつぶす」

⚔　⚔　⚔　⚔　⚔

砂をまいた木立のなかの修練場。

青空のもと、ファリザードの抜いた黒刀の表面に、火が波打つような紅い刃紋が鮮やかに浮いた。

その色はたちまち金に、青に、紫に、オレンジ色に、そして純白に移り変わった。

「この刀の名は〈七彩《ハフト・ランギ》〉というのだ」

誇らしげにそれをかかげてみせている少女の前で、ペレウスは走って逃げるべきかどうか思案しはじめている。

朝起きてからずっと、サー・ウィリアムをどうやって市壁の外に出せばいいのかを考えていた。

とりあえず今日も騎士のところにいってみようと決めたところで、ゾバイダが「あの、お嬢様が……」と部屋に呼びにきたのである。来てみればこんな窮地だった。

とりあえずペレウスは彼女に話を合わせてみた。

「……きれいな刀だね」

「ふふん、ジン族の技術の粋だ。大地の火で、ダマスカス鋼を七十七夜かけて魔術鍛造したものだ。美しいのは当然として、こいつの価値は切れ味にある」

その切れ味を僕で試すつもりか、とペレウスはぞっとしない思いを味わった。相手は気まぐれかつ戦い好きで有名なジン族だ――なにをするかわからない。が、セレウコスのとなりにいたヘラス人少年《ヘレネス》――王政都市の子、パウサニアスがためらいがちに口をだした。

「ペレウス、心配しなくていい。彼女の腕はたしかだ。君を傷つけることはしないよ……」

「どうかな。わたしだって手元が狂うことはある」

もてあそぶようにそういったファリザードが、「さあ、はじめようか」とペレウスに声をかけた。

修練場の奥まったところにある、煉瓦造りの武器庫を指さしながら。

「はやく得物をえらべ。あのなかにはヘラス式の武具もひととおりそろえてある」

(ひどい話がどんどん進行していく)

ペレウスはげんなりした。これがセレウコスと戦えという話なら、願ってもない機会とよろこんだかもしれないが、ファリザードを相手にするつもりはなかった。この少女の皮肉、冷笑、さげすみのまなざしにはうんざりしきっていたが、セレウコスに向けているほどの憎しみは抱いていなかった。彼女はほかのヘラス人にもひとしく意地が悪いことを知っていたので。

少年は意を決してきっぱりいった。

「断る」

ファリザードは眉を上げた——それからきゅっと寄せて不快感をしめした。

「……断る？」

「なんだか知らないがいきなり呼びつけて武器をとれだって？　僕になんの得がある」

「腰抜けめ。得がなければ戦えもしないのか」

間髪をいれず罵声が飛んでくる。刀を肩にかつぎ、ファリザードは氷結しそうなほどに視線の温度を下げ、さらにつづけて罵ってきた。

「『貴種の恥と民の恥とは平等の重さではない』歴史家ナスル・アリーがかくいったように、義務と名誉を背負うからには、民の上に立つ者は戦いをおそれてはならず、醜態をさらしてはならず、誇りを墓までひきずっていかねばならない。

おまえは貴種失格だな、ミュケナイのペレウス。まわりから小便王子とばかにされるおまえに、恥をそそぐ機会をあたえてやっているのだぞ。わたし相手に善戦できたなら、多少は見なおしてもらえように」

その言いぐさにさすがにむっとしながらも、ペレウスは（我慢しろ、我慢）と念じた。うっかり乗せられてはたまらない。

「やりたければほかの奴と好きなだけ戦ってくれ。失礼する」

かれはきびすを返そうとした。が、舌打ちしたファリザードがいいはなった言葉に足をとめた。

「ヘラス人など全員こんなものか。もういい、どこへでも行け」

「……全員？」

ペレウスはふりかえってファリザードの顔を見、勢ぞろいしているヘラス人少年たちを見回した。王政都市の少年たちが目を伏せ、ペレウスをいたぶってきた民主政都市の少年たちは羞恥をごまかすようににらんでくる。

（まさか、すでにみんな負けたのか）

ミュケナイの王子の表情に気がついたファリザードが、ふっと美唇を嘲笑にゆがめた。

「そうだ、全員だ。おまえ以外のヘラス人はそれぞれ二回ずつひざまずかせておいた。だれもかれも、焼くまえの練りパンほどの歯ごたえもなかったぞ。

あとはおまえだけだ。おまえがわずかでも持ちこたえれば、その奮闘のぶんだけヘラスの名誉が回復されるかもしれないな」

我慢できなかった。

「……わかった。やる」

故郷の名誉を守れるならば、やる。

ペレウスは武器庫に入った。たしかにとりどりの武器や防具があった――ファールス人の武器はもちろんとして、ヘラス式、驚いたことにヴァンダル式までも。

かれが鉄板をはった円盾と片手剣のみをもって出てくると、ファリザードがおやと眉を上げた。

「ほかの者みたいに槍を選ばないんだな。それに、鎧はつけないのか」

「……鎧をつけていないのはそっちも同じだろう」

槍は習っていない。というより攻撃の技術そのものをろくに身につけていない。ならば、まだしも持ち慣れた武器のほうがよかった。盾を持ち上げるペレウスをまじまじ見てファリザードが「ふうん」と興味深そうにいった。

「ほかのやつらは刀をみせるとだれしも鎧をとってきたのに。おまえって蛮勇の持ち主か、変わった奴のどっちかだな」

（盾だけで子供にはじゅうぶん疲れる重さなのに、着慣れない鎧までつけたらへたばってしまうよ）

とにかく、サー・ウィリアムとの稽古のときとなるべく同じ条件でやりたかったのだ。

そうだ、とペレウスはファリザードに話しかけた。

「僕が勝ったなら」

「ん？」

「きみになにかひとつ、要求をのんでもらう」

ペレウスの念頭にはサー・ウィリアムのことがある。あの騎士を市壁の外に無事に逃がすことが、当面の重要事だった。ファリザードの――領主の娘の協力があれば、それはきっと成就するはずだ。どうやってそれを行うかは、勝ったあとにゆっくり考えよう。勝てるとすればだが。

しかし、ペレウスがそういったとたん、少女は過敏な反応をみせた。

「な……なにかって何をだ！」

身を守るように左手で体を抱き、右手の刀の先を突き出しながら、彼女は後じさった。ファリザードの瞳に怒りと警戒と、わずかにおびえの色が浮いているのを見て、ペレウスはいたく傷ついた。

セレウコスが鼻にしわをよせ、横から胴間声をはりあげた。

「きさま、下劣な意図でヘラス人の名誉を汚すつもりか！」

ここにいたって、ペレウスの堪忍袋の緒も切れた。体ごとセレウコスにむきなおって怒声を返す。

「彼女やおまえがなにを誤解したのかだいたい想像がつく、セレウコス。あんたは顔を洗う桶をのぞきこんで自分の鏡像にそれを言うがいい。

そして彼女は疑いなく、僕をあんたの同類だと思っているにちがいない。あんたらのご乱行が、この街でのヘラス人の評判を美しいものにしてくれたからな。『ファールス貴族は狩猟を好む、ヘラス貴族は漁色《ぎょしょく》を好む』と市内で笑われているのをたっぷり耳にして恥ずかしく思っていたんだぞ。ヘラス人の名誉だと？　よくそんなことがいえるな、セレウコス。その図体でこんな小娘に、それもファールス人に負けておいて！」

セレウコスの顔がどす黒くなった。かれの顔色に関心はないようだったが、ファリザードもまた、同年齢の少年に小娘といわれたことにむかっ腹を立てたようだった。

険悪さを増した場の空気をやぶって、ファリザードが低くいった。

「おまえも負ける。すぐに大地に口づけさせてやる」

彼女は華奢な肩から刀をおろし、だらりと下げた。その足元が浮き、沈み、小さな跳躍を繰り返しはじめた。たん、たん、たんと軽やかな律動《リズム》――踊るかのような。その高さがしだいに上がり、滞空時間が長くなっていく。

ペレウスはごくりと固唾を呑んだ。ファリザードの跳躍は人にはありえない種類のものだった。ひざをほとんど曲げずに、半ガズほども軽々と跳んでいる。

セレウコスの横の少年が弱々しくペレウスにいった。

「ペレウス……彼女はジン族だ。人より運動能力が高いんだ。それに、あの刀は名だたるダマスカス鋼だし……だから、一対一で僕らが負けても、ヘラスの恥ってわけじゃないと思うよ。もちろんきみが負けたって……」

「僕はそうは思わない」ペレウスはぎっと歯をくいしばった。

書物で読んだことがあった。人の筋肉は重いが、ジン族の魔法の筋肉は異常に軽い。だから人族がけっして実現できないような敏捷さで駆け回れるのだと。

しかし、体重の軽さは戦闘では、利点ばかりではないのだとも。

『自分の得意とする戦いに相手を引きこめ』──サー・ウィリアムが口にした教えのひとつが鮮やかによみがえってくる。ペレウスは腰を落とし、しっかりと盾をかまえた。

かれもまた戦闘準備に入ったのをみとどけたとき、ファリザードの跳躍が、高さを誇示するようなものから、低く間隔が短いものに戻って行く──たん、たん、たんたんたんたんたん──

そしてつぎの変化は急激だった。姿勢をひくめて縦から横へと、彼女は跳躍を変えた。

（回りこむつもり──）

そう思ったときには、横から斬撃が降ってきていた。

驚愕してペレウスは盾をかざした。思考よりさきに体がおのずと向きを変え、受けていた。意外そうなファリザードの顔が間近にある。ひとつめの横跳びをかれが目で追ったとき、すでに彼女はもうひとつ地を蹴っていたと知って、ペレウスはぞっとした。予想よりだいぶ速い。

（あぶなかった。神々よありがとうございます）

サー・ウィリアムがこの感謝をきけば、「礼ならヘラスの神々なんぞではなくおれにいえ。防御や回避が無意識にできるまで体に動きをしみこませてやったのはおれだぞ」と主張したかもしれなかった。

逃れるように距離をとって離れたかれを、ファリザードが不満げににらむ。彼女は彼女で、一撃を受け止められたことに舌を巻いているようだった。

「……いまのは寸止めしてやるつもりだったんだから、そう怯えなくてもいいぞ。もっとも、このつぎは保証しないけれど」

彼女は、優位を示そうとしてか凄みのある笑みを作った。

しかしペレウスが剣の平で盾をぺちぺち叩いて挑発すると、その笑みはすみやかに消えた。うなり、ファリザードはまたも地を蹴った。わずか二回の跳躍で背後にまわりこみ、先ほどよりももっと疾《はや》く斬りつける……しかし、今度は予測していたペレウスは、余裕をもって向きを変え、またもしっかり受け止めた。

それだけでなく踏みこんで盾を押し出し、彼女をはじき返した。ファリザードはあわてて左腕で重い盾の直撃をふせいだ。だが軽さゆえに子猫のようにたやすくふっとび、砂を散らして転がった。

観衆であるヘラス人少年たちが啞然としている。

顔をしかめてよろよろと身を起こし、口にはいった砂を吐き出しているファリザードに、ペレウスは冷たくいった。意識して、わざと嫌味に。

「つぎは寸止めにしてあげようか？」

憤怒に、少女の瞳が燃えた。

ペレウスはわざと傲然たる態度で見下した――ひとつのことに気がついていた。

（こいつ、単純だ。挑発にすぐ乗る）

砂を払いもせず立ち上がったファリザードがまたも地を蹴る――鋼と鉄が火花をちらした。鉄板を張った盾の表面に、ひっかいたような傷がついた。対してダマスカス刀は刃こぼれひとつしていない……ひるみを覚えたが、それを面にださずペレウスは煽《あお》りを重ねた。

「唇に砂がついてるぞ――地面への口づけはそっちが先だったな」

ファリザードは盾の押し出しをくらわないようにとんぼをきって距離をあけ、すさまじい目つきでペレウスを見て、

「……ちょっと待ってろ！」

彼女は〈七彩〉を鞘におさめ、武器庫まで走っていった。そしてダマスカス刀に代わって、三日月刀を模した木刀を手に戻ってきた。

肩をぶるぶる震わせて、ファリザードはいった。

「か、刀が特別だから負けたなんて後からごねられたくない。おまえはやっぱり、これで思いっき

りぶちのめしてやる」

これはよほど腹をたてたな、とペレウスは目を細める。

（それ、後半が本音だろ）

ファリザードの魂胆は見え透いていた。

予想以上に堅固な守りにぶつかって、これは寸止めで勝負をはっきり決められる相手ではないと彼女は悟ったのだ。かといって、いっさい手加減なしでやれば、ダマスカス鋼の利刃では相手を本当に殺してしまいかねない。彼女は、ペレウスに怒りを遠慮なくぶつけ、好きに打ちのめすために木刀を選んだのに間違いなかった。

ペレウスにとっては、彼女の怒りは好都合だった。

怒って、目をくらませたままでいてくれと祈る。かれがサー・ウィリアムにつけられてきた稽古は、まだ防御中心の段階だ――うっかり攻勢に出ようとすればぼろが出るだろう。ファリザードがそれに気づいて、距離をとって頭を冷やし、かれを始末する方法をじっくり思案しだせば終わりなのだ。

――彼女には攻めさせろ。そしておまえは防ぎつづけろ――騎士の助言が聞こえるようだった。

――絶対に冷静に立ち戻らせるな――

そういうわけでペレウスは「ジン族の剣技なんてたいしたことないな」と続けざまに煽った。

「おおかた、みんなおまえの父親に遠慮して負けてやっていたにちがいない。そこに気づかず、調子に乗っているのは痛々しいぞ」

ちょっと面白いくらい簡単にファリザードは激昂した。

「このっ……小便王子、盾のかげに隠れるしかできないくせに！」

怒りのあまりどもったその罵りはかなりの真実をふくんでいた。ペレウスが満足にこなせるのは防御だけだから。

しかし彼女は、自分の言葉を吟味することなく突っこんできた。

「お嬢様、そいつの手ですよ、あまり怒ると――」

「口をはさむな、ヘラス人の助言なんかいるか！」

セレウコスが余計なことを口にしかけたが、頭に血がのぼりきっているファリザードがそれを怒声で一蹴したのはありがたかった。

少女は斬りつけてはとびのき、狙う部位を頭、首筋、胴、腕、太ももと変えて技をくりだしてくる。興奮した山猫が、角をつきだすガゼルのまわりをかけめぐるように、彼女は跳び、跳び、稲妻のようにじぐざぐに跳び、死角に回りこもうとしつづけた。

だが彼女の攻撃のすべてが、文字通りの鉄壁のまえにははばまれた。

どんな方向から木刀がこようが、ペレウスはそれより速く身を回し、盾でことごとく受けてみせた。真夜中城《キャッスル・ミッドナイト》の騎士《サー》ウィリアムの教えに忠実に、ペレウスは正しい歩法を使って後退しながらかわし、前へふみこんで間合いをつぶし、死角からの攻撃に迅速に対応した。

「がんばれ、ペレウス！」

場にいきなり興奮した大声がひびいた。セレウコスの隣の少年パウサニアスが叫んだのだった。

ぎょっとしたセレウコスが手をのばしてパウサニアスの襟元をつかんだ。

「なにをいってやがる、黙れ！」

パウサニアスはセレウコスを睨みあげ、下からかれの胸ぐらをつかみ返した。

「あんた、ヘラス人の誇りを酒といっしょに飲んでしまったのか、セレウコス！　ヘラス人がファールス人と渡り合っているんだぞ――どっちを応援するかなんて決まってるだろ！」

その言葉が、王政の都市からきた少年たちの心でくすぶっていた火を目覚めさせたようだった。かれらは意を決したかのように前へにじり出て、次々とペレウスに声援を送りはじめた。

「負けるな」「危ない、持ちこたえろ」「ヘラス」「ヘラス！」「ミュケナイ！」「僕たちの神々にかけて勝て！」「ヘラス！」熱のこもった叫びはしだいに大きくなっていった。

「ヘラス！」

その騒ぎに参加せずむっつりと押し黙っているのは、民主政の都市からきた少年たち――セレウコスの取り巻きであったが、かれらも、今度ばかりはセレウコスに同調しなかった。

ヘラス人たちの声が高まるほどに、ファリザードは後にひけないとばかりに歯をくいしばり、ますます苛烈に剣をふるってきた。鞭でもあるかのようにその木の三日月刀は伸び、しなるかと思われた。しだいに防ぎきれなくなり、攻撃がペレウスの身にかすりはじめた……それでも、決定打は当たらない。

めまぐるしい猛攻を間一髪ですべて受け止めながら、ペレウスは一心に念じていた。耐えろ、耐えろ、耐えろ――

王政の都市の少年たちに公然と歯向かわれて、絶句しているセレウコスの姿を、ファリザードの肩ごしに見た気がした。

（こいつらは甘やかされすぎなんだ）

だから、自分の思いどおりにならなければすぐ冷静さを失うんだ。ファリザードにしろセレウコスにしろ。

ペレウスも、怒りを我慢するよう育てられたとはいえないが、皮肉にもこのイスファハーンに来てからの日々が、ミュケナイの王子にある程度の忍耐を教えていた。実際にはファリザードの怒りは、ヘラス人との結婚話がからんでいるためだが……そこまではかれの知るよしではない。

（サー・ウィリアムはいっていた――）

憤《いきどお》って冷静さを失えば、戦士の攻撃力はいったん火のように燃えあがる……ただし、荒れ狂ったぶんだけ体力ははやく尽きるのだと。

それに、嵐のような手数で攻撃されてはいたが、ペレウスは重圧をさほど感じなかった。ファリザードの打ちこみは速く鋭いが、軽いのだ。体重をのせて打ちこもうにもその体重があまりないから。武器が触れれば切れるような利刀であれば、そういう斬撃でも脅威だが……

（なんだ、本物の刀でなければジン族なんか怖くないぞ。当たったってサー・ウィリアムとの稽古のときほど痛くない）

恐怖が邪魔しなくなれば、大胆な防御ができた。ペレウスは存分に歩法を発揮して間合いをあやつった。主導権をにぎり、あとは待つだけでよかった。ファリザードの体力が尽きるのを。

そして、そのときは訪れた。少女のふるう刀や駆けまわる脚の速さが目にみえて落ちていった。一方のファリザードは焦っている――これは彼女の知らない戦いだった。これまで疲れるまで戦ったことなどなかった。開始直後から、ダマスカス刀で相手の槍の木製の柄を断ち、服ごと相手の皮を薄く切って、戦意喪失させて勝ってきたのだ。それなのに、この異質な相手は斬らせることも、あきらめることも決してなかった。

とうとう、息を切らしていったん下がろうとした彼女に、ペレウスははじめて片手剣を手に打ちかかった。

あいにく、かれの打ちこみはやはりお粗末だった。

ファリザードはとびすさるのをやめ、迎えうった。全身のばねを使うようにして上方を薙ぎ、ペレウスの一撃を三日月刀ではねのけた。だがペレウスにとって重要なのは、彼女が足を止めたことだった。疲労が、ファリザードの足の重りとなっていた。

それが決着につながった。

突進して盾でぐいぐい押しまくり、間近から足をはらってファリザードを転倒させ、三日月刀を盾でおさえつけてのしかかる。それは、やってみればとても簡単なことだった。なにしろ、彼女はとても軽かったから。

手をとりあってよろこぶ王政都市の少年たちの歓呼がはじける。

ペレウスは苦しそうに息をつぐファリザードの腹の上にまたがり、勝者の体勢として彼女ののどに片手剣を擬した。蜂蜜色の髪をほつれさせたファリザードは、負けたことが信じられないかのように、呆然と下からペレウスを見上げていた。

「あとで、ひとつ聞いてもらうぞ、いうことを」

(検問を受けず、サー・ウィリアムをこの街の外に出すために)

ペレウスの言葉を聞いてファリザードの表情から血の気がひいた。彼女はくしゃっと顔をゆがめ、唇を開いて震えた声をだした。

「……い……いやだ……そんな条件、呑んでいない……」

「喧嘩を売ってきたのはそっちだろ」

あえぎまじりに弱々しい声をだす彼女に、ペレウスは強い口調でたたみかけた。今日の勝利はあの騎士のおかげだ。かれを無事に逃がすためには、ここで引くわけにはいかなかった。

「一方的に挑戦して侮辱までしてきたくせに、自分が負けたときにはなにも代償を払う気がなかったのか？　それこそ恥知らずだろう」

「いや。いや、嫌……ヘラス人のいうことを聞くなんて絶対に嫌だ……！」

ファリザードはかたくなに拒絶した。水晶のような涙があふれ、少女の目尻から流れはじめた。しゃくりあげた彼女の姿にペレウスは驚愕し、困惑した。彼女が自分と同い年の女の子であることを、ミュケナイの王子はとつぜん実感させられた。

(どうしよう)

彼女と戦ったのは、挑戦されたためであり、ヘラスの誇りのためだった。

こうして勝者の要求をつきつけているのは、友達のためだ。サー・ウィリアムの安全のための

……でも、この子は泣いている……さきほどまであった勝利の興奮は、風のまえの霧のように散ってしまっていた。すでに周囲の歓声もやんでいて、あたりには気まずい空気がただよっていた。

「な……泣くな。僕はべつに――」

歯切れわるくそう言いかけたとき、ペレウスの横腹を、内臓までひびく衝撃がつらぬいた。

ファリザードの上からふっとび、わけもわからぬまま苦痛に体を折ってのたうちながら、ペレウスは顔をあげた。

そこに、ひとりの背の高い男がいた。砂よけのマントを羽織った、褐色の肌のジン族が。

いや、厳密には、ひとりではない。同じくらい背が高い、武装した五人の兵士たちがそのまわりにつきしたがっていた。鎖かたびらに怪鳥の面頬をつけた者たち。

横からペレウスの肋骨のあたりを蹴り飛ばしたのは、兵士のだれかだとかれは気づいたが……それにもかかわらず、その場では、ひとりのジンの男が周囲のすべての印象を圧倒していた。

仔羊毛織の赤い胴衣。黒い真珠をはめこんだ耳飾り。金糸銀糸の刺繍で幾何学《きかがく》模様を描いた絹の靴。ひときわ目立つのは、腰の両側に佩《は》いた、きわめて無骨な造りである二本の刀――柄までが黒い鋼でできた、一対のダマスカス刀。

そのジンはペレウスにちらとも目をむけず、少女にむけていった。

「なぜ〈七彩〉で斬り殺さない、ファリザード。わしは、ちゃんばらごっこのためのおもちゃを与えたつもりはない」

ファリザードもまた、涙の筋を頬につけたまま、固まっていた。

「お……伯父上……」

「最初は刀を抜いていたのに、後から鞘にしまったな。刃は殺すためにあるのだぞ。おまえも親とおなじで、どうも甘い。

イルバルス、その子供の耳をむしれ。ひとつでよかろう」

一瞬、聞いたことが理解できなかった。

それから、さきほどペレウスを蹴転がした兵士が大股に近づいてきて、長い指をかれの左耳にからめた――男の首筋に赤い紋様が浮き、その指に異常な力が宿った。

耳が、蝿の羽でもむしるようにやすやすと引きちぎられる。肉が裂ける感触ののち、赤い痛みが脳のすぐ横で炸裂した。

熱い血が首筋まで濡らしている。イルバルスと呼ばれたジン族の兵が、ぽいと耳を放り出した。ペレウスはそれを見ながら、自分が奇妙に平静であるのを不思議に思った。

……平静だと思っただけだった。現実のかれは、叫んでいた。

ぬるぬるした赤い液体を噴きだす左側頭部をおさえてうずくまり、絶叫していた。だれもが言葉を失うなかで、ファリザードだけがちぢみあがりながらも訴えていた。

「伯父上……そいつは……そいつはわが家の客です、ヘラスの王族で――」

「だれだろうと、人族だ。高位のジンに手を上げた人族は報いを受けさせるのが古いならわしだ。成人であれば皮を剝ぐが、子供ならば手を切りとるだけですませる。しかし、おまえのほうからからんだ結果ならば、さらに減じて耳一つが妥当だろう。

おまえは中途半端な覚悟で勝負をしようとするべきではなかったし、こいつはそれに応じるべきではなかった。それだけだ」

ふざけるな。どこが妥当だ。

ペレウスはぎりぎりと歯嚙みした——だが、罵りの言葉はのどで凍りついて出てこなかった。なにかいえば、こんどはあっさりと殺されるだろうと肌で感じていたから。

ファリザードに伯父と呼ばれたそのジンが、尋常ではなく怖かった。

通りがかりに雑用をすませたといったふうに身をひるがえし、随従をともなってそのジンは去っていく。最後までペレウスのみならずヘラス人たちに一瞥も与えることはなかった。

ファリザードが、傷をおさえてうずくまるペレウスの横に来る気配があった。おびえた声がささやいた。

「は……はやく手当てしなければ」

彼女がペレウスを立たせようとする。

片耳を失った少年は血まみれの手で、差し出されたファリザードの手を強くふりはらった。

「僕に触るな、ジン族め！」

立ち上がり、声なく取り巻く少年たちを押し分けて、ペレウスはひとりで歩き出した。

---

ジンたち

---

熱い血が頬から首、肩へ流れ落ちていく。木立の中の長椅子に腰をおろしたペレウスは、裂いた木綿の布で傷を押さえた。（ジン族め）痛みが屈辱と怒りをさらに煽った。

このあとほかに何事も起こらなければ、ペレウスは、永遠にジン族への憎悪を抱くようになっていたかもしれない。

そうならなかったのは、声をかけられたためだった。

「ひどい怪我」

いつのまにか長椅子のそばに、人族にして二十代前半と見えるジンの女が立っていた。背は高く手足は長く、胸と臀部《でんぶ》ははちきれそうに豊かだが腰は深くくびれ、妖美な肢体に歌姫《カイナ》のように薄布を巻きつけている。長い髪には花型の髪飾り。彼女の手首でしゃらりと黄金の腕輪《アサーウィル》が鳴った。

間近の気配にびくりとしたペレウスが、向けた顔をたちまち険しくしたのは、むろん相手をジン族と認めたからである。かれは一言も口をきかず立って去ろうとした。だが、蠱惑的な笑みを美貌に刻んだ女は、手を伸ばしてかれの肩をつかんできた。

「手当てするわ」

親切の発露――だがジン族に対して腸《はらわた》を煮えくり返らせていたペレウスは無言で身をよじって彼女の手を外した。「あら、ご機嫌ななめ」とジンの女は首をかしげ、再度かれの肩をつかんだ。ペレウスはふりかえってきっとにらむ。

「放っておいて――」

突き放す途中で、女に頭を抱き寄せられてペレウスは目を白黒させた。

かれの顔は温かい双のふくらみに押しつけられている。絹の乳当てからこぼれんばかりの、女の豊かな胸乳《むなぢ》の間に。ゆっくり打つ心音が伝わり、言葉を失ってかっと少年の顔面が燃えた。女の華やいだ笑い声が耳孔にすべり入ってきた。

「うふふふ、気の強い子。そうでなくては」

「な……な」

かれの血がしたたって女の乳房の丸みを伝い、乳当てを赤く濡れそぼたせていく。呆然としているペレウスに、女は言った。「落ち着いた？　じゃあ手当てさせなさいね」

ペレウスは長椅子に寝かされた。座った女のひざの上に、横向きに頭を置くようにして。手のひらに乗る大きさの薬壺を取り出し、女はとろりと粘る液を指ですくいとった。塗り薬らしきそれを、血をざっと拭われた耳の傷に塗られる。不思議と痛みがたちまち和らいだ。

この得体の知れないジンの女性はいったいどこの誰なのだろう、と治療を受けながらペレウスは考えた。初めて見る相手だが、イスファハーン公の家中の者だろうか、それとも外部から来たらしきあのいまいましいジンたちの仲間だろうか。

「ふふふ――」

自分のひざの上の少年の髪を細指でなぶりつつ、なにが愉しいのか女は笑っている。成熟したジンの女の、むせかえるほど濃い艶《なま》めかしさに間近で接して、ペレウスはくらくらする。蜜の蒸気をまとうかと錯覚するほど、女は色香を溢れさせていた。柔らかに張り詰めた太ももの肉感を横顔に感じつつ、（ジン族はやっぱりうわさ通り淫《みだ》らだ）とペレウスは考え……

直後に、そのさげすむ思考を恥じた。どうあれ、怪我の治療をしてもらったばかりだ。

「……ありがとうございます」

少年は身を起こして、気まずさの残る声で礼を言った。

「そうね」

ジンの女は優美な身ごなしで立ち上がり、

「いつか借りを返してもらうことにするわ、ミュケナイの王子さま」

身分を知られていることにペレウスは眉を寄せた。

「あなたは誰ですか」

「〈ドゥルジュ〉」

一言のみ告げ、流し目と謎めいた笑みを残して、彼女は木々の向こうに消えていった。


「やってくれたな、アーディル、あの狼め」

寄木細工《ハータム・カーリ》の椅子に腰かけ、前に立ったペレウスをひきよせてかれの耳の傷痕を検分していたイスファハーン公が、唐突に声を荒らげた。

父親のとつぜんの怒号に、室内にひかえていたファリザードがびくっと肩をこわばらせる。

被害者側のペレウスものけぞりたくなったくらいである。イスファハーン公はジン族の例にもれず美形ではあるが、珍しいことにぽっちゃりした体型で愛想がよく、温和そうにみえる人物であった……が、その怒りにはさすがに齢四百年をこす妖王《マーリド》の気迫がこもっていた。

「責任をもってあずかった者に危害をくわえおって……義兄め、ヘラスとの和平交渉などつぶれてかまわんとのつもりでやったのだろうが、そうはいかんぞ。こんど宮廷に出仕したとき、帝国に外交的失点をもたらしたと陛下の御前で糾《ただ》してやる。

ファリザード！」

イスファハーン公はいきなり娘の名を呼んだ。部屋の扉を入ったところで子うさぎのように身を小さくしている彼女に、「なにをしている、ここへ来い」とさらに大喝する。

「はい……父上」

長い耳を力なく垂らして、死人のような顔色の少女がおずおず父親に近づく。

イスファハーン公は娘の頬を叩いた。力をこめてはおらず、叩かれた箇所がわずかに赤くなる程度の叩き方だったが、はっきりとはりとばした……ファリザードが、なめらかな頬をおさえて呆然としている。ペレウスは落ち着かない気分で父と娘を交互にみやった。かれはファールス語をひそかに身につけているため、父娘の会話は筒抜けなのである。

イスファハーン公ムラードは、厳しく娘を詰問した。

「私はおまえに、日ごろの使節の応対のすべてをまかせた。それが真剣での決闘騒ぎを起こしたあげく、こうなった。申し開きをしてみろ」

頬をおさえたファリザードの瞳にみるみる水滴がたまる。二度目に見る彼女の涙に、ペレウスはいたたまれなくなってきた。

「わ……わたし……ヘラス人《ヘレネス》の接待役なんてしないって何度もいいました……それなのに、父上がきいてくれなかったから……」

「それでふてくされて、刀で歓待することを思いついたというわけか？

見るがいい、ペレウス王子のこの耳を。この傷は一生残るぞ。直接手をくだしたのはおまえの伯父上の部下だが、これはおまえの愚かなふるまいに端を発したことだ。あのダマスカス刀はとりあげる。たぶん伯父上に突き返すのがよいだろう。ああいうものを持つのはおまえにはやはり早すぎた。自分の部屋に戻れ」

盛大に雷を落とされたファリザードは「父上なんてだいきらい」とぐすぐす泣きながら出ていった。傲慢にそっくりかえっていたときの印象が残っているだけに、自尊心をぺちゃんこにされた姿がなおさら哀れである。ペレウスは彼女に同情しそうになってきた。

（あいつ、たぶん悪いやつじゃなくて、中身が相当に子供っぽいやつなんだ）

そう気づくと、修練場で耳をひきちぎられたあと、ファリザードの手をふりはらったのは、ちょっと衝動的にふるまいすぎたようにも思う。あの瞬間は本心からそうしたのだが……いまは不思議にも、彼女にさほど恨みは残っていなかった。

かれの耳をちぎったのはジン族だが、治療したのもジン族だ。ペレウスはちょっと赤くなった。妖しく艶めかしいあのジンの女を思い出したのである。あの女に塗られた軟膏は、なんらかの魔術がこめられているのかと思ったほどよく効いた。傷はいまも痛みはするが、すでに回復にむけて皮膚がはりはじめている。

イスファハーン公が、疲れたようにぐったりと椅子で背をまるめ、「ふだんからもうすこし厳しく育てるべきだったかもしれんなあ」とぼやいた。

「状況は確認した。君にも軽挙はひかえてほしかった……だが、その傷についてはすまなかった、ミュケナイのペレウス。娘にはあのようにいったが、君の怪我は私の責任だ。接待役をファリザードに任せた時点で間違いだった。同年代の子たちと仲良くなれればよいと思っていたのだが、いっかなその兆しはないようだ」

「あのう……無理があったと思いますよ。ご令嬢はあからさまにヘラス人を嫌っていますから」

「いや、あれとて最初からヘラス人にあれほどの拒否感を示していたわけではない。私の手伝いのために、ヘラス語を学んでくれていたくらいだ。あれがああなったのは、君たちが来る前、私が不用意にとある話を伝えたのが原因だ。

……まあ、その話はいまはいい。

ファリザードは、私の宝だ。妻の命とひきかえにさずかった、私のはじめての女児だ。

われわれジン族は、生まれてから二十年ほどは人族と同じように成長し、そののち肉体の老化が止まるが、いずれにしろ百歳未満であればまだ成熟しきってはいないとみなされる。十二歳というのは、昨日生まれた赤ん坊も同然なのだ。それもあってつい、甘やかしすぎた。叱ったことさえほとんどなく、手をあげたのは先ほどのあれが最初だよ」

顔をしかめてイスファハーン公は、分厚い手をにぎったりひらいたりしていた。叩いた手のひらのほうが痛いというように。

「そんな宝を手放してでも、私は人族とのあいだに友誼を結びたいのだ」

「手放す？」

「ああ……ひとまず、あれをヘラスに留学にやることを考えている。各地をまわって見聞をひろめ、アテーナイやテーバイ、それにミュケナイの大学《アカデメイア》でそちらの文化と学問に触れるのがよかろう。きみたちの素晴らしい文明への理解をさらに深めれば、ファリザードはいくばくかの敬意をヘラスに払うようになるだろう」

故郷についてそう評価してくれるのはうれしかった――イスファハーン公のその言葉だけで、ペレウスの側でもジン族への敵意がまた大幅にやわらいだ。

（でもファリザードのあの様子では、まずヘラスへの出立からして納得しそうにないな）と少年が考えたとき、イスファハーン公は不思議なことをだしぬけに口にした。

「ペレウス王子、魔術師の宣告《ホクム》を信じるか？」

「宣告？　予言のようなものですか？」

とまどうペレウスに、イスファハーン公は厳粛な面持ちでうなずいた。

「ジン族のなかには征服戦争のさらに以前、無道時代《ジャーヒリーヤ》から生きている者たちがいる。ファリザードが生まれる前に、私はその古老のひとりに告げられたのだ。

生まれるのが女児であれば、その子は人族とのあいだに信頼を築き、いま起きている戦を終わらせる役割にかかわるだろうと。ばかげていると思うか？　思うだろう。実際、かれらの宣告は具体的なようでいて、ときに奇怪な道すじをたどり……ねじまがった結果をもって、強引に宣告の成就と呼ぶことさえある。

しかし、この宣告は私の生涯の目的とあまりに合致しているのだ。人族とジン族が将来にわたって対立せずにすむ道を模索するのは、わが長年の願いだった」

熱をこめてイスファハーン公は語りだした。

「人族は増加し、その文明は進歩し、いずれはわれらを圧する勢力に育つだろう。歴史の流れだ……それは止められない。何度没落しても、人族ははいあがってくるのだから。

私は、ジン族は人の勃興《ぼっこう》を認めて、宥和の関係を築かねばならないと考えてきた。われわれがまだ優位であるいまのうちにこそ、こちらから手を差し伸べておくべきだと。

許すことはわれわれジンにとって苦手なものだが、われわれはそれを身につけねばならんのだ」

ペレウスは呆然と聞き入っていた。そんな構想を持つジンがいるなどと想像もしていなかった。

――ほんとうなんだ。本気でヘラスとの和平を願っているんだ、ジン族なのにこのひとは。

そう思った瞬間、イスファハーン公に対する好意が大きくふくれあがるのをペレウスは感じた。

ひざを屈して和平を乞わざるをえないヘラス諸都市を、このかたならば温かく抱き起こしてくれるだろう。実質上の敗北といえど、和平は屈辱ばかりではなさそうだった。

「僕にできるなら、力のかぎりお手伝いします、ムラード様」

使命感を胸に、はりきって申し出たペレウスににこりと笑み、イスファハーン公はそれから顔をくもらせた。

「とはいえ、前途多難だがな……和平派に敵対する者たちは手強い。その筆頭は私の義兄だ。君の片耳を奪ったホラーサーン公のことだ」

そういわれてペレウスは、あの男がヘラスにも名がひびいている「皮剝ぎ公」ことアーディルだったと知った。あの重圧に似た存在感を思いだすと、背筋が氷をさしこまれたように冷えた。

「失礼ながら、ファリザードと剣を合わせたとき、ジン族なんてさほど怖くないぞといったんは思ったのですが……そのあとに現れた、あの方たちは……」

「怖れるべきだ。その印象は正しい。今後、君がどれほど優れた戦士になろうとも、妖印《ようゐん》の浮いた大人のジンとは一対一で戦わないほうがよい。

君を傷つけたのは妖士《イフリート》イルバルスだ。かれは鎧の小札《こざね》を指でちぎる。正直なところかれは、血筋のおかげで妖王の位を得ている私より強い。妖王の名に恥じぬわが義兄にいたっては、そのイルバルスが四人いようと瞬時に殺してのけるだろう。

しかし、あの義兄の真の厄介さは、戦士としての強さにあるのではない。かれは、和平と真逆のやりかたで、人族の脅威を未来永劫とりのぞこうとしている。征服し、管理してしまえという意見をもっているのだ。

そして帝国のジン族は、数をひかえめに見ても半分以上がそれに賛成している。ヘラス人やヴァンダル人に復讐しろと叫ぶ者たちは、喜んで〈剣《アッシャムシール》〉を支持するだろう。私にしろ、もし近い身内から戦死者が出ていたら、けっして和平などいいださなかったかもしれない。なにしろジンというのは憎むのも愛するのも極端なのだ」

〈剣〉がファールス帝国のスルターンでないのは帝国以外の国の幸福だ——とかれは重みをこめて言った。

「義兄は、帝国でもっとも偉大なジンのひとりであり、同時にもっとも怪物じみたひとりだ。一面ではジン族らしさを煮詰めたような男であり、べつの一面ではまったくジン族らしくない妖王だ。具体的にあの男が体現するのは、ジン族の冷酷な面だ。これからスルターンの命で、将軍としてのかれに掃討されるシャーム《シリア》の十字軍国家のヴァンダル人がそれを思い知ることになろう。

　ヘラス諸都市もまたかれの残忍な刃に直面することになるまえに、すみやかに内側での意見をまとめ、帝国との和平を締結することを私は望んでいる」

　少年が退出したあと、ガラスをはめこんだアーチ状の窓枠のそばに近づき、イスファハーン公は不審げにうなった。

「しかし、スルターンの意を受けての出兵？　戦争も終盤のこの局面で、陛下が〈剣〉を西に呼びたまうとは。瀕死の犬を殺すためにわざわざ宝刀を抜くようなものではないか」


　イスファハーンを守る、赤茶色の長大な市壁。築かれた五つの門の、そのひとつの前である。

「お父上になにも告げてないんだろ？　どこへ行くつもりだよ、こらっ」

「う、うるさい、手をはなせ！」

　巨大な石扉の内側で、ちょっとした騒ぎが持ち上がっていた。

　二十名ほどの衛士たちがやれやれといわんばかりの表情をしている前で、ペレウスはファリザードの愛馬、黎明《サハール》の手綱をつかんでひきとめている。

かれはサー・ウィリアムに食べるものを持って行こうと、乏しい小遣い――貧しい故国ミュケナイからの仕送り――をたずさえて市場《バーザール》で物色していた。ちょうどそこで、伴をぞろぞろつれたファリザードが馬にのって門の前に来るのが目に入ったのだった。

市場のファールス人がささやき交わすのをペレウスは聞いた。いわく……

「ファリザード様、また遠乗りかねえ」「しかしこんなときに砂漠に出るのはどうかね。せっかく〈剣〉が賊の討伐にいらしているんだから、それが済むまで待てばよかろうに」

「お館様に叱られでもしたのかね。昔から、すねたら砂漠の乳母の村まで逃げる子だったからなあ」

「だれかお館様に注進してきたほうがいいんじゃないか？」

首をつっこむのもどうかとは思ったが、「ファリザードは、私の宝だ」といったイスファハーン公の声が耳に残っていた。ファリザードが危ないところに行こうとしているなら、その父親のために止めなければならないとかれは感じた。

「市壁の外は危険なんだろ？　凶暴な盗賊団がますます暴れまわってるって話じゃないか！」

「賊も父上も関係ない！　おまえはいちばん関係ない」

まぶたを赤く腫らしたファリザードは、頑固に見上げるペレウスから弱り気味に目をそらす。生まれてはじめて敗北したことで、ファリザードはかれに対して苦手意識を植えつけられてしまったようだった。

「頼むから放っておいてくれ。おまえはわたしを負かしたし、わたしが怒られるのも見たじゃないか。もう溜飲《りゅういん》は下がっただろ？　こっちはもうおまえになんか関わりたくない」

「ちょっ——なにその勝手な言い草！　あの決闘もそれ以前も、からんできたのはそっちからだったろ！　それにどう考えても僕のほうがこうむった被害が大きいよ、耳は生えないんだぞ！」

「み、耳のことは悪かったが……手綱を放してってば！　わたしは村に帰っている乳母に会いにいくだけだ！　ちゃんと衛士だっているし、賊が出没している方角とは真逆の方向にいくんだから」

「そうはいったって……」

ペレウスはあることのためにも、ファリザードを引きとめざるをえなかった。

「……僕には勝者の権利が残っている。きみに勝ったことの見返りをまだもらっていない。なのに、それを叶える前に留守にしてもらっちゃ困るんだ」

それを口にすると、ファリザードが、怖れていたことをやっぱりいい出されたとばかりの絶望の表情になる。しかしペレウスは、この件ではもう斟酌《しんしゃく》してやるつもりはなくなっていた。

少年はサー・ウィリアムを、ファリザードの権力を利用して市壁の外に出すつもりでいる。傷心の彼女が乳母のところに滞在して、しばらくイスファハーンに帰らないなどということになれば、それを待っている期間のぶんだけサー・ウィリアムの脱出は延びる。底をつきかけているペレウスの小遣いではいつまでももたず、遠からず騎士は飢えかねない。

「せめてもうすこし人を連れていきなよ。僕も行く。すぐ支度するから待ってて」

「な……な……」突然の申し出に、ファリザードが口元をわなわなさせている。

（僕の荷物持ちとでも偽って、サー・ウィリアムを市壁の外に出そう。領主の娘といっしょなら、きっといちいち身をあらためられることなく検問を通りぬけられる。砂漠にでたら、適当なところでこっそり逃げてもらえばいい）

本当に検問を身元あらため無しで通れるかは賭けのようなものだ。だめだったならば、正直にイスファハーン公にわけを話し、騎士の安全を乞うという手もある。ただしそれはうまくいくかわからないし、本当に最後の手段だが。

ファリザードが焦りながらもどうにか拒否しようとする。

「だ、だから勝者の権利だなんて、そんな厚かましいことわたしは承諾していない！」

開き直られそうになって、ペレウスは窮した。そのあげく、

「……きみがいないあいだ、大きな声で触れ回ろうか？　ファリザード様はじぶんから挑んだ決闘でヘラス人に負けて、しかも代償をはらうのをいやがって逃げっぱなしの卑怯者だって。きみへの評価は、領民のあいだで下落するんじゃないかな。『貴種の恥と民の恥とは平等の重さではない』だったっけ？　領主の娘が醜聞をばらまくのはよろしくないよね」

駄目元の脅しである。

最後こそひどい事態になったが、あれはしょせん子供の喧嘩だったのだ。代償うんぬんとさわぐほど大したものではないし、ファールス人は慣れ親しんだ領主の娘の肩をもつに決まっている。そもそもペレウスは表向き、ファールス語を話せないことになっているのだから「どうやって触れ回るつもりだ」とつっこまれたらいい返せない。

が、ファリザードはあっさり惑乱してくれた。微妙に泣きそうになって馬上から抗議してくる。

「そんなの脅迫だろ！　卑怯なのはおまえじゃないかあ！」

（あれ……おかしいな、ジン族というのは狡猾だって話だったんだけど……）

こんな単純で大丈夫なんだろうかこの子、と安堵どころか呆れすら通り越して、余計な心配まで湧いてくる。

以前、ちくちく皮肉る側にあったときはあれだけ小悪魔じみたひねくれ具合を発揮していたくせに、守勢に回らされたとたんファリザードはいっぱいいっぱいの有様になっていた。

## 砂漠行

砂漠を行く旅では、食事の時間が最大の楽しみである。

涸れた川床で夜営することがきまったのち、ファリザードの護衛隊の兵たちは、イスファハーンからともなってきた一匹の羊を解体していった。

夕食にはたっぷりの干し果物やラクダの乳に加え、パンに羊肉の細切れをはさんだもの、香辛料をふった羊の腸のシチュー、それに串にさした羊のあぶり肉が出ることになろう。

にぎやかな夕食の準備に背をむけ、ペレウスは大きな岩に腰かけて地平線を見ていた。

岩と礫砂《れきさ》と地表に結晶した塩――砂漠の不毛の大地が視界に広がっている。砂ばかりの砂漠もこの旅路の先にあるが、しばらくはまだこうした礫砂漠が続いているという。

そんな荒涼たる風景にも、取り柄はあった。漫然と眺めながら考え事をするには向いている。

（サー・ウィリアムはちゃんと逃げたかな？）

ペレウスのとっさの思いつきは、出来すぎなほどにうまくいったといっていい。

里帰りした乳母のもとにいこうとするファリザードにくっついて検問を抜け、騎士を逃がすというその計画は、なんの引っかかりもなく進行した。

かれは「僕個人の荷物運びを探してくる」という名目で市門のまえでファリザードを待たせ、最後の小遣いで人夫の着るような安い服を購入した。それがすむと今度はサー・ウィリアムの隠れ家にかけつけてそれを頭からかぶせ、適当な荷物をもたせて大急ぎで市門にむかった。

荷物運びの人夫といつわったサー・ウィリアムの身元をあらためられることを怖れていたが、その心配はなかった。戻ってみると三十人の兵士をふくめ、五十人ほども人が増えていたのである。兵士たちの水や糧食やテントをはこぶラクダ使いや人夫がどっと増えたので、ペレウスの連れてきた人夫にも、さほど注目しようという者はいなかった。

イスファハーン公が、家出する娘のために護衛を増やしてさしむけてきたのだという。あのかた、ちょっとばかり娘に甘すぎやしないだろうか、とペレウスは思う。

街を出て最初の夜に、騎士とは別れた。

『これでさよならですね、サー・ウィリアム』

野営の天幕から離れた満天の星の下だった。ペレウスが握手のためにだした手を、騎士は強くにぎって言ったのである。

『おまえは望外なほど良き従士だった、ミュケナイのペレウス。まさかこうも早くイスファハーンとおさらばできるとは思わなかったぞ』

それからにやりと口のはしを吊り上げた。

『あの街にはよろこんで尻をむけてやるが、おまえの特訓を半ばで打ち切らなきゃならんことだけは惜しいなあ。もうすこし剣を伝えてやれたらよかったんだが。そのうちまた会うこともあろうさ、そのときやりのこした稽古をつけてやるよ。最後にきちんと名のっておこう』

せき払いしてかれは名を告げた。

『オーモンド家のウィリアムだ。ウィリアム・オーモンドがおれの名前だ』……背を向け、水袋と食糧のはいった袋を肩にかつぎなおし、かれは岩と砂のかなたに歩み去っていった。

（サー・ウィリアムが砂漠に最近出る賊とはちあわせしたりしませんように――）

「どうした、一人きりで」

少女のせせら笑いが聞こえてきたので、祈りを切ってペレウスはふりむいた。

イスファハーンを出てから数日、すっかり調子を取り戻したようにみえるファリザードが、腕を組んで背後に立っている。

「飲み物、食べ物ごと荷かつぎ人夫に逃げられるなんてやっぱり情けないやつだな。人をじっくり見極めず、あわてて日雇いを選ぼうとするからそういうことになるのだ」

逃げられたのではなく逃がしたんだと言うわけにもいかない。ペレウスは顔をしかめた。

「……なにか用が？」

この数日、妙なことになっている。

かれの視界を、ひんぱんにファリザードの姿がうろちょろしていた。ペレウスが隊から少し離れて歩いていれば、横に馬を並ばせてちらちらと横目で見てくる。休息や食事のために腰を下ろして一息つけば、離れたところからもの言いたげにかれをじっとみつめていたりする。

居心地が悪いことこの上ない。

このジン族の大貴族の娘が、意外なほど単純な性格なのだとわかってから、前のように嫌ってはいないが、敬遠したい気持ちはさほど変わっていない。そしていま、ついに話しかけてきたファリザードは、「はん」とばかにしたように唇をつりあげた。

「話なら、おまえのほうにこそあるんじゃないのか。これから水と食べ物はどうするつもりだ。わたしの乳母の故郷まで、あと三日は砂漠を行くぞ」

ペレウスはぐっとつまった。

去るサー・ウィリアムにうっかり持たせすぎて、自分のぶんが今日、底をついたのだ。このままだとファールス人たちに「分けてください」と頼むことになるだろう。

(いや、でも、飢えくらいなんとか村まで耐えられれば……おなじファールス人でも村人の慈悲にすがるほうが、ファリザードの護衛にものを乞うよりましだ)

水については、一日先のところに湧き水があるというので、渇きに苦しむことはあってもどうにか耐え切れなくはないだろう……

だが、ペレウスの考えを読んだファリザードが先回りしてきた。

「いっとくが、泉の湧き水だって確実じゃないんだぞ。もし涸れていたらどうする？　水は食べ物とちがって、三日断つのも危険だ。とくに砂漠を行くときなんかはな。

なお、近くに父上の家臣があずかっている城があるけれど、今回はそこに寄るつもりはない」

「……それで、きみは僕になにをさせたいんだ？」

どうせ「ほしければ頭を下げてたのめ」とか、そのあたりの意趣返しだろう。こちらをひんぱんに気にしていたのも、荷物の量を確認して、ペレウスに恩を着せる時機を計っていたにちがいない。

はたせるかな、彼女は口にした。

「わたしの衛士の荷駄のなかから水と食べものをめぐんでやる。だから……」

（ほら来たよ）

「だから？」思ったとおり屈辱的な条件をつけられそうで、ペレウスはうんざりした。

しかし色眼鏡での予想ははずれた。

ファリザードは深呼吸したのち、勇気を振り絞った様子で一息にいったのである。

「『勝者の権利』とやらをひっこめろ」

「……え？　ひっこめる？」

「そっちが勝手にいいだしたことだろ。一回負けたくらいで、おまえの思うがままにされるなんて、そんな一方的な話……わたしは受け入れるつもりなんてない。だから、これで全部差し引きにしろといってるんだ」

「えっと……」ペレウスは噛み合わないものを感じた。

「イスファハーンを出るならいっしょに連れていけ」という要求を彼女に呑ませることで、かれは「勝者の権利」をとっくに行使している。サー・ウィリアムをともなって市壁を出た時点で、ペレウスの目的は達成されたのだ。

だが、どうやらファリザードは、大きな誤解をしつづけていたらしい。少年が、人気のない砂漠まで強引についてきたのは、つまりそこで要求をつきつけるつもりだと。

「こ……こんなところまでついてきてわたしになにを要求するつもりか知らないが、もうこんな脅迫は終わりにしろ……でなきゃ水はやらない。それにここにはわたしの兵もいるんだぞ、忘れるなよ。なにかしようとしたら痛い目見るのはおまえだからな」

そういう彼女はよくみれば腕を組んでいるというより、優美な細身をしっかり抱いて震えを抑えていた。強気なことをいいながら声が弱々しくなり、とがった耳が落ち着きなく上下して、内心のおびえがあらわになっている。

ペレウスは憤慨をつきぬけて虚無感と哀愁を抱きはじめた。

かれ自身、直前まで、ファリザードが嫌がらせに来たと思っていたので、彼女のひどい思いこみに文句をいえる立場かは微妙なのだが、それにしても……

むきになって訂正する気力もなくなり、あっちへいってとばかりに力なく手をふる。

「わかった。わかったから。きみはそれをすみやかに忘れていい」

「ほんとだな!?」

歓喜の声がややしゃくにさわり、じろりと彼女をにらんで、「じゃ、さっそく水が欲しい」とペレウスは手をだした。実をいえばのどの渇きは、すでに相当耐えがたくなっていた。いそいそとファリザードが、革紐で首からさげていた吸い口つきの革袋をはずして手渡してくる。ふたをあけ、ぐいとあおる——生ぬるくなっていたが、節約を考えずに飲む水はとても美味かった。「……あ、もうひとつだけ」ふと思い出して、口元をぬぐいながらペレウスはつけたした。

「夜が寒いけど僕にはいっしょに寝る相手がいないので、毛布——」

とたんにファリザードが「やっぱり」とばかりに恐怖をありありと顔に浮かべた。彼女は腰を落としてかかとを浮かせ、いつでも飛びのける体勢をとる。

「いやだ、おまえとど、同衾《どうきん》なんてしない！」

ペレウスのひたいに青筋が浮きかける。これでも故国では王子として敬意を払われながら育ってきたので、強姦魔のごとき扱いをされて立腹したのだった。

「毛布っていっただろ、その長い耳は見かけによらず役立たずなのか！」

「い、いっしょに寝るなんていうから」

「砂漠の夜営ではたがいの体温であたためあうのが普通なんだろ！　僕はそうじゃないから凍死しそうなので、きみの毛布をわけてくれっていってるだけだよっ」

季節はすでに秋である。砂漠の夜の寒さを侮っていた。いちおう天幕はあるが、明け方などは骨に沁みそうなほどなのだ。ファリザードはたっぷりの毛布にくるまってぬくぬく寝ているらしいが、隊の全員がそんなかさばる荷物を持っていくわけにもいかないので、原始的な保温方法でやりすごす。つまり、それぞれの天幕では兵たちが同僚と身をよせあって眠る。

ペレウスはあいにくひとり寝である……やむなく昨夜までは、兵がつれてきた羊を抱えて寝ていたのだが、その羊はたったいま、夕食の材料となって昇天した。

「……よし、それでこんどこそほんとうに終わりだからな。もうなにも聞かないからな」

疑いぶかく確認してきたファリザードに、ペレウスははいはいと投げやりにうなずく。聞き流しながらもういちど革袋の水をあおった。少女が念をおしてきた。

「この先、おまえと結婚しろといわれたって、しないからな」

砂漠では貴重な水を噴きだしそうになった。

ペレウスは真っ赤になってむせた。咳の合間に切れ切れにがなる。

「ばかっ……さっきといい、きみの発想はどうなって……なんで僕がそんな要求っ……」

「……聞いてないのか？」

「なにをだよ！」

「ならいい、なんでもない！　夕食と毛布はあとで天幕にとどける！」

とつぜん、ペレウスと同じくらい、かっと顔に血をのぼらせて、彼女は離れていった。

なんだったんだと少年はため息をついて、それから、小さな天幕を張るために立ち上がった。かれひとりで張るのは難しく、つぶれかけの不恰好な天幕になるのが常のことである。そんな惨めなしろものでも、手間取るので早いうちに取りかからねばならないのだった。

走るように足早に離れながら、ファリザードは胸を押さえて思った。

これでもうあいつのことで悩まずにすむ。

この数日、いつなにを要求されるかと、不安で胸がどきどきしてたまらなかった。砂漠に出てから……いいや、かれがファリザードに勝ったときから。

恨まれているならきっとひどいこと、とんでもないことを突きつけられるだろうと思った。耳をちぎられたペレウスが、彼女の手をふりはらったときの目つきが忘れられなかった。

彼女は、強烈なさげすみと敵意のまじった目を向けられたことが、あのときまでなかった。

それまで知っていた人族とかれはぜんぜん違う、と彼女には思えた……彼女の愛する領民たちも、館のほかのヘラス人《ヘレネス》少年たちも、ファリザードの機嫌をとろうとこそすれ、そんな突き放す目で彼女を見たことはなかった。

夜ごとに毛布をかぶって震えた……うとうとすればすぐ、ペレウスのあの目つきが夢に浮かび、すぐ目覚めた。いつか来るはずのしっぺ返しと、その内容のことを考えて、まんじりともできなかった。

もし、もしあいつが体を求めてきたらどうしよう。

ううん、どうやら真面目なやつみたいだからそんなことはいわないかもしれないが、「帝国とヘラスとの講和交渉をまとめるために、結婚に納得してもらう」とはいわれるかもしれない。自分の名誉の範囲では高潔でも、国のためとなればそういうことを平気でいってもおかしくないのだもの。

それを面とむかってあいつに切り出されたらどうしよう。負けたときみたいに強引におさえつけられたうえで、きみは僕と結婚しろ、なんて正面からはっきりいわれたら。

想像すると怖くて、心臓がどきどきうるさくて、頭がぼうっとしてしまうくらい血流が速まった。怖くてたまらないのに、毛布がいらないくらい顔が熱くなって、何度も寝返りをうつうちに、明け方をむかえる夜が続いていた。

その苦悩が、こんなにあっさりと終わった。それにあいつはファリザードがヘラス人のだれかと結婚させられるという話すら知らないらしい。

深い安堵のなかに、拍子抜けしたというようなおさまりの悪い感覚がある。

少女は左の胸を強くつかむ。動悸はなかなか終わらなかった。

⸸ ⸸ ⸸ ⸸ ⸸

同時刻。

列柱そびえる砂色の大広間――襲撃者たちに占拠された、砂漠のなかの城。

プレスターの持つ長大な両手持ちの黒剣が、横殴りにぶうんとうなった。

そのダマスカス鋼の大剣は、受けようとしたジン族の戦士の三日月刀をへし折り、鎖かたびらを裂いて、細い木に斧をうちこむように胴体をはね切った。尋常ではありえない威力だった。真っ二つになった体が磨かれた石の床に転がり、血と臓物をふりまく。ほかの屍《しかばね》たちと同じように。

イングル人プレスターは、黒い兜の面頬のなかから、くぐもった嘲笑をひびかせた。

「四人目だ。『生き残りの五人のうち、だれか一対一で俺に勝てば、城の者の命を助けよう』と名誉にかけて誓ってやったのに、片っぱしから死んでいくとはどうしたわけだ？」

それに死体は答えない。一部始終をみとどけていた砂漠の城の城主は、ひくひくと頬をひきつらせた。その左腕は城が陥落したときの攻防で切りおとされ、きつく巻かれた包帯は赤黒く変色しきっている。出血でいまにも倒れそうになりながら、気丈に足をふんばって決闘をみまもっていた城主は、ついに憎悪の声を発した。

「賊め、息子を……ヴァンダルの犬めが……殺してやる」

「『殺してやる』？　そのファールス語は聞き飽きてしまった」

甲冑とマントでおおった肩に大剣をかつぎ、イングル語でプレスターはさらに笑う。相手が理解するかどうかはおかまいなしに。

「男も女も、みんないう。助けてくれ。殺さないでくれ。おまえたちになんでもくれてやるから。ときにはこうくる。『家族だけは』と。私はどうなってもよい。わが夫だけは妻だけは、息子だけは娘だけは生かしてくれと。そこで目の前で、そいつが助命を懇願した者を刻んでいると、そのうち叫びはこう変わる。殺してやる。殺してやる。犬ども、かならず殺してやる、と。

だれひとり実行できた試しはない」

大剣の尖端が、砂漠の城の城主の胸に向いた。

「さあジンの貴族よ……五人目となり、息子たちと兵どものあとを追え。高貴な者に対する礼儀として、おなじ城持ち領主の俺が首をはねてやろう。平民の首をはねる斧ではなく、名誉あるわがダマスカス鋼の剣で」

言葉は通じなくとも挑発は通じたようだった。

怒号をあげて城主は進み出た。のこった片腕で、三日月刀を抜き放って。広間の壁沿いに観戦している、五十人ばかりの襲撃側の兵たちが、にやにやしながら賭けをはじめている。どちらが勝つかという賭けではない——ジンの城主が何合もちこたえるかという賭けだった。

ひとりだけが冷めきった声をかけた。襲撃者側に加わっている、長衣《ヒマティオン》をまとったジン族の男。

「遊びすぎだ、プレスター。そろそろ気をひきしめろ、その城主は妖士《イフリート》級だ。あなどっていると片手でもおまえの首を引きぬくかもしれんぞ」

「こんなやつらを侮るなと？　あの〈剣《アッシャムシール》〉とその配下の戦士どもは避けざるをえなかったが、ここいらの……イスファハーン公領のファールス兵は、ぬるすぎる」

プレスター・オーモンド——イングルの地の真夜中城《キャッスル・ミッドナイト》の城主——は、ジン族の城主を「さあ来い、来い」とあざけった。

「俺は夜だ。きさまの上に夜が来たぞ」

夜には翼があるという。世界をおおう黒い翼が。

そしてだれの上にも、舞い降りる。

## パウサニアス

大地は、塩や岩石や枯れ草ではなく砂地が目立つようになってきていた。

砂漠のなかには点々と、旅人や隊商が利用できる泉が存在する。そのひとつの手前で、騎乗の者も徒歩の者も、隊の全員が足を止めていた。

ジン族の衛士隊長が、先行していた兵たちを問いつめている。

「涸れているわけではないのに泉の水が使えない？　どういうことだ」

肩をつかまれたひとりの兵は、いささかひるんだ様子で「それが、水が塩からいのです」と報告した。隊長が困惑を顔にあらわす。

「ばかな、地下水の湧き水だぞ。それに塩砂漠の砂が入らぬよう、椰子の木々と風防柵がめぐらされているのに」

「しかし、実際飲めなくなってるんです」

なんてことだと隊長は毒づき、ふりむいて隊に叫んだ。

「全員聞け。水にあまり余裕がない、むだに使うな。これからは足を速めるぞ」

それを聞いて、ペレウスはファリザードからもらった水袋をにぎりしめて気を重くした。

（また節約と強行軍か）

パウサニアス――今回のファリザードの砂漠行に同道している、ペレウス以外の唯一のヘラス人《ヘレネス》少年――が横でヘラス語にいい直して伝えてくれる。

「泉の水が塩からくて使えないので、急いで先へ進むそうだ」

かれはペレウスの一歳上の十三歳で、王政都市クレイトールの出身である。先日の決闘さわぎのとき、最初にペレウスに声援を送り、セレウコスにいいかえしてくれた少年である。学者肌で、ペレウスよりさらに痩せてひょろひょろしていた。

敵国語を解することをいまだ隠しているペレウスとはちがい、パウサニアスは帝国の地に来る前からファールス語を学んでおり、公然と話している。実は僕もファールス語を話せるんだよと、ペレウスはかれにすっかり告げそびれていた。

かれと親しくなったのは昨日のことだ。湯たんぽがわりにペレウスが抱えて寝ていた羊が、食糧として解体されてしまった夕方の話である。

一人寝の寒さはファリザードに提供させた毛布で乗り越えるつもりだったが、思わぬことに、ファリザードにつづいてパウサニアスがかれのところを訪れた。

『なんだい、ペレウス、そんな顔をして。ファリザード様が砂漠に出ると館に報せがきたとき、イスファハーン公が娘に衛士をつけるというので、見聞を広めておこうと僕も交じらせてもらったのさ。さあ、天幕を張るのを手伝うよ。ふたりいるだけでだいぶ違う』

気さくに話しかけてきたパウサニアスに、ペレウスは当初、不信感を拭いきれなかった。

同じヘラス人に陰湿な嫌がらせを受けてきた記憶は、薄れこそしたが忘れてはいない。直接手を出してきたアテーナイのセレウコス以下、民主政都市の少年たちは論外であるが、王政都市の少年たちも、傍観しているばかりで助けてくれなかった。その恨みがペレウスに冷たい、ひねくれた物言いをさせた。

『いまになって僕になんのつもりだい、都市クレイトールのパウサニアス？　こちらには特に用はないいんだけれど』

『聞いてくれ……きみに許してほしいと思っている。王政の都市からきた者たちはみんなそうだ』

『なぜだ？　僕がファリザードに勝ったとたん、いきなりきみの態度が変わった理由を知りたいな』

ペレウスは冷笑した……が、パウサニアスのつぎの言葉はかれを絶句させた。

『なぜならきみはあれでヘラスの名誉を守ったからだ。そして、王政都市の子たちの面目もほどこしてくれたんだ。僕ら王政都市の子供たちは、これからはきみを中心に固まって民主政派に対抗しようとおもっている。きみが僕らを許してくれるならばだが』

あっけにとられたのち、ペレウスはついで眉をひそめた。

『……どういうこと？　イスファハーンにいるヘラス人同士が、個人間の喧嘩という程度じゃなく、党派をつくっていがみ合うわけ？』

『もう党派はできてしまっている。民主政派はとっくにセレウコスを中心にまとまっているんだ。どんなろくでもないやつらの結びつきだろうと団結は力だ。

僕ら王政都市の子たちだけがてんでんばらばらなんだ。民主政のやつらは僕らの政治体制を十把一絡げに『僭主制《せんしゅ》』『独裁制』などとよんで侮蔑し、ことあるごとにいやがらせしてくる。それなのにこっちは対抗できない。めいめい我慢してやりすごすだけだ……

ペレウス、きみがいちばんひどい目にあわされていたのは間違いない。でも、きみほどじゃなくても、あいつらにはみんなうんざりさせられてきたんだよ』

言い訳にもならないけれど、とパウサニアスは言葉をついだ。

『僕はここに来る前、ヘラス最強の都市アテーナイの代表には逆らうなと、母都市の議会からいい含められていた。アテーナイににらまれるようなことになれば、母都市が不利益をこうむるから――と。見て見ぬふりをしてきたのは、それがゆえだ。ほかの少年たちも似たり寄ったりだとおもう。

でもそれももう限界だ。僕らがどれだけおとなしくしていようと、もう王政都市と民主政都市の子供たちの対立路線は避けられない。

僕らも、だれかを指導者役として固まる必要がある。それにはきみが最適だよ』

ペレウスは目をしばしばまたたかせた。度肝を抜かれていたのである。

『指導者？　どうしてそんな話に？　ぼ……僕は十二歳だよ。パウサニアス、秀才と名高いきみをはじめ、僕より年長の者が何人もいる。かれらを差し置いて――』

『現在、きみより資格のある者はいないだろうと、ほかの王子たちとは意見が一致した。ジン族との一対一の勝負に勝ったのはきみだけだ。民主政都市アテーナイのセレウコスではなく、王政都市ミュケナイのペレウスがヘラス人全体の面目を保ったんだ。そして、きみは僕らのだれよりも強靭だ。きみはセレウコスたちにあれだけひどい目にあわされても、けっして折れなかったし、自分を曲げなかった。あの武術、セレウコスに復讐するためにじっくり身につけていたんだろう？

あいつらに復讐したいのはきみひとりじゃない。復讐のことがなくても、民主政のやつらは僕らの都市の利益を積極的にそこなおうとしている。ヘラスへの報告書は、「代表団の監督役」「書記官」を勝手に名乗っているセレウコスたちを通さなきゃならないいんだぜ。あいつらがここでしていることを報告なんてできないんだ。

遊んでいるだけのあいつらが、報告書のなかでいかに自分たちを持ち上げ、僕らをどれだけこきおろして悪し様に書いているか知れたもんじゃない』

パウサニアスは顔をゆがめた。その吐露された憎しみはたしかに本物と思われた。

かれはまだとまどっていたペレウスの手をとって、熱心に説いてきた。

『ペレウス、手を組もう。これは子供の遊びじゃない、僕らは次世代をになう王族だ。ここからはじまる結束は未来において、民主政都市に対抗する王政都市の同盟につながっていくはずだ。

きみがその発足したばかりのヘラス王政都市同盟の、当面の指導者になるんだよ』

⚜　⚜　⚜　⚜　⚜

人馬とラクダが縦列をなして日射に焼かれた砂漠をふみしめてゆく。サンダルやひづめの下で、塩の結晶が乾いた破砕音をひびかせた。パウサニアスがぽつりといった。

「遠い昔、古代ファールスの全盛期以前には、ここは緑の土地だったらしいよ。かなたの山並みまで、歳経た巨人のような高い木々が天を衝いていたそうだ」

並んで歩み、ラクダをひいているペレウスは、かれの話に興味をそそられて問い返した。

「森だった？　じゃあなんでそれが、こんな不毛の地になったんだろう」

「人族の愚かさのせいだと、ジン族の記した書物は記録している。古代ファールスの諸王朝が、森を切り開き、焼き払って畑をつくることを民に認めていたからだと。人の数が増えるほど、森は減り、畑に変えられていった」

「……畑？　畑なんて、このへんには……村々のまわりにしかないよ」

「逆だよ、ペレウス。川がある、もしくは地下水が湧き出るところだけ畑が砂漠化せずに残り、人々はそこに村を置くしかなくなったんだ。

　森を畑に変えて、しばらくはたしかに作物がとれた。けれど、やがて何も育たなくなり、荒れていった。このあたりの大地は、木々がなくなればすぐ乾いていくらしいね」

「なんで森の木々を切ることを禁止しなかったんだろう？　古代の諸王朝は」

「砂漠化はゆっくり進んだからね。古代ファールスの初期王朝はあまり焦らなかった。いいや、問題視すらしなかった。

　中期王朝は何度か伐採禁止令を出し、森林を守るため、地方長官をかねる監督官を中央から派遣して見張らせた。けれど、当時は人の数が一気に増えた時期だったそうで、人々が飢えないようにするためには新しい畑を開墾するしかなかった。民は監督官たちの目をぬすんで木々を伐り、または公然と反乱して森を切り開いた。ときには監督官自身が反乱を指導した。その反乱者たちにはかれらなりの正義があった……『飢える民を中央の悪政から救わねばならない』とかれらは一様にとなえて決起したんだよ」

「そんな……ずっと長い目で見たら、森林破壊こそが自分たちの首を絞めることにつながっていたのに」

「百年先のことより今日や明日食べるもののことしか考えないよ、人族のほとんどはね。話の続きだけど、古代ファールスの後期から末期はもうめちゃくちゃだった。中央の力が衰えて、ファールス各地の地方長官たちは世襲化し、好き勝手に独立国をつくって攻めあった。そして、民を食べさせられない国は、民にそむかれ、他国に攻めこまれてすぐ滅ぶ。民の森林開墾をいまさら禁止することなんてできなかった。

外からやってきたジン族の征服が、混乱と際限のない砂漠化に終止符をうったといわれている」

日々の勉学を絶やさなかったパウサニアスは、ファールス語を解するだけでなく、ファールス文字の書物すらこともなげに読み解いているようだった。かれの秀才ぶりにペレウスは舌を巻いて聞き入っていたが、最後の一言には眉を寄せた。

「まるで、ジン族の征服がよかったようにいうじゃないか、きみ」

「ファールス人のためにはよかったんだろう、実際」

「そんなばかな」ペレウスは聞き捨てならないと反論した。「あの時代、ジン族によって古代ファールスの人族はたくさん殺されて、それまでの生活のしかたを変えさせられ、その信じていた神々は悪魔として捨てられた。そしていまもなお、この地の民はジン族にひれ伏さなければならない。そんなことをよかったっていうのか、パウサニアス？」

「かれらの自由にさせておけば、もっとひどいことになっていたよ。ほぼ確実にね」

パウサニアスはすげなく断言した。ふだんは気弱そうなくせに、政治や歴史がからむ話となるとこの少年は人が変わり、活き活きとしてしゃべるのだ。

「群雄割拠していた古代ファールス各地の地方長官たちが、『われわれはお互いのいさかいをひとまず止め、森を保護しよう。武器を作るための炉に薪が必要だとしても。新しい畑を切り開かねば人々が飢えるとしても』といったかい？　かれらが砂漠化を防ぐなどという大義を実現するため団結できたと思うかい？

僕らヘラスの諸都市の歴史をかえりみてごらんよ、ペレウス。口の上では大義に同調しても、実際の行動では互いを出し抜こうとするばかりだ。古代ファールスの人々もきっと同じだった。隣国との争いに不利になるとわかっていながら森林の伐採をやめるなんてできなかったに違いない。ジン族が人族を『長期の視点をもつことのできぬ愚かな種』とさげすむのは理由があるのさ」

かれの断定調の語り口にペレウスはどうにも面白くない気分である。

「パウサニアス、きみはちょっと人族をこきおろしてジン族を賛美しすぎじゃ――」

口をとがらせてかれがそういいかけたときだった。軽やかな馬蹄の音とともに、青鹿毛《あおかげ》の黎明号《サハール》にのったファリザードがふたりの横にならび、ぐいと手綱をひいて停止した。

ペレウスは警戒した。昨日まであてにしていた泉が使えなかったことで、「ほらな、わたしが水を恵んでやったことで助かったろう」と勝ち誇られるんじゃないだろうかと思ったのである。が、ファリザードはむしろかれより気まずげな面持ちを浮かべたのち、声をはりあげてせっついた。

「これから涸れ川を離れる！　高いところへ移動して歩くから、ちゃんとついてこい」

「え……なんでわざわざ？」

砂漠のこのあたりでは、涸れ川を離れると地形が荒れている。若干蛇が多いという問題はあっても、水がなくなって干からびている川の底がいちばん歩きやすいのだ。

ファリザードは空をさして、その疑問にきっぱり答えた。

「あの雨雲をみろ。まもなく雨が降る」

たしかに空の一角に雲がわきおこっていた。それは恐ろしい速度で広がっている。

「そうか、砂漠にも雨が降るんだった」

「ああ。珍しいが、ごく稀に集中してな。そうすると涸れた川に短時間で水が戻る。ここはたちまち洪水の有り様になるぞ。おまえたち溺れたくはないだろう」

説明に納得してペレウスはうなずき……ふと思いついた。

「そうだ、雨水が革袋に溜められるかも」

それを聞いて、ファリザードがぎくりとした表情になる。その彼女の様子でペレウスは気づいた。雨で水が補給できるのだから、彼女に助けを乞う必要はあまりなくなった。ファリザードのほうが「やっぱりあの取り引きは無しで」とペレウスにいいだされることを怖れているようである。

「そ、それと豪雨を避けるというので、やっぱり父上の旗手の城に寄ることになった！　決めたのはわたしじゃないからな、昨日の話と違うと文句をいうんじゃないぞっ」

言い訳がましく一息にまくしたて、彼女は馬の首をめぐらせてすばやく逃げていった。パウサニアスがぽかんとして、疾駆する背を見送りながらペレウスにたずねてくる。

「……昨日の話ってなんのことだい、きみ？　僕の前にファリザード様がきみのところに？」

「たいしたことじゃないよ」

そういいながら、ファリザードの今しがたの狼狽を思い返し、ペレウスはくすりと笑った。

(都合が悪い話なのにわざわざ自分で伝えにくるなんて、意外に律儀なやつ)

あんな生意気な子だが、たわいもない一面を知ってからはちょっとした可愛気を感じなくもない。

ただその笑みが浮かんでいたのは、パウサニアスが横で感嘆するまでだった。

「すごいなあ、ずいぶんファリザード様と打ち解けたじゃないか」

「……ええ？　どのへんがそう見えたんだ？　前よりはましだけど、さすがに友好的とはとてもいえない態度だろ」

「あの方が進路変更を教えにきてくれるなんて想像もつかなかったよ。嫌味か、例の決闘の誘い以外に、彼女が自分から直接ヘラス人に話しかけることなんてなかったぞ。用があれば使いをよこして伝えるかこっちを呼びつけるだけだった」

「そこらへんが改善されたのは僕もちょっと見直したけど……」

「……ま、もしかしたらきみ相手限定の変化のような気もするけれどね」

声をひそめて、何事かをにおわせるようにパウサニアスがささやく。ペレウスはすこし考えた。

「そうかも。市門を出るまえに、彼女に『おまえに関わるとろくなことにならないからもう関わりたくない』みたいなことをいわれたよ。僕はどうもちょっと怖がられてるみたいだ。

いずれにしても、打ち解けたなんてとんでもない勘違いだよ。イスファハーン公に怒られて鼻っぱしらを折られたから、態度が慎重になっているだけさ、あの子は」

パウサニアスがなぜか苦笑した。

「いや、きみ、そういうことでは……たしかにそれもあるかもしれないが……」

「それはそれとして」

ペレウスはパウサニアスの要領を得ない話を断ち切り、かれをじろりと横目でにらんだ。

「ファリザード『様』？　きみも都市クレイトールの第九王子だろう、パウサニアス。イスファハーン公そのひとの名に外交礼儀として敬称をつける場合はともかく、その娘ごときにそこまでへりくだる必要があるのかい。ヘラスの王族として、もっと毅然としていなよ」

そうペレウスが忠告すると、パウサニアスはなにかが笑壺《えつぼ》に入ったように、本格的にくっくっと笑いをもらしはじめた。

「きみはほんとうに気むずかしくて強情で、頑固なほど誇り高い『古い王族』なんだなあ」

ペレウスはむっとした。以前ファリザードには誇りに乏しい小便王子と罵倒されたが、その一方でパウサニアスには頑迷な骨董品よばわりされるのかと思ったのである。

「悪いかい？」

ぶっきらぼうにペレウスがいうと、パウサニアスはとつぜん、ひどく真剣な顔になった。

「べつに悪くない。ただ、周りがきみと打ち解けにくくなってしまう。そうしたいと思っていてもね。ペレウス、むくれず聞いてくれ。指導者には強固な意志と、人を受け入れる度量の両方が必要だ。きみはすでに強固だが、これからのために、度量をも身につけてほしいんだ」

「……自覚はあるよ。たしかに僕は強情だし、人当たりのいいほうじゃない」ペレウスは嘆息した。

「ねえ、パウサニアス、未熟な僕が王政都市同盟の指導者っていうのはやっぱり無理があるよ。セレウコスたちには小便王子とこの先もあげつらわれるだろうし……僕よりほかに適任がいるはずだ。なんなら僕は、頭のいいきみを支持するけれど」

「また辞退の話か？　アテーナイをしのぐ都市は武力ではスパルタ、権威ではミュケナイしかないんだよ。イスファハーンには都市スパルタの使節はこなかったんだから、セレウコスの母都市に対抗できる格をもつのは歴史の古いきみの都市だけだ。

それと漏らしたことなんて、きみの敵以外は、きみが思うほど気にしないよ。十二歳のときの、酔っ払っての一度の失敗くらいはね。

僕については、補佐する役回りのほうが好みなんだ。表に出ずいろいろやれるしね。あきらめてかつがれなよ、ペレウス」

「指導者とは名ばかりで、きみたちの操り人形にされるんじゃないかって予感がしてきたんだけど」

ペレウスは苦笑した。その頭上を雨雲がおおいはじめている――肌寒く、そして暗くなってゆく。

彼方に、ファリザードがいった城砦の壁がみえてきていた。

---

## 襲撃

---

砂漠の城につくころには、隊の全員が夕の雨に濡れそぼっていた。暗い天から落ちてくるしたたりは、葡萄の実かと思うほど大粒のものだった。しかもその勢いは刻々と強まっていく。

（あの王子は列を外れずついてきているかな）

ファリザードは鞍の上で肩ごしにちらりとふりむいた。蟻の行進のように黙々と付き従ってくる縦列と、後にしてきた谷が目にはいる。その谷はさっきまで涸れた川で、道として利用していた……いまは、流れる水が土色にうねって、荒ぶる怒濤《どとう》となっている。

衛士隊長が軍馬を走らせてくると、主君の娘の馬にならばせて、案ずる声をかけてきた。

「ファリザード様、雨よけの皮衣はほんとうにいらないのですか？　体が冷えますすよ」

「だいじょうぶ。ニザーム卿の砦はすぐそこじゃないか。みんなが暖まるための炉や風呂を馳走してもらえるはずだ」

濡れねずみになった少女は顔を前方に向けなおし、いまや目前にせまった城を指さした。

この名もなき砂漠の砦は、イスファハーン公家の家臣である妖士《イフリート》ニザームが城代をつとめる城だ。

岩山の湧き水を利用しており、かなり大きい。かつては城壁の外にまで広く耕作地が広がっていたそうで、城壁内には畑や兵舎や牢獄だけでなくモスクや浴場すらある……ただしいまは水脈がほぼ涸れ、深い井戸からなんとかくみあげられる程度の水量しかなくなったため、かつてにくらべて人は激減しているという。イスファハーン公家が旗手のひとりにここを与えたのは、さびれかけた砦を守らせるためというより、忠実な臣下に城をひとつやろうとしたからだという話だった。

今回イスファハーンをとびだした経緯をたずねられたくないので、ファリザードはこの城に立ち寄るつもりはなかったが……この雨ではやむをえなかった。

（……あれ？）

衛士たちに周囲をかためられて橋に馬をすすめ、雨水がたまりつつある空堀をわたり、開かれた門と落とし格子の下をくぐったところで、ファリザードたちは足を止めた。

どうも様子が妙だった。先行した兵が、まだ門楼へと呼ばわっていた。

（なんで第一門だけ開いて、第二門が閉じられているんだろう？　これでは混乱してしまう）

ファリザードの隊は、先頭が城になかば入ったところで行く手をふさがれた格好だった。そのうえ、「待て」の合図が隊のうしろまですぐには届かないため、第一門をくぐって続々と後列の者たちが入ろうとしてくる。小さな曲輪《くるわ》のなかで、押し合いへし合いしながら立ち往生するはめになっていた。

「なにをふざけている、こっちの門も開けろ。われわれはイスファハーン公家の者だ。この悪天候ゆえにしばしの逗留を乞いにきた。門を開けろというのに！」

叫ぶ衛士たちに返答はなかった。四方をかこむ胸壁は、一行をあざけるように黒々とそびえたち、沈黙していた。密集状態にいらだった兵士たちが、鉄の鋲《びょう》を打った第二門を叩き鳴らしはじめる。

「こら、乱暴なふるまいはよせ」と叱責する隊長の後ろで、ファリザードはふと胸壁をみあげた。

なめまわすような視線を感じたのである。少女の肢体にはりついたその視線の感触はひとつではない。周りを囲んだ矢狭間《やざま》のそこかしこから、何者かが彼女を凝視しているのが感じられた。

（なんだろう、雨で薄まっているけれど、かすかにへんなにおいもする……）

ジン族の感覚は鋭い。ファリザードが薄気味の悪さをおぼえはじめたとき、出しぬけに門楼から声がふってきた。

「最近は砂漠に賊が出るという。日が落ちたのちは、身元を証明しないかぎりよそ者は入れん。まことにイスファハーン公家……薔薇の一族ならば、その旗印をみせてみろ。でなければ門は開けられん」

　狭間胸壁に立っているのは、暗さゆえはっきりとはわからないが、砂よけの布を顔に巻き、鎖かたびらを着こんだ兵士のようだった。思ってもみなかった要求に気分を害した衛士隊長が、さきほど「乱暴なふるまいをするな」と部下を叱ったことも忘れて怒鳴りかえす。

「主家に対して門をとざしたあげく旗印をみせろだと？　賊は遠方を荒らしていて、われわれはそれに背をむけて遠ざかってきたのだぞ。われわれをよくみろ、荷を背負った人夫が半分近くをしめている。これが賊の一群にみえるのか！」

「奪った荷を背負った賊かもしれない。なにぶん、視界が悪いので後ろのほうまではわからぬな。旗印がないなら入れるわけにはいかん」

　胸壁に立って駄目出しをするその門番らしき兵士の声は、陰鬱でありながら奇妙によく響いた。

衛士隊長が激高した。

「門番め、これ以上ファリザード様を雨にさらすようなことになれば、きさまのその態度はかならずニザーム卿に話して――」

「よせ、もっともだ」急激にたかまる違和感をおさえこみながら、ファリザードは制止した。「門番とはこういうものだ。しかたない」

「……わかりました。ここは旗印をみせて堂々と通り、詰問はそのあとにいたします」

しぶしぶ了承した衛士隊長が、門番に聞かせるよう大声でそういった。こころえた衛士たちが獣皮をかぶせた長持をあけ、旗をとりだして手で広げる。赤地に金糸で刺繍された、「黄金の薔薇」の、イスファハーン公家の家紋。雨風にけぶった薄闇のなかにあっても、その紋章は燦然《さんぜん》とかがやいた。

数瞬の無言のうち、門楼から「おお、たしかに」と声があがった。

「となるとそちらのお方こそ、イスファハーン公家のファリザード様ですね」

蛇がしゃべるとすればこうであろうというような、冷たくぬらつく声音――総毛立つものをファリザードは感じた。

(こんな声の者が、この城にいただろうか？　おかしい。なにかおかしい)

疑念をいだかせる門番の声が、曲輪に淡々とひびきわたった。

「無礼をお許しください。しばしお待ちを」

それにこたえ、隊長がふんと鼻をならす。

「急げよ。雨に打たれながらでは気は長くないぞ」

そのときファリザードは、さきほどから嗅いでいたにおいの正体に気づいた……彼女の一行がおちいっている状況にも。

彼女らは四方を壁にかこまれた場所で、身動きに苦労するほど密集し、見下ろされていた……脊《せき》髄《ずい》が凍るような恐怖がにわかにファリザードをとらえた。とっさに手をのばして隊長の腕を押さえ、彼女は焦った声でささやいた。

「引きかえそう！」

隊長は「唐突になんです、ファリザード様」とけげんな顔をした。彼女は必死にせっついた。

「戻ろう、いますぐ第一門の外に出よう！」

「戻る？　豪雨の砂漠へですか？　どういうことです」

「血の臭いがただよってくる！」

彼女のまえでペレウスが耳をひきちぎられたとき、嗅いだ臭い。

脳裏に鮮やかなあの記憶が、雨に溶けたほんのわずかな臭いを識別させた。隊長が身じろぎをとめ、小鼻をひくひくさせて大気を嗅ぎ、そしてその顔色もまた変わった。

しかし、あまりに遅すぎた。

後方――第一門の外から、突撃喇叭《らっぱ》が鳴りわたった。猛った吶喊《とっかん》につづき、馬蹄の音が雨音を押しのけた。いくつもの絶叫と断末魔がそれにつづいた。相手がだれかはわからなかったが、なにが起こったかは明白だった。

何者かに不意打ちされた。こちらに害意をもつ者たちが城壁の内と外にひそんでいた。縦列の後ろ半分を襲われた。

（襲われたのは荷駄をはこぶ人夫たちやラクダ使いが大半で、まともな武器も持っていない――すぐに衛士をむかわせて助けないと！）

「外に！」

叫んでファリザードは馬首をめぐらし、急ぎ足で第一門から出ようとした――が、恐慌にとらわれた隊後方の者たちが、逆にどっと城壁のなかに入ってこようとする。曲輪内にはいよいよ人馬がひしめき、駆け出るどころか、数歩進むことさえおぼつかなくなってきた。

「プレスターのいうとおりかもしれん。おまえらイスファハーン公領のやつらは、兵も民も平和呆けして、どこまでも愚かだ。

入った軍を殺す仕掛けのある城門に、調べもせずまっすぐ頭をつっこみに来るとは。敵のことながら呆れはてる」

門番——ではなかったその賊の男が、胸壁からうずまく混乱を見下ろして言っていた。

「皮剝ぎ公アーディルの軍や、西方の戦の最前線に出ている軍にくらべれば、おまえらは赤子のようなたわいなさだ。

それだからわれわれはイスファハーン近郊からこっちに逃げてきた。〈剣《アッシャムシール》〉が伴ってきたのは二百名とはいえ、あの精鋭どもの前に立つなど正気の沙汰ではないからな」

語りながら、偽の門番の手が合図すると、狭間胸壁にぞろぞろと弓をもった兵があらわれた。そのうちのひとりが、手にしていた毬のようなものを曲輪に投げこんできた……それは黎明《サハール》号の鞍に一度ぶつかってはねかえり、石畳に転がった。

ジン族のものである血まみれの首——ファリザードは衝撃と戦慄にあえいだ。

（ニザーム卿……）

「その城主も愚かだった。夜襲への備えがないも同然だったぞ。夜番はこの大手門に一名、裏門に一名がいるだけだった。それも、腰をおろして酒をなめ、目を光らせていたとはとてもいえないありさまでな。

こっそり胸壁に這いあがり、後ろからそいつらののどをかき切るのはたやすかった。そのあと、門を開けてわが方の兵をなだれこませ、城を占拠させるのも」

〈門番〉とおなじく黒布で顔をおおった賊兵たちが、ゆうゆうと弓をひきしぼって配置につく。胸壁の上から下の曲輪へと射線を集中させられる、絶対的な優位をたもった位置。一行をのぞきこむようにかがみこんだ〈門番〉が、「武器を捨てろ」と告げた。

「ファリザード姫を置いていけ。姫を人質としてよこすか、姫ごと全員が犬死にするか選べ。よく考えろ、だが急げ。雨に打たれながらでは気が長くないのは、こちらもだ」

⚜　⚜　⚜　⚜　⚜

ペレウスが見たその騎兵たちの全身をおおう甲冑は、ヴァンダル式のものだった。

遠い故国からきて「十字軍」を称した者たちの装備。雨をはじく銀や黒色の甲冑が、軍馬にまたがって殺到してくる。数は十名ばかりだが、それはじゅうぶんに重く禍々《まがまが》しい威容だった。

こんなときでなければペレウスは、異国風の騎兵を興味ぶかく観察したかもしれない。あいにく、そいつらが槍をかまえて襲歩《ギャロップ》でこちらに突進してくるときに、じっくり観察する余裕などというものはない。

その騎兵の小隊は、城壁の陰からごくさりげなく現れた。あっけにとられたペレウスたちから離れたところで馬を旋回させ、手際よく一列に並んだ。そして空堀にそって駆けはじめたのだ。

こちらの縦列の横腹に槍先を向けて。

『足並みをそろえた重騎兵の一斉突撃は、巨大な鎚《ハンマー》のようなものだ』

かつて酒をあおりながらサー・ウィリアムが、美々しい騎士物語とは相反する「現実の戦場の話」として垂れた教えが、警鐘となってペレウスの頭にひびきわたる。

『うっかりその前にいあわせた歩兵はご愁傷さまだな。腹を馬に思いきりふみつけられると、腸がとびでて苦悶のうちに絶命する』

ペレウスは頬をひきつらせた。これが話にきいた、ヴァンダル人お得意の「重装騎兵の一斉突撃」であることは疑いないとおもわれた。

「なんだ、あれ」

列のほかの人々とおなじく、ぽかんとしていたパウサニアスがつぶやいた──いや、かれらは反応できず固まっているのだった。ペレウスのみが、得ていた知識のおかげでかろうじて麻痺から逃れていた。恐慌の叫びがのどまでせりあがってきたが、ペレウスはそれをおさえ、サー・ウィリアムの教えという頭のなかの引きだしをもう一度開けた。こうした場合の打開策はなんだったろう。

『地形も障害物もさまたげにならないならば、勢いにのった重装騎兵団の前に立てるのは、槍を持った歩兵の一群かおなじ重装騎兵のみだ。それ以外のやつらは死にたくなきゃ逃げろ、だな』

槍？　甲冑？　ペレウスはみまわした。

そんなものが味方側のどこにある？　そもそも衛士は先頭のファリザードのまわりに集中し、後方のペレウスたちのまわりにいるのは荷かつぎ人夫ら非戦闘員ばかりだ。槍持ちがいたところで、不意打ちに対応する時間もない。『死にたくなきゃ逃げろ』――どうにか冷静でいられたのは、そこが限界だった。かれはそれまで話せることを隠してきたファールス語で「逃げろ」とつぶやき、

「逃げろお！」

もう一度、周囲のためにこんどは絶叫し、パウサニアスの手をひいて縦列から駆けだした。

直後に背後で、災禍の嵐がまきおこった。鎧をきこんだ人馬の突進――速度と質量がうみだす圧倒的な衝撃力――それが、第一門の外にはみだして長々と続いていた縦列の横腹をなぐりつけたのだ。閉じた箱に頭をつっこんで動けなくなった蛇の胴体を打つかのような横撃だった。

走りながらふりかえってペレウスは戦慄の光景を見た。鋼が肉を蹂躙《じゅうりん》するのを。

賊――おそらく賊だろう――の騎兵たちは、最初の突撃で長槍を馬やラクダにつきたて、もしくは体当たりし、地に投げ出されたラクダ乗りや衛士たちを馬蹄にかけていた。

（乗り物から殺しているんだ）

これまたサー・ウィリアムのいったことだった。『青二才で功名しか頭にない騎士は戦場で強い敵との一騎打ちを求め、高名な敵を求め、突撃のときには馬上の人間をねらう。だが老練で戦慣れした兵ならば、多くはかたまって行動し、弱い敵から叩くことで戦列を乱れさせ、平然として相手の馬を殺す。獣の本能をもつそいつらのほうがずっと危険なのさ』

こけそうになるパウサニアスをひっぱって、ペレウスは城門前から離れようと走った。一気に汗をふきださせたパウサニアスが「ばかな、こんなばかな」とくりかえしていた。

「あれがイスファハーン近郊に出ていたヴァンダル人の賊なんて、そんなはずはない……僕らは賊の出没する地方を後ろにしてきたんだぞ」

「先回りされたんだろ！」

「そんなはずがないよ！　砂漠の道には決まったルートがある、途中に水が湧きでているか否かが、通れる道を決定するんだよ！　この日数でやつらが僕らに先回りするなら、僕らのたどってきた道を通るしかなかったはずだ！　気づかぬうちにそばを追い越されたとでもいうのかい！」

「理屈を考えるのはあとにしろよっ、あいつらから離れないと！」

ペレウスがそう怒鳴ったとき、川と化している谷のほうから、馬やラクダに乗った二十名ほどの軽装騎兵がぱらぱらと駆けてくるのが見えた。砂よけの黒布を顔をふくめた上半身にまきつけ、小さいが強力な合成弓を手にした弓騎兵。

「あの格好はファールス人だ」

とたんに自失状態から立ち直り、パウサニアスは、「それなら味方だ、助かった――」といいながら、かれらに駆け寄ろうとしてペレウスの前に出た。その少年の眼前に、散開した軽騎兵のうちラクダに乗ったひとりが走りでた。そいつは弓をひきしぼり、ひょうと放った。矢は飛電のごとく走り、パウサニアスの胸の真ん中をつらぬいた。

希望は瞬時に消しとんだ。都市クレイトールの少年の命とともに。

パウサニアスが驚いた顔になり、かくんとひざを折り、うつぶせに倒れこむ――その一切を、隣でペレウスは呆然と見ていた。

「パウサニアス？」

つぶやく。あまりにあっけなくかれが死んだので、ペレウスにはこれが現実とは思えなかった。

（こんな……殺されたのか、ほんとうに？）

だがパウサニアスを殺したラクダ騎兵が新しく弓に矢をつがえようとするのが、視界の端で認識できた。やむなく死体の手を離し、ペレウスは方向転換してふたたび走った。背を射ぬかれる恐怖が、しゃにむにかれを駆り立てた。

だれもが混乱しきっていた。城門のなかに逃げこもうとする者、城門から出てこようとする者、橋のうえで押し合って空堀に落ちる者。重騎兵にけちらされて逃げようとした者たちが、包囲するように散らばった軽騎兵に弓で仕留められ、再度城門のほうへ追いこまれていった。

羊でも追いたてるように賊の包囲はせばまり、ファリザードにともなってきた一行は、橋のまえへと集められていく。そのありさまはもはや狩りの様相を呈していた。

（なんでヴァンダル人の重騎兵と、ファールス人の軽騎兵が組んでいる）

ありうるはずのない賊の構成。しかしいぶかしむゆとりはない。いま明らかであり問題なのは、賊兵のその組み合わせがこちらにとって最悪のものであり、死をもたらしてくることだけだった。

城門に駆けよっても中には入れないことを遠目で悟った者たちは、たがいに背をあずけあった。狼の群れに囲まれた野牛の群れが、円陣をくんでみずからを守るように。

ただし、この敵は狼の群れよりはるかに危険であり、狩られるものたちは野牛ほど強くはけっしてなかった。ペレウスも円陣を組んだ中にいた……かれは足元の衛士の死体から円盾をひろってかまえていた。となりに立った衛士の盾とならべて、せめてもの防御壁をつくる。

だが効果はあまりないだろう。敵の重装騎兵の第二の突撃は、円盾の壁をやすやすと粉砕するであろうし、軽騎兵の矢は盾の壁の隙間をぬって味方を殺傷するだろう。

大きな軍馬にまたがった黒い全身鎧の賊兵——おそらく重騎兵たちの指揮官——が、耳ざわりな命令の声を発した。

ちぢみあがって死を待つペレウスたちのまえで、重騎兵がまた横一列にならんでゆく。

つぎこそ死ぬ、とペレウスは悟った。絶望に盾をかまえる手から力がぬけていく。

そのとき、一時的に誇りを捨てる選択肢が心に浮かんできた。

(身分を告げて、人質になるといおう。身代金をとれるかぎり、捕虜は殺されることはないはずだ)

命乞いするのはみっともないが……考えてみれば屈辱には慣れている。

(まず生き延びなくては。そして生き延びられたら復讐する。パウサニアスの仇をはじめ、報いをかならず受けさせてやる。借りを返そうとするのがジン族だけだとは思うなよ)

周囲の生き残りたちの命もなるべく助けなければ——ペレウスが口をひらこうとしたときだった。

「やめろ！　もうやめろったら、わたしが捕虜になるといっているだろ！」

城壁の内側から、ファリザードの懇願の叫びが響いた。雨の勢いがやや弱まり、離れた場所の声が届くようになっていた。

「だからやめろ、これ以上だれも殺すな！」

それにつづいて、門楼から、「まあ、よかろう。軽騎兵ども、矢をおさめろ。プレスター、攻撃は待て」と、低い声がひびいた。

黒い鎧の指揮官が、面頬の奥から舌打ちをもらし、籠手をはめたこぶしを挙げて何事かをいった。重騎兵たちが手綱をしぼって馬の猛りをおさえる。

ペレウスは瞠目《どうもく》した――いま発言した、門楼の上にいる顔に黒布を巻いた者は賊の首領なのだろう。かれは軽騎兵にはファールス語で、そしてプレスターと呼ばれた重騎兵の指揮官にはイングル語で呼びかけたのだ。

だがペレウスの注意は、賊の首領らしき者が使った言語よりも、ファリザードがつづけた叫びのほうにすぐさま向いた。

「わたし以外の全員をいますぐ逃がせ、それが人質になってやる条件だ！」

「全員はだめだな。おまえの衛士どもも留め置く。あとから奪い返しにこられたらかなわん」

そのにべもない返答に激した声をファリザードがあげた――だがそのうち、どうやら彼女が折れたらしく、「……安全を保証しろ！　ひとりでも死なせたら承知しない」と妥協の声がとどいてきた。衛士たち自身から説得されたのかもしれなかった。

「それさえ守るならおまえらの要求を飲む！　わたしの身代金がいくらだろうと――」

「金貨十万ディーナール。薔薇の公家の女児の価値としてはそれでも安かろう」

首領がそっけないいい方で金額を口にしたとたんに、場が凍りついたように静まりかえった。異国人のペレウスでさえ、それがとほうもない額であることは理解している。

しかし、ファリザードの声にはいささかもためらいがなかった。

「わかった。その金額で、わたしが連れてきた者たちのだれにも一切危害をくわえないと誓え」

「よかろう、話がまとまった。賢い姫で助かったよ」

「城門の外にいる荷かつぎ人夫たちは帰せ」

「それも承知した。かれらの安全を唯一神にかけて誓おう」賊の首領が胸壁の内側にむけていった。

「唯一神のふたつの目、日輪と月輪にかけて誓う」

首領はつぎにペレウスたちのほうに顔をむけていい渡してきた。

「そういうことだ。城門の外にいるイスファハーン公家の下僕ども、おまえたちは来た道を戻って帰るがいい。雨でできた川が消えないうちに、砂漠を歩くための水をたくわえておくといいぞ」

そう呼びかけられたことで、ペレウスのまわりのファールス人たちが一気に緊張をゆるめた。

かれらは、ファリザードが人質となることで自分たちの安全があがなわれたと知って、まずは一様に、救いがもたらされたことへの安堵を顔に浮かべた。それから、危険から一刻でも早く離れたいというように足早に移動をはじめる。退路をあけた賊の軽騎兵のあいだを、おどおどと。

かれらの表情はさまざまだった。やれやれ助かったと肩の力をゆるめる者、泣きそうなほど悲痛に顔をゆがめた者……ことに多かったのは、苦渋の表情だった。守るべき主筋の少女であるファリザードに、逆に守られるしかなかったのだから。

ペレウスもまた、慙愧《ざんき》に下唇をかんでいた。これまで彼女を誤解していたことを認めなければならなかった。

（どれだけ生意気でも、口先で意地悪いことをいおうとも、あの子はやはり父親の娘だ。僕が思っていたよりずっと善良な心を持っている）

イスファハーン公のことに考えが及んだとき、責任感に突き動かされた。持ってきていた盾を手にしたままかれはくるりと方向転換し、去っていく者たちのなかから衝動的に走りだしていた。

城門へ、彼女のもとへむかって。

いやな笑いを目元に浮かべている賊のそばを駆け抜け、ペレウスは開け放たれた城門内にとびこんだ。ファリザードの衛士たちの視線が、いっせいにかれに集中してくる。

曲輪の奥と左右にすばやく目をめぐらせ、上方をあおいで、少年は状況をのみこんだ。

（そうか、奥にもうひとつ門があって、そっちが開かなくなっていたんだな。これでは袋小路だ、先に進めるわけがない。そのうえ頭上の胸壁からは弓で一方的にねらわれている）

敵兵を効果的に殺すための城門の仕掛けを、賊は完璧に利用していた。おそらく、こちらが城に接近していることをかなり早いうちに知って準備していたのだろう。

確認ののち、ペレウスは顔を戻した。

正面、衛士たちに囲まれて、馬に乗ったファリザードが呆然とかれを見ていた。ペレウスが近づくと、顔を見合わせた衛士たちがわずかに空間をあけてくれた。ペレウスの姿に、ファリザードは「生きてたんだな」とつぶやいたのち、われにかえったように身を震わせ、鞍上でかがみこんだ。賊に聞こえないようささやいてくる。

「なにやってる、はやく人夫たちといっしょに去れ。ミュケナイの王族だと知られたら、おまえも人質にとられるぞ」

「ファリザード」

ペレウスは間近から鞍上の彼女をみあげた。まだ迷いながらではあったが、かれは提案した。

「僕も残ろうと思う。きみを放っておいてイスファハーンに帰れない」

少年の申し出に、ファリザードはつかの間絶句し……「なにいってる、ばか!」と激しく声をうわずらせた。その動転した声は立腹というより泣きそうな響きを帯びていた。

「帰れ! おまえが残ってなんの意味があるっ」

「このままじゃ、きみのお父上に申し訳がたたない」

「おまえのぶんまで身代金が加えられることになる。父上はミュケナイに請求書をまわしたりせず、責任を感じてそれを払うぞ。よけい迷惑がかかる」

ペレウスは固まった。考えてみれば当たり前のことだが、失念していた。

「それなら、ぼくは身分を隠して――」

「それこそ論外だ。人質の待遇を保証するのは身分と身代金の多寡だ。身分を伏せて平民をよそおえば、どのような扱いを受けるかわからない」

「でも、この衛士たちだってその危険は同じだろう。かれらはきみのそばに残るじゃないか」

「残らされるのだ。帰せるものならかれらも帰す。かれらは、わたしの家に仕え、わたしを守る義務を負っているのだから構わないといってくれてはいるが……

おまえは違う、我が家のしもべではなくいちおう客だ。おまえにはわたしのそばにいる義務はなく、おまえがもし命を落とせばイスファハーン公家の不名誉になる」

かれを追い返そうとして懸命に言いつのるファリザードの指摘は、ことごとく当を得ていた。

ペレウスの頭が徐々に冷えていく。彼女のいうとおりだとかれはほぞを噛んだ。かれがここに残っても、なんの役にも立たないどころか、みなを困らせるだけになるだろう。

（思いつきでいうんじゃなかった、僕はばかだ）

残酷な賊のただなかに、自分と同じ子供でしかない彼女を置いていくことは気が進まなかったのだ。なにか力になれるならと思ったのだが……だが、無力感に肩を落とすかれの目の前で、ファリザードがなにかを腰からはずした。「おまえの手でこれを父上に渡して」と彼女はいった。

「持っていたら、いつ賊に取り上げられるかわからないから。おまえに任せる」

鞘におさめられた刀〈七彩《ハフト・ランギ》〉がペレウスの鼻先につきだされていた。

ペレウスは逡巡しながらもその鞘をつかんだ。渡しながら、ファリザードが「いいな、帰るんだ」と念を押してくる。それから、「……あの、それと……」と、

「残るといってくれて、ありがとう。気づかって申し出てくれたこと自体は、感謝する」

はにかみながらの礼――宝刀とともにそれを受け取ったとき、ペレウスは意を決した。刀を小脇にかかえ、少女をみあげてきっぱりいった。ファールス語で。

「ファリザード。お父上はきみをかけがえのない宝といっていた。かれはきみを取り戻すために持てる力すべてを注ぎこむはずだ。だからきみは早いうちにお父上のもとに帰ってこれると思うよ」

それまでヘラス語でのみ会話していた相手が、いきなり帝国の言語で話しだしたことで、ファリ

ザードも衛士たちも意表をつかれた表情になった。

「いままで隠していてごめん。僕はファールス語をこっそり学んでいた。打ち明けてしまうけれど、ヘラスのため、なにか役立つ情報をきみたちファールス人の会話からひそかに収集しようとしていたんだ。でももう、姑息なことはやめにする」

ペレウスは握手のための右手をさしのべ、真摯に語りかけた。

「いまはもう、きみたちとの戦争を続けたくないと本心から思っている。これからはきみやお父上を信頼して、和平成立のために尽力したい。

きみがイスファハーンに帰ってきたら、僕ら、もうすこし仲良くやろう。友達になろうよ、ファリザード」

少年の手が差し出されたとき、赤熱した鉄に接近されたようにファリザードはびくりと身を震わせてのけぞり、それからみるみるうちに顔を火照らせた。困りきった様子でペレウスの手をみつめ、彼女は手綱をにぎっていた自分の左手をそろそろと伸ばして、手のひらと手のひらを重ねるように合わせた。

ぎこちなく目をそらし、蚊の鳴くような声で彼女はいった。

「ともだち……うん。そのくらいからなら……友達くらいなら、許してやっても……いい」

右手と右手ではなく、右手と左手。へんな握手のかたちだな、と思いながらも、ペレウスはうなずいてファリザードの手をしっかり握った。とたんに「に、握るな」と少女の羞恥の声があがる。

「も……もういいだろ、放して」

ふたりをとりかこむ衛士たちは面白そうに口の端をつりあげ、あるいはけしからんとばかりのしかめ面になった――ファリザードの衛士隊長がふんと鼻を鳴らし、注意してきた。

「こら、ヘラス《ヘレネス》人の王子。ファリザード様が困っていらっしゃる。子供同士とはいえ男女が気安く触れあうものではないのだ」

「ああ、ごめん」

思い当たってペレウスは手をひいた。文化が違うことを失念していた。握手という習慣がないのかもしれない。あるいはひょっとして、この地ではぶしつけなことなのかも。

いずれにせよこれからは、もっとよくファールス人の文化を知っておかねばならないだろう。

まだ恥ずかしそうにしているファリザードが、手綱をちょっと引いて馬をかれから離したとき、陰々たる声が曲輪内に告げてきた。

「いまより第二門を開ける」

落とし格子の上がる音がきこえ、それから、石の第二門が重々しくひらきはじめた。

開いた門のその向こう側に、賊の首領が立っていて、「まずファリザード姫ひとりこちらに来い」と呼びかけ、顔をおおった黒布をとった。全員が驚愕に目をみはった。

とがった耳に秀麗な目鼻立ち。青年にも見え、また意外に老いているようにも見える、年齢不詳の妖しい美貌――明らかにジン族の容貌。

衛士隊長が鼻にしわを寄せた。

「貴様、帝国の民……それもジンだったのだな。ただのヴァンダル人の賊より呪うべき輩だったか、裏切り者め」

隊長の痛罵を黙殺し、賊の首領は冷たい視線をひたとファリザードにあてた。

「ファリザード姫から城内の一室にお連れする。衛士どもはそのあとで営舎に軟禁させてもらう」

「あっ、待て」

ファリザードがあわててペレウスを指で示した。

「まだひとり、人夫が立ち去っていない。こいつも逃がす」

ペレウスを一瞥し、興味なさそうに首領はいい捨てた。

「小僧ひとりか。勝手にどこへでも行け。だが先に逃げた人夫どもなら、馬やラクダを走らせてとっくに遠ざかっているぞ。追いつきたいなら急ぐのだな」

「……あの畜生の言うことではあるがそれだけは正しい。急げ、ヘラス人」と衛士隊長がペレウスの肩をたたいてうながし、その部下たちも一様にうなずく。ファールス人たちは、この短時間でペレウスに前よりも好感を抱いたようだった。

ファリザードが鋭い視線でさっと首領の顔を射ぬいた。

「約束は守れ。衛士たちにもいっさい危険をくわえるなよ」

「無用の心配だ。唯一神の両眼である日輪と月輪にかけて誓っただろう？

だいいち、すでに人族の人夫どもを解放しているだろう。口封じするつもりならだれひとり逃がしていない。おまえの父親をさらに怒らせるとわかっていながら、いまさらわざわざ捕虜を殺す意味がない。来い、姫」

再度うながされて、ファリザードが覚悟を決めたように息を深く吸い、吐いた。彼女は鞍から軽やかな身ごなしで下り、ちょっとペレウスを見て「それじゃ、また」と小声でいった。

みずから愛馬をひいて賊の首領のもとへむかっていく彼女を見送り、後ろ髪をひかれる思いでペレウスはきびすを返した……第一門からでていくつもりだった。


落とし格子がいきなり落ちて閉まった。第一門と第二門の双方で。


愕然としたペレウスの背後、第二門の落とし格子のむこうから、「なにをする、自分で歩く、放せ！」とファリザードの警戒の声が届いてきた。

ふりむいてペレウスは見た――彼女のまわりに集まってきた賊兵たちが、その手から手綱をうばいとり、彼女の両側から腕をきつくつかんで動きを封じていた。主と離されたところで曲輪内にふたたび閉じ込められた衛士たちが、憤怒の形相で第二門に押し寄せ、「貴様ら、何だこれは!? ファリザード様になにをする！」と格子を叩きはじめた。

その怒号のむかう先――賊の首領が、ファールス語ではなくイングル語で、

「全員殺せ」

耳に入ってきたその一言に、ペレウスのすべての思考が消し飛び、筋肉が凍りついた。

賊がわざわざイングル語でつむいだその命令を理解はできた――しかしそれでも、反応を起こすまでにほんのわずかな間が空いてしまった。そしてかれ以外に、この場の味方でイングル語を解す

るものはいなかった。

賊の弓兵たちはファールス人のようだったが、ごく簡単なイングル語ならば解するらしく、かれらは矢をつがえた弓をぎりぎりとひきしぼっていく。

ペレウスが「ふせげ――」叫びながら前に向き直って衛士たちのもとへ駆け戻りかけたとき、矢群がふりそそいだ。

死をともなって、豪雨のように。

† † † † †

落とし格子のむこうの曲輪で、惨烈な光景が展開されていく。

ファリザードのいる城内側へ、三十名の衛士の断末魔のうめきと、新鮮な血の臭いが流れてくる。

胸壁のうえの賊兵たちは、背負う矢筒からとりだした矢を弓につぎつぎつがえ、下に向けてまだ放ち続けていた。拘束されたファリザードの声……制止の懇願、生存者への呼びかけをまじえた絶叫が城門一帯に響きわたっていた。

軽装の賊兵ふたりに両側から腕をつかまれ、動きがとれず足をばたつかせるファリザードは、泣きわめきながら賊の首領をののしりはじめた。

「卑怯者、下衆《げす》、人殺しっ……嘘つき、この嘘つきっ！」

それを聞き流しながら、首領が物憂げにうそぶいた。

「覚えておくと役立つぞ、姫。この世では、だれもかれもが嘘をつく」

「よくも……恥知らずな……！」

「『かれら来たり《アーマダンド》、破壊し《・オ・カンダンド》焼き払い《・オ・スーフタンド》殺し尽くし《・オ・クシュタンド》』……おまえの伯父である〈剣〉が征服時代にこのファールスの地でおこなった虐殺は、いま流れた血の万倍ものおびただしい血を流したよ。

私は土着のジンの部族だ。征服時代にわれらをこの地から追った新しいジン族――ホラーサーン公家にもイスファハーン公家にも、私はかけらほどの愛情も抱いていない」

もがいて暴れるファリザードが、瞳にあふれそうな涙と憎しみの光を満たしながら糾弾した。

「日輪と月輪にかけて誓ったくせに、殺す意味がないといったくせに！」

「悪いが日輪と月輪への誓いなど、私にとってはねずみの糞ほどの価値もない。おまえら侵略者どもの『唯一なる主神』とやらはわが崇信の対象ではないからだ。その名において偽りの誓いをなそうが、それをふみにじろうが愉悦しか覚えん。

私が司祭として仕えているのはまったく別の神だ。このファールスの地に太古よりあられる御方だ。六つの腐った卵を産む神だ。すなわち悪思と虚偽と背信と、無秩序と熱と乾きの神だ」

古代の暗黒神《アンラ・マンユ》の名を聞いたことはないか？　とその司祭を名乗るジンは問い、

「殺す意味についてだが、私はそれについても嘘をついていたことを告白せねばならない。こいつらを殺す必要はあったのだよ。わが神は血の贄《にえ》をこそ受けとってくださる。応えて力を与えてくださる。それをいまからみせてやろう。

落とし格子を上げろ。そして、プレスター、おまえのダマスカス鋼の剣をここへ持ってこい」

† † † † †

積み重なるように横たわった衛士たちの死体の下で、少年は瞳を開けた。

ペレウスが倒れていた曲輪の地面は、人馬の屍からにじみ出る血によって赤い水溜まりとなっていた。うめき声がどこかから聞こえるから、他にも生存者がいるのかもしれない。

（僕は……生きている？）

いまだ信じられず、ペレウスはまばたいた。手にした盾には矢が突き立っている。

かれはどうやら命拾いしたようだった。イングル語の命令を聞きわけられたかれだけが、最初の致命的な矢の斉射に対応して盾で防ぐことができたのだ。それに、顔面を射ぬかれた衛士隊長の体が覆いかぶさってきて、つぶされて倒れこんだのもよかったのだ。かれの上に次々折り重なった衛士たちの死体が、鎖かたびらを着た肉の壁となってくれたのだから。

だが、安堵などできようはずもなかった。頭上の賊兵たちは矢を射かけることはやめたようだったが、それは悪夢の終わりを意味していなかった。

ふたつの門の落とし格子が上がる音が聞こえ、そして忌まわしい馬蹄と鉄靴の音がした。

重騎兵をふくめ、賊兵たちが曲輪のなかに入ってきたのだとペレウスは悟った。いきなり、細く聞こえてきていたうめき声が血も凍る叫びに変わり、それきりぷっつりと止んだ。

（とどめを刺して回っているんだ。立たないと……）

立って戦えば殺される、それは間違いない。だが、あいつらが来るのを待っていたら、一矢も報いられず死ぬのだ。どれだけ死んだふりをしようと、賊兵が間近で生死を検分しに来たらばれないはずがない。命乞いするにしろ、戦って雄々しく死ぬにしろ、立たねばならない。

奮起し、死体をおしのけて立ちあがった——と思った。

それは幻想だった。気づけば、あいかわらず息を殺し、死体のなかで震えている自分だけがいた。

（立てない）

ペレウスは愕然とした。僕はこんなに臆病だったのか？　心も体も、萎縮しきってしまっている。

情けなくなってぎゅっと目を閉じた。

しかし、結果としては、このとき立たなかったことがかれを生かした。瀕死の者にとどめを刺してまわる賊兵がペレウスのもとに来るまえに、賊の首領の声がはりあげられたから。「プレスター、おまえのダマスカス鋼の剣をここへ持ってこい」と。

「それと愚図ども、城内に置いてある荷物のうちから〈悪思の扉〉を運んでこい」

ペレウスはおそるおそる薄目を開けた。呼ばれ、馬から降りて歩み去っていくのは、ヴァンダル風の両手剣を肩にかついだあの重騎兵の指揮官だった。

背の高い男で、そいつの鎧も兜も黒、手にした剣も黒——夜のような、黒曜石のような大剣。

（ダマスカス鋼？）

ダマスカス鋼で造られたヴァンダル風の剣など、ペレウスは見たことがなかった。そいつが耳ざわりな軋む声でイングル語を発した。

「〈扉〉が開くのか？　今宵は新月じゃないことを忘れていやしまいな」

「おまえこそ忘れているだろう、プレスター。新月そのものは条件ではない。必要なのは闇だ。近くに炎がなく、日輪も月輪も見ていないとき、われらの神は応えるのだ。このとおり雨は止みかけているがまだ空は曇っており、太陽も月も姿はない」

イングル語でなされる賊たちの会話に、そのとき嚙みつくようなファールス語が割って入った。

「ジオルジロス……古代に使われた名のひとつだな。異国の言葉で話していてもそれが貴様の名だと知れたぞ、悪党め！」

落とし格子の向こうに、ふたりのジン族の姿がみえた。賊の首領と、両側から賊兵にはさまれて拘束されたファリザード。ファリザードは両腕をつかむ賊の手にあらがって身をよじろうとしながら、涙をあふれさせた目で、許さないとばかりに賊の首領をにらみつけていた。

賊の首領――ジオルジロスというジンが、おもしろがるような表情になった。

「うむ、古名だ。この名の者はもう私しかいない。では私がジンの古老だとも察しはつくだろう。私はおまえの父の倍をはるかに超えた時間を生きているのだぞ。それなのにその口調、イスファハーンの姫は礼儀というものを知らぬのか」

「無為に長生きしたのみで信義のかけらももちあわせぬ輩につくす礼儀などないっ、とうの昔に、貴様は砂漠とともに干からびているべきだった！」

衛士たちを殺されたファリザードの怒声に、ジオルジロスは冷たい微笑をうかべた。

「薔薇の家の生まれにしてはなかなか気の荒い子犬だ。そういえばおまえの母方はホラーサーン公の妹であったな。〈剣〉の姪なら、このじゃじゃ馬ぶりも納得がいく。

薔薇の公家と剣の公家のかけあわせとは面白い。本来の目的だったスライマーン王の宝は片鱗もみつからなかったが、こんな戦利品が手に入るとは、この地に来た甲斐はまずまずあったな。おっと、そうがなるな。これからめったにないものを見せてやるから黙って見ていろ。そら、来たぞ」

四人がかりで賊兵が、籠にはいった何かを運んできた。ファリザードを引きずるようにして、のこりの賊たちが曲輪のなかにふみこんでくる。そしてその何かが、曲輪の地面に置かれた。死んだ衛士たちのかたわらに投げ出されるようにして。ごとんと重々しい音がした。

ペレウスも、屍のはざまからそれを見てとることができた。

巨大な鳥の卵にもみえる、楕円形の黒い球体だった。直径は一抱えほどの大きさで、黒琥珀にも似てわずかに透きとおっているが、中心はけっして見透かすことができなかった。ゆらゆらと、黒い煙のようなものが内部でうごめいている。不吉な力をペレウスはその球体に感じた。

「……なんだ、それは……」

ペレウスと疑問を同調させたかのように、ファリザードが球体をみつめながら息苦しげにたずねた。ジオルジロスが答える。

「ダマスカス鋼の魔具だ。わが神の力をこめた〈竜卵〉にして〈扉の宝玉〉だよ」

またしてもその魔法の金属かとペレウスは思い——ふと疑念を抱いた。

（……ダマスカス鋼は鳥の羽根なみの重さしかないんじゃなかったのか？）

運ばれてきたとき、それは四人の男にかつがれており、とうてい軽い物質にはみえなかった。

ファリザードの表情にもおなじ疑問が浮かんでいたのか、ジオルジロスは「ダマスカス鋼の本来の利用法を知らないのか、小娘？」といった。

「軽く鋭利な刃に鍛えられる物質とだけ思っていたのかね？　ジンの体内から採れ、〈魔石〉とも呼ばれるこの金属の最大の特徴は、魔術の源《みなもと》であり媒《ばい》でもあることだぞ。閉じこめた力を呼び覚ますこともできる、たとえば別のダマスカス鋼との接触で」

ジンの古老があごで指し示す――〈扉の宝玉〉は、衛士のむくろが矢傷から流す血溜まりにひたされていたが、そのとき不気味に収縮したようにペレウスにはみえた。

いや、気のせいではなかった。黒い玉は心臓のように鼓動を打ち始めていた。地面に溜まっていた血液が、黒い宝玉の表面を這いあがっていき、球体のすべてをおおう前に吸いこまれて消えていく。すすり飲むような音さえも聞こえはじめた。ペレウスはおぞけだった。

（血を飲んでる……蛭《ひる》のように）

「この宝玉は命を吸うほど重くなり、力をたくわえる。そろそろよかろう、プレスター。やれ」

ジオルジロスがうながすと、重騎兵の指揮官がうなずいて大剣を抜いた……それもまたダマスカス鋼の剣だった。ヴァンダル風の造りであったけれど。

プレスターと呼ばれたそいつが、ダマスカス鋼の宝玉にダマスカス鋼の剣先を擬し――貫いた。

宝玉の輪郭がぶれ、ぐにゃりと歪み、そして溶けた。

闇色の液体が広がっていく。半径一ガズほどの黒い円が曲輪の地面に展開していた。

ペレウスもファリザードも、凝然と声もなく見入っていた。ジオルジロスが満足気にうなずいて、曲輪に馬をひいてきた軽騎兵たちをふりむいた。

「扉が開いたぞ。もっとも近いオアシスを死の泉に変えてつなげた。さあ行け、騎兵ども」

オアシスを死の泉に変える――ペレウスは思い当たった。

（あの泉だ）

今日、雨が降るまえに立ちよった砂漠の泉。塩辛くて飲めなくなっていたあのオアシス。

（僕らがきた道の途中に騎兵を送りこむって……これは……）

最悪の想像が心にふっと浮かぶ――ジオルジロスのつぎの台詞が、その危惧が正しいものであったことを証明した。

「逃げた人夫どもは早くわれわれから離れようと馬を集めて急行していったそうだ。そろそろあちらに通りかかるころだろう、ひとりのこらず始末しろ」

命令によって賊の軽騎兵たちが列をつくり、馬をひいて続々と黒い水にとびこんでいく。

黒い水はタールの底なし沼でもあるかのようにどろりと揺れてかれらを呑み、だれひとりとして吐き出さなかった。二十名あまりの軽騎兵の大部分がとびこんでいったのを確かめてから、ジオルジロスがむきなおった。

「そういうわけで悪いな、ファリザード姫。やはりだれもかれも徹底的に口を封じさせていただくことにした」

身動きのとれないファリザードが「殺してやる」と声を震わせた。

「貴様らにはかならず罰をくだしてやる、邪教徒」

ファリザードはいまだ昂然と顔を上げ、ジオルジロスをにらんでいた……しかしいましがたの超自然の光景と、いよいよ陥った救いのない状況に、その瞳にいまでは怯えの色がちらつきはじめていた。それでも彼女は強気に、あるいは強気をよそおって叫んだ。

「かならず捕らえて父上の法廷で裁かれるようにしてやる！」

（だめだ、ファリザード）

ペレウスは肝が冷える思いでそれを聞いていた。

（人夫たちを一度逃がしてこちらを油断させた……衛士を殺したあとから、邪悪な力をもって先に逃がした人夫たちを始末した……きみの目の前にいるその狡猾なジンは、イスファハーン公家に対し、平然と唾を吐いている。きみを傷つけることも、なんとも思わないかもしれない）

はたして賊の首領ジオルジロスは彼女に醒めた目を向けた。

「きゃんきゃんと騒がしいな。先々のことは知らんが、今日の罰は私がおまえに与えよう。奴隷として売るならば、いささかその態度を矯正しておく必要もあることだし。

ジョナサン、この姫を教育するように。顔は避けろ、売り値が落ちる」

「いつものようにやりゃいいんでしょう、ジオルジロス」と重騎兵のひとりが進み出た。屈強な体格のその男は籠手をはめた拳を、少女の腹に無造作にたたきこんだ。

前のめりに体を折ったファリザードの瞳がみひらかれる。

彼女の顔色がいっぺんに土気色に変わる。足の力が抜けたようにすとんと地面にひざをつき、彼女はぱくぱく口を開けた。

「ぁ……かはっ……？」

「大人の力でみぞおちを殴られるのははじめてだろう。身の内にしみわたるその苦しさをよく覚えておけ。手間をかけさせるなら、それを何度でも味わうことになるぞ。

おまえのこれからについてだが、ほんとうのところイスファハーン公に引き渡すつもりはない。奴隷として売ってもそこそこの儲けにはなる。ジン族の、それもイスファハーン公家の女児となれば極上の品だからな」

その不吉な未来すら耳に入らないのか、ファリザードは腕をつかまれたままへたりこみ、丸めた背を震わせて苦痛に悶えている。小さな身にかけられるジオルジロスの声は、温情というものをわずかもふくんでいなかった。

「われわれ傭兵働きに励む者にとっても、金よりはさすがに命が大事でな。

たしかにイスファハーン公はおまえという愛娘の身柄をひきとるためなら、多額の身代金を出すだろう。しかしながら、われわれがうかつにかれに接触すれば、かれは取り引きが終わるやいなや全軍を繰り出してでもわれらを追跡し、捕らえて縛り首にしようとするだろう。ジンの怒りとはそうしたものだ。制約がなくなったとたん復讐に走る。

そういうわけで私は、これ以上この地にいるのは危険だと判断した。われわれはここから速やかに去る。おまえの衛士は死に、荷かつぎ人夫たちもこれから死ぬ。われわれがおまえを連れていったことを知る者はいない」

「わ……わたしを……どこ、へ……」

「おや、しゃべれるか？　遠国とだけいっておこうか。おまえのような、血筋が高貴で見目のよい子犬であれば、ヘラスの都市の議員なりヴァンダルの王侯なり、大金をはたいて買ってくれる客をみつけるのは造作もないのだよ。

和平派の筆頭であるイスファハーン公も、消えた娘が敵地に拉致されて玩具になっていたと知れば、主張をたちまちひっこめるだろう。戦争は続き、われらに傭兵としての稼ぎ場を提供するだろう。血がもっとふりまかれ、それはこの〈扉の宝玉……竜卵〉のさらなる糧《かて》となるだろう」

ジオルジロスがそうまとめたとき、ファリザードの腹を殴った重騎兵が、甲冑をがちゃがちゃならしてかれに歩みよった。耳ざわりなイングル語で首領に話しかける。

「ジオルジロス、お願いしていいですか。このお姫様の面倒は躾《しつけ》ふくめておれが見ておきますから、役得ということでちょっと味見させていただけませんかね」

「だめだ。そいつは大事な商品であり、純潔性を残しておけばそのぶんだけ高く売れる。強姦したいだけならほかの女にしろ、ジョナサン」

「そんなすげないことを。おれが好みの種類の女にしばらくありつけていないことは知っているでしょう。おれはこのくらいの年齢相手でないと気分が乗らねえんですよ。

せっかく奪ったこの城には子供がいなかったので、同僚のやつらが城の給仕女相手に腰をふってるのをしらけて眺めてなきゃならなかった。そこへいまになって、こんな極上品を間近にみせつけられるなんて、とてもとても辛抱できやしませんって。膜が無事ならいいんでしょ？　ほかの楽しみ方をしますよ。ちょっとだけ好きにさせてくれるなら、次もその次もおれのぶんの略奪品分配はなしでいいですよ。ねえ、少しだけ。頼みますって、触るだけでも」

息荒く食い下がる部下に、ジオルジロスはうざったげに眉をひそめた。とうとう肩をすくめて賊の首領はいい捨てた。

「壊さない範囲でやれ。まかりまちがって姫の処女を破ったなら、おまえの頭の鉢を叩き割ってやるぞ。痕が残る傷をおわせても殺す」

「おう、礼をいいますよ」ジョナサンが声に喜びをにじませ、「ではさっそく」といいだした。

「……おい、すぐに手をつける気か？」

「我慢の限界ですからね」

その賊兵はいそいそと身を返してファリザードのもとへ寄っていく。ペレウスは顔を伏せた。見るに忍びなかった……違う、この期に及んでも足が萎えたままの自分が情けなくて、面をあげられなかったのだ。

だが、ほどなくして、「いやだ、触るな」と少女の声が聞こえてきた。抵抗しているらしく、先刻よりずっと弱々しいがもがく気配――それから、「黙れ」とジョナサンのイングル語が聞こえ、同時にまた殴打の音がとどいてきた。

直後に少女のえずきの音。

「吐きやがった、こいつ」ジョナサンが心底楽しげにつぶやいた。「加減してやれよ、かわいそうに」と賊兵たちが笑っていた……混じって小さく、ファリザードのすすり泣きが聞こえてきて、ペレウスは衝撃を受けた。かれは奥歯をかみしめた。

（僕はこの光景を知っている）

のしかかってきたセレウコスのあぶらぎった欲望を浮かべた目。無理やりいいようにされる屈辱。同じなのだとかれは悟った。いまのファリザードはあのときの僕と同じだ、と。

（僕はあのとき、失禁することで助かった。屈辱と引き換えにもっと大きな屈辱を免れた。でも、彼女が嘔吐しようとどうしようと、あの賊たちは手を休めそうにない。彼女がなにをしようと助からないし、だれも彼女を助けない。みんな死んだんだから……僕以外）

――僕以外。

拳を握りしめると、左手にまだ盾を持っていることに気がついた。そして右手に、鞘に入ったままのダマスカス鋼の刀〈七彩〉をも。

その感触が金縛りをといた。瞬間的に意志の力をかきたて、ペレウスは四肢を突き動かした。盾を地面につっぱって跳ね起きる。口に鞘をくわえて〈七彩〉を抜き、駆けだした。

（たぶんこれは、おろかな真似だ）理性がどこかで警鐘を鳴らしていた。（だからなんだ、もう走りだしてしまった）

ペレウスは全体重をかけて刃をつっこんだ。

しゃがんだ体勢からふりむこうとしたジョナサンの首筋に。ほかの賊兵たちは、あんぐり口を開けながらもあわてて飛びすさっていたが、かれのみはファリザードの下穿きを脱がせるべく没頭しており、ペレウスに気づくのが遅れていたのだ。

宝刀の刃が、鎖かたびらごと頸動脈を切り裂いた。ほとばしる血が宙に赤い橋をかける。

血を噴きながらふりむき、剝いた目玉でペレウスをみつめてジョナサンがくずおれる。

その向こうに、ズボン《シャルワール》の紐をゆるめられて下腹部をあらわにされかけたファリザードがいた。唇が胃液で、頰が涙で汚れている。うるんだ目が状況の変化についていけず呆然としていた。

ファリザードの腕をつかんでいた軽装の賊兵のかたわれが、怒号して彼女から手を放した。そいつは三日月刀を鞘ばしらせ、ふみこんでペレウスに斬りつけてきた――ペレウスはそれを盾で受けてはねかえしたが、そばにいた別の賊もまたファリザードを放し、抜く手もみせない速さで横手から一刀を浴びせてきた。

無我夢中で体を回し、ペレウスは第二の斬撃もきっちり受け、同時に〈七彩〉をつきだして賊の腹を刺した。

挟み撃ちで少年をたやすく殺せると確信していたらしき賊兵は、黒布から露出した目に驚愕を浮かべて血をふりまいた。もうひとりの賊兵が背を向けたペレウスの首筋に斬りつけてくる。少年は独楽《こま》が回るように身を返してみたび盾で守り、三日月刀で賊兵の下腹をかっさばいた。

サー・ウィリアムによって叩きこまれたペレウスの盾使いの技術は、もはや血肉にとけこんだ技と化している。半年近くにもわたる日に数時間の反復練習と、騎士と相対しての受けの特訓によって、防御に限定すれば並みの大人の兵士に匹敵する技量が身についていた。くわえてペレウスの攻撃の拙劣さは、鋭利きわまる宝刀が補っていた。ただ当てるだけで刃が相手の服ごと肉に沈みこむような刀なのだ。

軽装の賊兵ふたりが腹腔《ふくこう》を裂かれ、はみだした内臓をおさえてのたうちまわる。その凄惨な情景に、ペレウスはふたたび足が萎えそうになった。人を殺したのは初めてだった。

しかしこんどは、震えていられる余裕はなかった。

〈扉〉をくぐらず曲輪にいる賊兵は七名ばかりを残すのみだったが、かれらは続々と白刃を抜きつれていた。かれらはもう驚きの色をみせず、怒声もあげず、ただ刃と同じ冷たい殺意を目に光らせているだけだった。この場に残っていた重騎兵の指揮官、プレスターと呼ばれていた男が、ダマスカス鋼の両手持ち大剣を、黒水にひたした状態から抜いた。

瞬時に〈扉〉は閉じ、黒い宝玉に戻る。

曲輪にいる重騎兵——馬を城外においてきているためいまは重装歩兵だが——の面々は、慌てることなく、二つの門のまえに陣取った。脱出路は閉ざされた。プレスターみずからが大股で闊歩《かっぽ》し、第一門のまえに立ちはだかり、

「小僧、貴様、その武芸をいったいどこで身につけた？」

懐疑の声をかけてきた。答えは返さず、血に濡れた〈七彩〉を手にペレウスは腹をくくった。

「立って！」

ズボンの紐を急いで結んでいるファリザードに声をかける。それからすばやく、あることをペレウスは彼女にささやいた。

「……一か八かだけれど、やれる？」

まだその足取りはよろめいていたが彼女はペレウスをみつめ、「やる」と短く了意をしめした。

ペレウスはうなずいた。

そうだ、やるしかないのだ。これはそういう状況だ。

(僕らはとっくに死の縁を走っている——わずかでも止まれば奈落が追いついてくる)

大剣を肩にかついだプレスターが、もう一歩ずいと進み出た。愉しそうに笑いながら。

「ちょっと俺と剣を交えてみろ、小僧。その剣の筋を確認させろ。もし俺に勝てば娘とともに逃がしてやる。どうだ、悪い話じゃなかろう？」

(なにがあってもこいつと戦っちゃだめだ)

その男の一挙手一投足に細心の注意を払いながら、ペレウスは下がった。直感的に悟っていた。この相手は危険だ。不意をつけたとしても、一太刀いれられる気がまったくしない。〈剣〉に覚えたすさまじい戦慄ほどではないが、肌が粟立ちそうになっている。

ファリザードに目配せする。無言でうなずき返した彼女が死んだ賊兵の刀を取る——呼吸をあわせてくるりと重装歩兵たちに背を向け、ふたりで駆けだした。

もっとも危険であろう剣士から離れ、ペレウスたちの走る先は、ジオルジロスのもとだった。ジンの古老は子供たちが突っこんでくるのに対し、「私を人質にでもとるつもりか？」と阿呆らしそうに瞳を細めた。かれはひざをたわめたかと思うと、面倒を避けるように一息に胸壁にとびあがった。ジン族ならではの身ごなし。

「その子犬二匹をさっさと捕らえなおせ」

命令が曲輪にふってくる。ペレウスは見上げなかった。最初からそのジンは目的ではなかった。ジオルジロスのいた場所の後ろに、黒い宝玉が転がっている。

『……閉じこめた力を呼び覚ますこともできる、たとえば別のダマスカス鋼との接触で』その一言を覚えていた。

（〈七彩〉だって、ダマスカス鋼だ！　魔法の〈扉〉をこれで開けてやる）

しかしながら、そう甘くはいかなかった。拍車をかけて、横から速足で突進してきた騎馬の兵がいた。子供ふたりは度肝を抜かれて、馬蹄にかけられぬようとびすさった。重騎兵は馬首をめぐらして、ふたりと宝玉のあいだに馬体をもってたちふさがった。

そいつが乗っている馬は、ファリザードの愛馬、黎明号だった。

しまった、とペレウスは計算違いに脳裏を真っ白にしかけた。重装のヴァンダル騎兵たちは城外に馬を置いてきて徒歩になっている。あの重たげな全身甲冑ではこっちが全力で駆け出せばとっさには追いついてこれないだろう、と思ったのに。

（奪われたファリザードの馬に乗っていたやつがいたなんて想定していなかった。どうしよう？　十数える間に残りの兵が殺到してくる）

しかし、意外な形で救いが来た。

「黎明！」

少女の呼び声につづいて、かん高い音が鳴りわたった。ファリザードが指笛を鳴らしていた。応えて、それまで賊の重騎兵におとなしく乗られていた黎明がとつぜん棹立《さおだ》ちになり、主でない者をふるいおとした。馬の尻のうしろに転げ落ちた賊兵は、うめいて立ちあがろうとし……黎明に兜の上から頭を蹴りとばされ、昏倒してつっぷした。ペレウスはつい黎明をまじまじ見た。

（おとなしい牝馬だと思っていたんだけど）

主人以外の者が乗れば合図でふるいおとすよう馬を調教する技術が、ファールス人にはあるときく。今のはそれだろう。

ここまでで数瞬――ペレウスはすぐにわれに返った。気を取られている余裕はない。子供たちの目論見に気づいた賊兵が鉄靴を鳴らして走ってくる。

「手綱をとって！」

ファリザードにうながすと、ペレウスは黒い宝玉に駆け寄り、〈七彩〉を突っこんだ。

宝玉が崩壊するようにぐじゅっと溶け、黒水が広がり、円状の〈扉〉がふたたび足元に展開した。人間の体液にも似た粘度と温かさの黒水は、ペレウスたちをたちまち呑み込みはじめた。重い黎明《サハール》号が真っ先に沈む。ひきつった表情のファリザードが馬の首に抱きついてともに消えていった。ペレウスもすぐに首まで沈んだ。

「馬鹿か、小僧？　われわれの主力はその先に行っている。どのみち逃げられはしないぞ」

ジオルジロスの呆れ声を聞きながら息をつめ、本能的なおぞましさと不快感にペレウスは耐えながら頭まで一気に潜り――

そして、位相が反転した感覚があった。

目を開けると水中に逆立ちした姿勢になっており、揺れる水面が足元に見えた。そばで馬の足が水をかいている。賢い黎明号は、さっさと体勢をなおして首を水面に突きだしたようだった。ペレウスは自身も水中で回転し、顔から浮上した。

ハッ

視界に入ったのは泉の淵をとりまく椰子の木々だった。

（朝に通過してきた泉だ）

唇をなめると水は塩辛く、やはりあの飲めなくなっていた隊商路の泉だと思われた。

ペレウスは首をめぐらして、愛馬にしがみつくファリザードを確認した。動揺して水を飲んだのか、彼女ははげしくむせていたが、無事ではあった。岸にはいあがり、ペレウスは手綱をとって彼女と馬をもまた泉から出した。

（ほんとうに移動した。なんてことだ）

ひとまずあの城を脱したにもかかわらず、ペレウスは〈扉の宝玉〉のことを思ってぞっとした。あの賊たちが内陸部にこつ然とあらわれることができた理由、イスファハーン公領の警備隊に追いまわされながらなかなか捕まらない理由、ファリザードの一行に先回りすることができた理由を、かれは知ったのである。

（なんとしても賊の得体の知れない力のことを、イスファハーン公に伝えないと）

そう考えながら〈七彩〉の鞘を彼女に返したとき、泉がごぼりと沸き立つように揺れた。

はっとして子供たちは身をすくめた。

（城のほうから追ってきた）

ファリザードがとっさに鞘に入れた刀を鞍につけ、「あぶみに足をかけて上がれ！」とペレウスの背を押した。まだ持っていた盾を捨て、ぎくしゃくと慣れない動きでペレウスが鞍によじのぼったとき、濡れねずみとなった賊が数名、獰猛なうなりをあげて泉から頭をつきだした。

ジンの身軽さで馬上にとびのったファリザードが、ペレウスの前におさまって手綱をとった。少年が少女の胴に腕をまわすや、泉のまわりにめぐらされた木立と柵のすきまをかけぬけ、黎明号《サハール》は喧騒のなかにとびこんでいた。

そこにも流血が待っていた。

周囲の砂漠は戦場……いや、殺戮の場に変じていた。先に通りぬけてきた軽騎兵たちが、川沿いに逃げてきた人夫を待ち伏せて殺している真っ最中だった。

轟音をあげて流れる川のほとりで、賊の軽騎兵が駆けまわり、哀れな人夫たちの乗った馬群を水辺へと追いたて、逃げまどうその背を矢で射ぬいていた。

「人夫たちが……」

黎明号の手綱をさばきながら、やっとのことでファリザードがつぶやいた。彼女はどうしようとばかりに悲痛に表情をゆがめてペレウスをふりあおいだ。少年はむっつりと首をふり、「とまっちゃだめだ。逃げなきゃ」といった。

ファリザードはそれでも思い切れないようだった。

「か……かれらはわたしの気まぐれでここにきたんだ。それにわたしは領主の一族だ。領民を保護する責任だってあるのに、そのわたしが死んでいくかれらを見捨てて目の前で逃げるなんて――」

「いまの僕らに、逃げる以外のなにができる？　人夫たちといっしょに殺されてやるか、あらためて生け捕りにされて賊どものおもちゃになるくらいが関の山だ。

貴種の誇りはけっこうだが、こっちのほうが弱ければ、強がろうとしてもなんにもならない現実はさっきわかっただろ！」

　声を荒らげてペレウスは叱咤する。

　ファリザードの愚かな優しさ、もしくは無駄な責任感に腹が立っているのではなかった。怒りは、矮小な正論をふりかざすしかない自分の小ささに対してであり、最善の道をほかにみつけられない無力さにだった。

　かすかに嗚咽めいた音をのどから漏らし、ファリザードは顔を伏せて川沿いに馬を走らせはじめた。

　けれど、逃走に専心したからといってそれで逃げられるわけではなかった。すぐさまこちらに気づいた賊の数騎が、馬首をめぐらせて追いすがってきた。彼我の速度をはかり、（ふつうに走っていれば追いつかれる）とペレウスはみさだめた。

　黎明号は体格が小さい。賢く優美な馬だが、力強いほうではないのだ――ふたり乗りではおのずと足が鈍る。遠からず賊の馬に並走され、ペレウスたちは鞍から引きずり落とされるだろう。

（馬を走らせやすい川沿いをはなれて、高地に逃げる？　いや、だめだ）

　隠れるにちょうどよい岩陰が都合よくみつかるならいいが、そうでなければ坂を駆けあがることで黎明号が早くへたばるだけだ。

　やはり、たったひとつしか、この窮地をのがれる道はない。

「かぶりものをもらうよ！」ペレウスは、ファリザードが帽子の上から巻いていたターバンを取る。右手と歯をつかって器用にほどいた。その長い布で、彼女の胴と自分の胴を手早く結びつける。

「な、なにしてるんだ？」と馬を駆りながらファリザードが疑問を口にした。それに丁寧に答えるかわりに、ペレウスは指示をとばした。

「馬ごと川にとびこんで！」

「――川!?」

仰天したファリザードが横手をむいて濁流をみやる。横に流れる滝のような川の勢いに、彼女はおののいて首をふった。むき出しになった蜂蜜色の短髪が振り乱される。

「むり――絶対に無理っ！　ジン族は泳げないんだっ！」

だがペレウスは、二の足をふむ様子の少女に強くいいきった。

「僕は泳げる！　ヘラス人は海の民だ」

かれにとって、荒れ狂う水は活路にみえていた。

都市ミュケナイは島にあり、王宮は海に面した丘の上にあったのだ。ペレウスは多くのヘラス人とおなじく、幼いころから水に親しんでおり、泳ぎは取り柄のひとつといってよかった。といっても故国ではだれもが当たり前にこなすことなので、自慢にもならないのだが。

「だいじょうぶだから川に入って対岸を目指せ！　きみはただ静かにしていればいい！　いいか、焦るな、水に沈みそうになったら息を吸って、目を閉じて、体の力を抜いておとなしくしているんだ。絶対にもがくな、取り乱すな！」

「そ、そんなのできない……溺れたらきっともがいてしまう……！」

「溺れても苦しくても暴れるな、そのばあいはすみやかに意識を失ってくれ。僕が対岸まで連れて行く。そのために布で連結したんだ。僕を信じろ、蘇生法だって知ってる。岸に引き上げたあとでちゃんと生き返らせるから！」

勢いで無茶なことをいっている自覚はあった。

だが、おじけづきながらもファリザードは従ってくれた。やけになったように川にむけて矢のように馬を走らせ、乗り入れ――

奔流の勢いに足をすくわれ、黎明号が最初の数歩でいきなり転倒した。

巨大な力が横殴りにぶつかってくる。少年が水練の技能を発揮する余地などなかった。馬体ごと波濤《はとう》に揉みくちゃにされ、なすすべなく押し流されていく。岸で馬をとめた賊兵たちの姿が見るまに遠ざかっていった。

少女の体ごと馬の首に腕をまわして必死にかじりつきながら、ペレウスは目元をひきつらせた。

もしかしてこれはまずくないだろうか。泳ぎの達者だろうがなんだろうが、人が渡れるような水勢ではない。完全に濁流に呑まれる寸前に思った。

（いささか考えが甘かったかも）

## 洞窟とぬくもり

妖王女《ピント・マーリド》ファリザードは薄目をあけた。

最初に見えたものは、闇だった。小麦色の美貌のなかで、琥珀のような金の瞳がぼんやりと焦点をさまよわせる。意識を取り戻した少女は半醒状態で疑問をいだいた。

（ここは……どこ？　なんで前がみえない？）

ただ暗い場所というだけならば、彼女の視界はさほど妨げられないはずだった。ジン族は、もともと夜に順応した種族なのだから。酷暑の昼間をさけて活動する、砂漠のほかの夜行性の動物とおなじように。

疑問が解消される前に、次に知覚したのは床の冷たさだった。よこたわっている岩肌の感触はごつごつした氷も同然で、骨まで冷えがしみてくる。明け方の砂漠は寒い——ファリザードは尖った長い耳をぶるるっと震わせた。

けれど肌に触れてくるのは、岩と冴えた夜気ばかりではなかった。ぬくもりをもった何かが彼女のきゃしゃな肢体に寄り添っている。

（温かいな……そうか、なにか目の前にあるから見えないんだ……）

とろとろと夢ごこちで、唯一のぬくもりにもっとくっつこうと肌身をすりよせ——ファリザードは気がついた。

これは生命のぬくみだ。人肌だ。

（あれ、……え、）

もやが晴れるように眠気が急速に減退していく——少女は状況を確認しようと顔をうわむけた。

まぶたを閉じたペレウスの顔があった。

片耳をちぎられた少年——同い年の、異文明の地ヘラスの王子——かれの女の子のように整った白皙《はくせき》の顔は、起きているときには強情そうに食いしばっている唇をゆるませている。その唇がファリザードのそれにかするほどの至近距離で、ペレウスは浅い寝息をたてていた。

腰布を巻いただけの裸のペレウスに添い寝されており、かれの腕がファリザードの繊美な胴にまわされている。そしてファリザード自身も一糸まとわぬ姿で、美しくつやめいた褐色肌が余すところなくあらわになっていた。

「――――~~~~!?」

少年に裸で抱きしめられて、その胸に顔をうずめていた――そう認識した瞬間、反射的にファリザードは背をそらしてのけぞった。だが意外にしっかり腕にかかえられていて身を離せない。彼女の狼狽の挙措《きょそ》で、ペレウスがぱちりと目を開けた。

「起きたんだ……ファリザード」

「お、おまえ、なんだこれっ……どういう……」

「大きな声をあげるんじゃない。あの賊たちはきっと僕らを探している。川からはだいぶ離れたつもりだけど、こうしているいまも斥候がそばにきているかもしれない」

はりつめた危機感がかれの口調にはある。はたと記憶がよみがえり、ファリザードは青ざめた。

(そうだ、賊に襲われた)彼女の一行は眼前のこの少年以外、全員が殺された。ペレウスが助けてくれなければ、彼女自身もどんなひどいことになっていたかわからなかった。

短めの蜂蜜色の髪をかれの鼻先で振るように、首をすばやくまわしてファリザードは周囲を見てとった。

壁も天井もごつごつした岩であるところからして、洞窟内だろう。すこし離れたところに、ファリザードの愛馬である黎明号《サハール》が腹ばいに寝そべっていた。彼女の視線をたどったペレウスが「黎明に礼をいうんだね」と告げた。

「その賢い馬がいなければ、僕らふたりともいまごろ川に流されるまま冥界に下っていた。

黎明は、僕らがとびこんだあの濁流が勢いを弱める場所にきたとき、必死に泳いで僕らを対岸にとどけてくれたんだよ。そのあと僕がきみを連れてこの洞窟まで逃げてこれたのも、黎明が疲弊をいとわず走ってくれたからだ。いまはさすがにへばってるけど」

「お……おぼえてないぞ。川に入って水を飲んだあたりから」

「それはそうだ。きみは完全に溺れていた。応急処置で心臓はすぐ動いてくれたけれど、手足がすっかり冷たくなっていて、ここに運び入れたときは意識がないまま震えはじめていた」

はなはだしい疲労を声ににじませながら説明するペレウスに、ファリザードはなにもいえなくなった。

たしかに濡れた服を脱がさなければ体温がどんどん下がる。砂漠の夜は霜がおりるほど寒いのだ。火をおこすわけにはいかなかったのだろうし、そうなると温める手段は原始的な素肌以外にない。しっかり抱きしめるのは、肌の触れ合う面積をなるべく多くするためだ。ペレウスがこの状況できうるかぎり最善の処置をしただけだということは納得せざるをえなかった。

だが、だからといって、こんな……紅潮しきって、ファリザードは目を回しそうになった。

裸と裸——同年齢の子供相手とはいえ、こんなふうに男の肌に密着するのははじめてだった。

少年のにおいが鼻腔を満たしている。青い牧草のような若々しいにおい。

少年の落ちついた心音が胸板から伝わってくる——こちらのどんどん早くなる鼓動も相手に伝わってしまっているだろう。

(どうして?)

ファリザードは相手の胸にひたいをくっつけるようにして再度、顔を埋めた。赤らみきった表情を見つめられるよりそのほうがましだった。人族であるペレウスは彼女とちがい闇中《あんちゅう》ではよく見えないだろうとわかっていても、耐えられなかった。

(どうしてここまで恥ずかしいんだ? ちょっと前まで、こいつらヘラス人《ヘレネス》の視線なんて無視できていたのに)

犬に裸を見せても羞恥心を覚えないのとおなじで、ファリザードはペレウスをふくむ異国人——彼女の父が館にとどめているヘラス人の少年たち——に肌をさらすことなどなんとも思っていなかった。透ける薄衣や、装身具だけつけた半裸は、ジンの女性の邸宅内での格好としては珍しくない。ファリザードはそれらの姿で悠然とふるまい、異国人の目などさらさら考慮しなかった。かりに相手の目に欲情が浮かべば、嫌悪感を覚えてさげすみの念をあらたにするだけだ。犬の発情を気にしてこちらが衣装をあらためる必要がどこにあろう。

……などと気張って、大嫌いなヘラス人たちのまえでことさら傲然とふるまっていたのに。

緊張に体の芯から震えながら、ファリザードは気づいた。いつのまにか、相手は汚らわしい異国の犬だと見下げることができなくなっている。

恥ずかしいのは、いつしかこの相手を対等とみとめてしまっているからなのだ。

——決闘でかれに負けたからか。

——求婚者がいればば彼女がはねつける側だったはずなのに、かれには「僕に触るな」と逆にはねつけられたからか。

——ヘラス語ではなく彼女の国の言葉で「友達になろう」と正面から言われたからか。

——そのすぐあと、窮地を救ってもらったからか。

救われたときの状況を思うと、さすがに異国人がどうのと言う前に恩を感じざるをえない。あそこからふたりして生きて逃げられたのは奇跡だ。

（なんで危険をかえりみず出てきてくれたんだろう……）

いまになってそのことが気になりはじめ、ファリザードはためらいがちにそっとたずねた。

「……死ぬかもしれないのに、なんで飛び出してきたんだ？」

とたん、それまで疲れきった様子だったペレウスが雰囲気を一変させ、彼女の頬に手をそえて顔をあげさせてきた。厳しくひきしまった表情——強い意思を宿した少年の瞳に間近からみつめられて、ファリザードは息を呑んだ。

「僕にはきみが必要だからだ」

低い声で告げられて、心臓がひときわ強くはねた——が、「生き延びるために」と続けられてなんとか落ち着く。鼓動を少しでも鎮めようと、おうむ返しにつぶやいた。

「生き延びるため、わたしが必要……？」

「僕らは賊の出没する地域から一刻も早く離れなければならない。けれど、水の入る革袋は小さなものをひとつしか見つけられなかった。水が足りないなら来た道をそのまま戻ることはできない。途中の泉は死んでいて飲めないから。それに、その泉からは賊が現れる。

しかし別の道をたどって戻るにしろ水をどこかで補充するにしろ、僕には知識がない。道筋も、別の湧き水のありかも、砂漠渡りそのものについてもなにも知らない。

きみという砂漠の案内人が必要なんだ」

爛々とぎらつく少年の瞳——強烈な復仇《ふっきゅう》の決意がそこにはある。

「かならず無事なところまで逃げ延びて、賊の情報をきみのお父上に知らしめる。あの賊どもは許しておくわけにはいかない。この目であいつらが縛り首になるのを見とどけてやる、絶対に」

鮮烈な激情を伝えられ、ファリザードの脳裏にも、衛士や人夫たちの死に様がありありとよみがえってきた。

(わたしは卑劣な賊の口車にのって、父上の臣下や領民たちを死なせてしまった)

われ知らず少年の歯嚙みに同調する——そうだ、あの嘘つきの邪教徒どもだけは許さない。裏切られた誓いと与えられた屈辱の数々を思い出し、ファリザードの瞳はペレウスのそれと同じ種類の光を帯びた。口をひらいて、かれにしずかな声で約束する。

「——血の貸しは利息ごと取り立てるのがジン族の古いならわしだ。わたしの一族は、殺された忠義者たちの仇をかならずとる」

「復讐はきみたちジン族の専売特許ではない。僕だってせっかく親しくなった仲間を殺された。きみのお父上には、かなうことなら僕を討伐隊にくわえてもらいたいと申し出るつもりだ。でもそのためにはまず、生きて安全なところまで行かないと」

とりまとめてから、かれは「あと……」と微妙に歯切れわるく言葉を追加した。

照れくささで緊張したのかその腕にわずかに力がこもる。かれははじめて含羞《がんしゅう》を感じさせる声で、

「……もう不毛な喧嘩はやめて仲良くやることにしただろう？　友達だからってだけでも助ける理由にはじゅうぶんだと思うけど」

（だから不意打ちでそんなこと言うな！　やだ、だ、抱き寄せるみたいにするなっ……！）

少年の腕のなかにいることをいやでも思い出させられ、ファリザードは顔から火が出そうになって内心で悲鳴をあげた。復讐の話でせっかくこの状況を忘れていられたのに。体の前面に意識が集中してしまう――ファリザードの成長途上の乳房、すべらかな腹、下腹から太ももは、少年のいまでは意外にひきしまった体と密着してしまっていた。

かれの胸板にこすれるためか意識しすぎたためか、乳首が固くなりはじめたことに気がついて頭が煮えた。ペレウスにそれを気づかれたらと思うとこのまま消え入りたくなる。

ファリザードは泣きそうになって祈った。

（気づくな。気づかないで）

幸いにしてというべきか、ペレウスは死にそうなほど疲労困憊しており、彼女の胸中にも胸の尖端にも興味を向けるどころではないようだった。「……寝る」とかれはつぶやき、唐突に体の力を

ぬいてぐったりした。

いそいでファリザードは自分とかれの体のあいだに腕を入れ、胸をかばうようにしてわずかに距離をあけた。

が、急速にまどろみに入りつつあるペレウスが、眠たげな声をかけてくる。

「ファリザード……」

「な、なんだ」

「もっとちゃんとくっついて……隙間を作られたら寒い」

「ばっ、ばか、調子にのるんじゃゃ……」

狼狽しながら言いかけたが、最後まで聞くことなく、ペレウスはことんと眠りに落ちてしまった。

冗談のような寝入りの早さにファリザードは絶句するが、考えれば無理もなかった。

かれは血路をひらいて賊の集団から彼女を救い、洪水の川をわたりきって、乗り慣れない馬を駆ってここに彼女を連れてきたのだ。死の瀬戸際から脱出することで緊張が切れたとたん、極限の疲労で長く意識を保てなくなってもおかしくない。

(わたしを助けたから疲れてるんだよな)

さんざんためらったのち、おずおずとファリザードは言われたとおり身を寄せた。かれの背に片腕をまわし、思いきってぴったり肌を合わせなおす。熱い頬をかれにくっつけ、凜々しげな形のよい眉を下げて、うぅ、とうなる。

(これはしょうがないんだから)

体温を分け合うためだ、生き延びるため――自分にそうは言い聞かせてみても、羞恥はどうしても薄れてくれなかった。

「眠れなかったらおまえのせいだからな……ペレウス」

八つ当たりもこめて、かれの名前をつぶやいてみた。いままでまともに名を呼んだことはほとんどなかったが、

（これからはちゃんと名前で呼ばないと……ともだち、……になったことだし）

「ペレウス、ミュケナイのペレウス」

それにしても妙だった。くりかえし小さく呼んでみるたび、むずがゆい高揚感がこみあげるのだ。速まった血流が全身を火照らせて、ファリザード自身はもう温まる必要を感じないくらいだった。

急に、抱きしめる腕にぎゅっと力をこめられた。あ、とあえぎに似たかすれ声が少女の喉から出る。無意識ながら名前を呼ばれたことに反応してか少女の体温の高さを感じてか、眠るペレウスが強く抱擁してきたのである。

濃い果実酒の杯でも唇にふくんでいる心地がした。ひどく甘酸っぱくて、酩酊したように夢々《くらくら》させられる。初めての感覚と顔の熱をもてあまして、ファリザードは目をぎゅっとつぶった。ほんとに眠れないかも、とため息を千々に震わせながら。

# 砂嵐

風が砂漠に吹きはじめている。

一夜明けても、ふたりはすぐには洞窟から出なかった。もう一度夕の陽が沈むまで待ち、夜になってから砂漠に出たのである。行きとは別のルートで、迅速にイスファハーンに戻るつもりだった。ところが朝方近くになって、いやな感じがするとファリザードが背後を気にしはじめた。

「まずい……追跡されている」

何者に、と聞く意味はなかった。一晩中黙々と進んでも、まだ賊に襲われた場所からそう離れられてはいなかった。黎明《サハール》をつぶれさせないために、駆け通しとはいかなかったのだ。

「……ふりきれないか？　もうすぐ朝だけど、まだあたりは暗い」

「こちらはふたり乗りだ。まっすぐ走ってふりきるのは難しい……日中には追いつかれる」ファリザードは緊迫した面持ちで首をふり、「でも……追っ手が視界にいないうちに進路を変えて予想外の道をとれば、あるいは撒《ま》けるかもしれない。イスファハーンにすぐには帰れなくなるが……」

彼女は迷っていたが、やがて横に向けて馬首をめぐらした。

ちょうど横には岩山が見えていた。彼女は砂地から、足跡の残りにくい岩場に踏み込み、巧みな馬術で馬をあやつって岩山のふもとを駆け……ついにふたたび砂地に飛び出したときには、ふたたびイスファハーンに背を向ける進路をとっていた。追跡してきた賊とすれちがうように。

「賊の裏をかく」と言って。

「やはり最初の目的地を目指そう、わたしの乳母の村を。あそこは傭兵を引き連れた大規模な隊商が立ち寄ることが多い。

そこで護衛隊を組織するか、鳩を飛ばしてイスファハーンと連絡を取ろう。残念ながらいまこの砂漠は賊の庭だ、まっすぐイスファハーンを目指せばかならず捕捉される」

進路を大胆に変更した甲斐があったのか、夜が明けてもしばらくは追っ手の気配はなかった。

それで油断していたというわけではない。油断したくともできなかった。恐怖と緊張が子供たちの神経を尖らせ、背を突き飛ばすようにして前進させていた。

それから、馬から降りて歩く必要に迫られた。

「……乗りっぱなしで黎明が限界に近づいている。このまま乗っていればじきにつぶれる」

ほんとうに恐ろしかった。馬に乗るわけにはいかないとはいえ、敵地を迅速に離脱できないというのは。

さらに、二日前の大雨にもかかわらず、すでに砂漠の砂は表層が乾ききって柔らかくなっていた。砂塵が風で舞い上がりやすく、一歩ごとにくるぶしまで埋まって体力をじわじわ奪う。

しかしファリザードいわく、逃げる側にとって砂ぼこりをふくんだ風は悪いことばかりではないという。足跡が消えやすく、きつい日光も和らぐし、なにより追っ手の視界も悪くなるから。

そういうわけで体力の無理を押して、徹夜したばかりのふたりと一頭は砂の風のなかをひたすら歩いた。連なる砂丘の陰になるべく身を隠すようにして。だんだん強まる向かい風に逆らい、顔に布を巻いて砂塵を防ぎながら。

……だが、ようやく安全だと信じ、疲労困憊して砂丘の陰に倒れこんだ直後、子供たちはふたたび追跡されていることに気づいた。来た方向をぼんやり見たファリザードが、二つの騎影を認めてはねおきたのだ。

かくして、過酷で長い逃走がふたたび始まった。

「追っ手との距離が縮まってる！」

「わかってるっ！」

鞍の後ろからふりかえったペレウスは、追ってくる二騎のラクダ騎兵を見て焦りをこめて叫ぶ。

黎明を駆けさせるファリザードが余裕なく叫び返した。

「なんでわたしにはジンの妖印《ようい》がまだ浮いていないんだ。わたしに力のある妖印《よういん》さえ浮いていれば、ふたりくらいの追っ手はすぐにでもしりぞけられるものを……」彼女は思いつめたうなり声を出した。「ずっとつけられていたわけではないはずだ。そうならとっくに追いつかれている……こちらの方角にもまんべんなく斥候を放っていたのだな、あの賊どもめ。わたしたちも黎明も疲れきっているところで見つかるなんてついてない」

愚痴ののち、ファリザードはぼそりとつぶやく。

「……でも、望みはなくもない」

「どういうこと、ファリザード？」

「見てのとおり追ってくるのはラクダ騎兵だ。ラクダは馬よりずっとのろい、黎明がへたばっていてもすぐには捕捉されないはずだ。それでも砂地での持久力はあっちのほうがあるし、鼻も利くから、そのうちにはかならず追いつかれるが――しかし、不幸中の幸いかもしれない。

この風の荒れ具合、もうじき砂嵐が来る。それまで逃げれば逃げきれるかも」

「砂嵐……」

「視界が舞う砂に覆われる。足跡もすぐ消える」

「でもファリザード、砂嵐が来たら地面に伏せてやり過ごすのが普通で、そのなかで移動するのは非常に危険ときいたことがあるけれど……」

「賊に捕まるほど危険ではないはずだ。あと、荒れ狂う川に飛び込むほどでもないと思うぞ」ファリザードはちょっと皮肉を口にしてから、黎明を駆ることに専念しだした。

ペレウスは沈黙する。彼女が賊のラクダ騎兵と駆け引きしはじめたことがわかったのである。ファリザードは、息のあがりかけた黎明にこれ以上の無理をさせないような道筋をたどっていた。

もともと向かい風気味だったが、進路をまた大きくずらして風を横腹に受けるようにする。

高い砂丘の頂上は越えない。高低差で騎獣の体力を消耗するから。

砂丘の風下の斜面もできるかぎり踏まない。砂丘の尾根から砂がこぼれおちて降り積もっていく面のため、足場が柔らかいからだ。そのうえ砂が降り注いで目をつぶしに来る。

それは一時的に追っ手との距離を空けるより、少しでも長く時間を稼ぐことを優先した駆け方だった。砂嵐が来るまでもたせるための。

それに実際、ラクダ騎兵をふりきるほどの加速はもうできなかった。どれだけ手を尽くしても黎明の呼吸はふいごのように激しくなる一方で、背後の賊との距離はじわじわ縮まっている。

（真昼の砂漠は砂が柔らかい。乾いた砂が、泥濘《ぬかるみ》と同じように馬の体力を呑んでしまう……けれども馬のひづめと違い、ラクダの足の裏は砂を踏みしめられるように大きく広がっている）

ペレウスは下唇を噛む。

（夜露が降りて砂が固まる夜間や朝方だったなら、ラクダなんか楽にふりきれただろうに）

やがて黎明は泡を吹き始めた。このままでは遠からず倒れることは明らかだった。

ふりかえってペレウスは息を呑んだ。一方のラクダの鞍の上で、ファールス人らしき賊が、弓に矢をつがえて放ってきたところだった。矢は風にあおられてそれたが、ふたりを追い越して落ちた。

（もう矢が届く距離にまで詰められた）

砂塵まじりの風はひどく強くなっていたが、まだ敵がこちらを見失うほどではない。

だめかもしれないとペレウスは覚悟した。もうしばらくはあの洞窟にとどまっているべきだっただろうか、と悔やむ。それが正解だったのかはわからない。そうしていても発見されてあそこで追い詰められていたかもしれない。賊は執拗にふたりを探していたのだろうから。

しかし、賊はそれ以上矢を放つことはなく、引き続きじわじわ追い上げてきた。覆面からのぞく目がほくそ笑んでいるのがわかる近さまで。

（あいつらは僕らを……いや、ファリザードを生け捕りにする気だ）ペレウスは気づいた。（強風で狙いが定まらない矢が、彼女を傷つけることを恐れている）

僕だけが洞窟に残ればよかったかもしれない、とペレウスは思った。僕は黎明の重荷になっている。ファリザードひとりなら黎明はかるがると主を運んで逃げ切れただろう。

いや、後悔してもせんないことだ。ふたりでいる利点を探したほうがましだ……

(ひとりよりふたりのほうが戦力的にましだ。それが有利な点だ)

「ファリザード、戦おう！　砂嵐は間に合わない！」

ペレウスの呼びかけに、ファリザードは無念そうに息を吐き、

「わかった、ペレウス、目を閉じてしっかりつかまれ！　一か八か、奥の手でやる！」

いきなり、それまでと駆け方をがらりと変えた。馬首をまっすぐ風上に向け、砂丘の頂上を目指したのである。それまで避けてきた、風下で砂の柔らかい砂丘斜面を駆け上がって。

たちまち砂煙が舞い上がる。ペレウスは息をつくことも目を開けることもできなくなり、ファリザードの腰にしがみついた。ずるずると足元を滑らせながら黎明が砂丘を駆け上がっていく。

(ファリザード、いったいなにを――)

砂丘の頂点に達したファリザードがくるりと馬首をめぐらせたとき、ペレウスには彼女の考えがわかった。

砂漠では重要なひとつの戦訓を、かれはサー・ウィリアムに聞いていた。風が強く大地が乾いている日には、風上から攻める側が圧倒的に有利になる。

砂塵を味方につけられるから。

「イスファハ――ン！」

砂丘の頂点からファリザードは、やぶれかぶれに近い突撃喊声《かんせい》とともに逆落しをかけた。巧みな

手綱さばきでかろうじて転倒だけは避けながら、滑り落ちるように駆けくだる。砂煙が風に巻き上げられ、下にいたラクダ騎兵たちがぎょっとした様子を見せる……その顔に、風に乗った大量の砂が浴びせられた。

ふたりのラクダ騎兵がのけぞると同時に、ラクダが嫌がるように顔をそむけて急に立ち止まった。手綱だけをにぎっていたひとりは鞍の上で耐えた。だが、弓矢をにぎっていたもうひとりは振り落とされてぎゃっと悲鳴を上げた。

鞍から落ちた賊兵の前では、駆け下った黎明ががくんと足を折るようにして腹ばいにへたりこんでいた。ペレウスは、眼前で敵が無防備に横たわったのを見た。

(ひとり片付けられる)

とっさの判断で、少年はファリザードの〈七彩《ハフト・ランギ》〉をつかんで抜き、馬の鞍から飛び降りた。うつぶせでいましも起き上がろうとしていた賊に駆け寄る。その背に刃を突っ込む寸前、激した声で少年は叫んでいた。

「パウサニアスの血の借りだ!」

泥に突き入れたかのように、宝刀の刃は柄近くまで肉に埋まった。うつぶせの賊兵はびくんと首をのけぞらせた。ペレウスはいったん刀を抜く。この賊がほんとうにパウサニアスの仇であるかはわからなかったが、それでも……「クレイトールのパウサニアスのために!」もう一度ペレウスは叫び、刃をまたも背に刺した。刺された賊兵は砂をかきむしり、それから永久に沈黙した。

「餓鬼め、やったな!」

もうひとりのラクダ騎兵が狼狽と憤怒の声を放つ。かれはふところから刀を抜きつつ、ペレウスに向けてラクダを走らせ、その巨大な騎獣によって少年を踏み潰そうとした。

しかし、その前にファリザードが動いていた。ペレウスに続いて黎明の鞍から下りた彼女は、少年が殺した賊兵の弓矢を手にして、一呼吸でラクダ騎兵めがけて矢を放ったのである。

矢は、ペレウスに迫っていたラクダの頭に突き立った。ラクダはどうと倒れ、賊兵は砂の上に投げ出された。すぐには起き上がれない様子でうめくその賊に、ファリザードが怒鳴る。

「刀を捨ててひざまずけ！　射ぬかれたくなければ頭の後ろで手を組め！」

大人と子供の二対二ならば有利不利は見えていたが、一対二、加えて子供の側も武器を扱えるとなると話は変わってくる。

というよりすでに王手《シャーマート》だった。砂まみれになった賊はうめいた。

「射つな。言うとおりにする」

砂にひざまずいた賊兵に、ファリザードが矢を向けたまま厳しく問う。

「正直に答えろ。わたしたちをつけはじめたとき、仲間に伝令を飛ばしたか？」

「い……いいや」賊兵は死んだ同僚を目線で示し、「そいつが……おまえらの馬蹄のあとを見つけたとき、『俺たちで捕まえて功績を分け合おう』と……だからふたりだけで来た」

それを聞いてペレウスは「それはいい」とうなずいた。

「つまり、この男を消してしまいさえすれば、誰も僕らがここにいるとはわからないわけだ」

「やめてくれ。降伏したじゃないか」覆面から出た賊の眼は見開かれ、飛び出しそうになっていた。

「言われたとおりに刀を捨てたんだぞ、命を助けてくれるんじゃないのか！」

「『この世では、だれもかれもが嘘をつく』。わたしの兵をおまえたちは助けたか？」

ファリザードは硬い声でつぶやいた。弓を引く彼女の手がさっきから震えているのはなぜだろうとペレウスは思った。憎しみのためか、少女の細腕では弓を引きしぼった姿勢が辛いからか……どっちの理由でもないとペレウスは直感した。

見ればファリザードは下唇を噛んで苦渋する表情だった。はじめて人を殺すことにためらっているのだ、とペレウスは思い至り、彼女の横に並びながら思案する。

（「僕が刀で始末をつける」とファリザードに申し出ようか。僕ならたぶん平気だ）

二日前とこの日で合わせて、ペレウスは四人もの賊をすでに殺している。かれには自分の資質がうすうすわかってきている。相手が悪党だからだろう、殺しても気に病むようなことはなかった。

（矢で射ないというのが約束だから、刀で殺せば彼女は嘘をついたことにはならないし……たしかに誠実な行いではないけれど、ここで放免でもすれば、こいつは即座に仲間を呼んでくるだろう）

しかし、かれは残酷さを楽しむつもりもなかった。すでにひざまずいた相手を殺しては寝覚めが悪いのは、ペレウスとて同じだった。

「……そうだ。こいつの足を傷つけて置き去りにし、残ったラクダは連れて行こう、ファリザード。そうすれば、こいつはすぐには仲間のところに戻れないはずだから――」

ペレウスが言いかけたとき、それが来た。

砂嵐が。生き物のように、肌にびりびり伝わる気配をともなって。

陽光が砂のカーテンに閉ざされはじめる。

ひときわ強い突風に押されてファリザードの軽い体がよろめいた。その瞬間をみすましてか、ひざまずいていた賊兵がいきなり立ち、彼女に突進して弓をもぎとろうとした。

はっとした少女が身を引くより早く、ペレウスは横から割って入り、つかみかかる賊のみぞおちを刃で突き上げた。あまりに勢いよく貫いたため、刃先が背に突き抜けた感触があった。

生きた肉を裂く手応えに顔をしかめながら、ペレウスは〈七彩〉をねじってきちんと死をもたらした。目を血走らせた断末魔の賊がかれの首に両手を回し、締め上げようとする……その手から力がたちまち失せていくのをペレウスは感じた。吐息する。

（成り行き上しかたない。それに冷酷だけど、捕虜をどうするかという問題も解決した）

「ペレウス！　伏せろ、砂嵐が来――」

風にふらつくファリザードが声をはりあげかけ、砂が口に入ったのであろう、うつむいて苦しげに咳き込んだ。ペレウスは死体のそばで彼女とともに地に伏せ、服の袖で口と鼻をおさえた。

生きているほうのラクダが黎明とおなじく足をたたんで腹ばいになる。それが最後に見た光景だった。あとは顔を伏せたにもかかわらず、目を片時も開けられなくなった。びしびしと砂が叩きつけられ、服の上からでさえ痛い。

ファリザードが強風で吹き飛んでは困ると思い、ペレウスは彼女の手をつかんだ。柔らかい小さな手はびくっとこわばり、おずおずと、だが固く握り返してきた。

（砂の川で溺れているみたいだ。このなかで移動するなんてとてもじゃないが無理だ）

天地はいまや晦冥《かいめい》し、闇と、魔物が哭くかのような音が世界を埋めていた。

## ふたり旅

柔らかくもりあがる砂丘を、ラクダと馬が越えていく。

「ペレウス、あれを見るがいい。あれこそ唯一の主神のふたつの眼だ」鞍の前に乗り、ラクダの手綱をとるファリザードが片手をあげ、西の空にかがやく赤い夕陽を指した。ついで、東の空にほのじろく浮かぶ月を。「主神は昼も夜もわれらを見守ってくださる。それゆえ、神の両眼である日輪と月輪にかけて誓われたことは、けっしてくつがえしてはならないんだ」

少女の話を、後ろに座ったペレウスはふむふむとうなずいて脳裏にきざみこむ。

ふたりが乗っているラクダは、追ってきた賊兵を殺して奪ったものである。木製の鞍がついていて、矢筒が鞍にとりつけられていた。

砂嵐によって足跡が消え、追跡の心配がほぼなくなり、ふたりには多少の余裕ができていた。船のように揺れながら歩くラクダのかたわらに、忠実な黎明号《サハール》が並んでいる。「何度も言うが、馬のほうがラクダより速いが砂漠での持久力は劣る。間近に危険がせまるまで黎明には乗らず休ませておくべきだろう。この子はついてくるからだいじょうぶ」ファリザードがそう決断を下していた。

そうこうして、もともとの目的地であった村を目指すうち、ペレウスはファールス帝国の文化を彼女に説いてもらうようになっていた。ちなみにファリザードはもうヘラス語ではなくファールス語で話しており、母語だけあってさすがにその語り口はなめらかなものだった。

（サー・ウィリアムもそうだったけれど、心置きなく母語で会話できるとなるとやっぱり気分が軽くなるのかな。それだけでもないだろうけど）

友達として心を許してもらったということだろう。完全にぎこちなさが消えたわけではないが、いまのところ彼女はこれまでよりはるかに友好的な態度をしめしている。

そして、その新しい関係はペレウスにも居心地がよかった。かつては忌み嫌っていた帝国の文化も、このように良き語り手を得ると、すべてが興味深く……

（なかでも、宗教についてくわしく知っておくのは重要なことだ）

神話や神々は文化の中心にあるものなのだから。

……もっともファリザードいわく、この世には「神々」などなくただひとりの神しかおらず、残りはぜんぶ悪魔邪神のたぐいだそうだけれど。昼に最初にその話を聞いたときは「じゃあヘラスの神々も邪神だというのか」とペレウスは腹をたててファリザードに詰問し、「もちろんだ。多神教で偶像崇拝だから邪教だ」というきっぱりした即答をいただいた。当然のごとく喧嘩に発展したのち、神学論争はひとまず棚上げということで決着している。

こうしてファリザードが唯一神について講釈するときは素直に聞くだけにしていた。

「『両眼』を頭上に戴くとき、そこは神聖な場となる。朝方や夕方の時間帯、太陽と月の双方が出ているときは、聖なる力の強まるときなんだ。

――そして厳粛な誓いの場ともなる。誓いはもともと破ってはいけないものだけれど、ことに両眼の光の下で交わされた誓いを破った者は、恐ろしい報いを受けると伝えられる」

「ふたつの光の下、か。なんだか意外だな。ジン族って、闇に親しみ、闇を崇める種族だと故国で読んだ書物にはあったのに。きみたちってまっくらな場所でも目が見えるんだろ」

「誤解だ。わたしたちは暗闇を崇めることはしない」ファリザードは首をふった。「体の構造が人族より暗さに適応しているのは認めるし、夜で心が落ちつくのも確かだけれど、夜はあくまで親しい友であって主ではない。ましてや闇を崇拝などは決してしない、すくなくとも現在のファールス帝国のジン族は。

そのヘラスの書物は嘘を書いている……もしくは、古いんだ」

「古い？　……ああ、そういえば、古代ファールスのことを書いている書物だったかも」

「それだ。五つの公家の先祖たちが真の宗教をもたらす以前の無道《ジャーヒリーヤ》時代、この地の人族は炎の神を崇め、先住のジン族は闇の神を崇めていたから――」

そこでファリザードは押し黙った。理由はペレウスにはよくわかった。彼女の一行を襲った賊のことを思い返しているにちがいなかった。賊の首領はジオルジロスという古名を持ち、暗黒の神《アンラ・マンユ》の司祭と名乗っていたのだ。

ふたりが仲間を失い、安全な地へと逃れるべく歩き続けなければならないのは、あのジンの古老のせいだった。

（ヘラスの神々は邪神じゃない。でも、あの古代神のしもべはまぎれもなく邪悪な存在だった）

先住のジン族だったというかのジオルジロスにとって、よその地から来て古代ファールスの打倒にかかわった新ファールス帝国のジン族は、憎むべき侵略者なのだろう。

しかしこの現在の境遇では、ペレウスには賊に同情してやる気はかけらも起こらなかった。

ファリザードの乳母の村を目指し、そこであらたな護衛隊を編成してからイスファハーンに戻る手はずになっているが……ペレウスは砂嵐をやり過ごしたあとの会話を思い出した。

『星の位置と地形の目印で、方角と現在地はわかる。この場所からだと、村は西の方角にある。ここからまっすぐ行く道と、南回りに弧をえがいて行く道があるな』

『どっちが早い、ファリザード？』

『断然、まっすぐの道だ。南回りは途中で険しい山地を越えるため五日はかかるが、西への直進だと、砂漠を二日行くだけで夕方前には目指す村に着く。水を補給する必要もないかもしれない。

でも、その道はいまとなっては危険だ。避けなければならない』

『なんで？　砂嵐がよく起こるとか？』

『ひとつのオアシスがあるんだ』ファリザードは懸念するように声をひそめた。オアシスは砂漠のなかにあって生命を守るもののはずなのに――とペレウスは不審に感じたが、オアシスの名を聞いたとき疑問は氷解した。

『そのオアシスは、獅子《シール》の泉と呼ばれている』

『……イスファハーンで聞いたことがある。ライオンが出るオアシスの名だったね、たしか』

『出るどころじゃない。群れになって徘徊している。

獅子の泉は獣のための聖なる地だから周辺で狩猟をするな——というのが古来からのならわしで、つねに一定数が生息しているんだ。あるていど大勢の人間がふみこめば襲われることはまずなく、たいていはライオンたちのほうが一時退散するから、二十人以上の規模の隊商などはときどき利用する。でも、わたしたちは、子供がたったふたりだ。

そして、行ってみてもしライオンがいなければ……それは、獅子の泉に一定の数以上の人間がいるということだ』

ファリザードの口調がおのずと緊迫したことで、ペレウスは気づいた。このあたりで大勢の人間が砂漠をかけまわっているとしたら、あの賊どもである可能性が高い。

『四本足の危険な獣に出会うのはいやだし、二本足の獣どもとなるともっと願い下げだ。では南回りの岩山沿いしかないね、ファリザード』

かくて南回りに進みはじめたのだ。不安はむろんつきまとうが、口にするのは避けてきた。恐怖で浮き足立ってしまいそうになるから。話の流れを変えるべく、ペレウスは質問する。

「五つの公家っていったよね。政治の仕組みについてもよく知りたいんだけど。えっと……この帝国って、上のほうはおおざっぱに一人のスルターンと、五つの公家と、十七人の太守によって統治されているんだったね。基本は五公がもちまわりでスルターンの座につくんだろ？」

「もちまわり、というのとは違うな」

ペレウスの話題転換を受け、気をとりなおしたらしきファリザードが鞍にすわったまま上体の向きを変えた。彼女の顔がペレウスの眼前に来る。胴体を大きくひねって肩ごしにふりむいただけであるが、ジン族の体の柔らかさにペレウスはぎょっとした。

（ほんとに猫みたいな身体機能の種族だな）

「五公家は征服時代以前からある、もっとも古い五つの家系だ。

その当主たちはスルターンとなる資格を有し、自分たちのなかからスルターンを決める権利をもつ。あらたなスルターンを決めなければならないとき、五公家の当主たちは会し、おたがいのうちからスルターンを選ぶ。最終的に過半数、つまり三人の票をあつめた者がスルターンとなる。

逆に、公家はスルターンを退位させることもできる。それが起こりうる条件は、五公家の当主のうち四人が退位勧告することだ」

「なるほど、スルターン自身の出身家系以外の四家か。でも待って。もしスルターンが退位させられることに納得しなかったらどうなるの？　それを不満としてほかの四公を攻めたりしたら。あ、仮定の話だから怒らないでほしいんだけど」

その質問にファリザードは「知らないのか、ペレウス？　そういう例が過去にある」と答えた。

「百二十年前、ヒジャーズ公家のムタワッキル帝、通称〈背信帝〉が増強した近衛軍をもって、ほかの四公を滅ぼそうとしたことがある。内乱ののちヒジャーズ公家は敗北し、背信帝の血につらなる者は族滅された」

「族滅！」

ペレウスは思わず動転した声を出した。

「そんな……ヒジャーズ公家ってきみらの本家筋じゃなかったか。いちばん由緒正しい……そうだ、たしか『太陽と月』が紋章だったと記憶しているよ。それに、現にまだヒジャーズ公家は存在してるはずだ」

「ただひとり、助命された幼子がいたんだ。内乱を鎮圧したわが伯父上は、子供だけは殺さないジンだったから。その子が長じたのち、他の四公の許しをえてヒジャーズ公家を継いだ。

……たしかに残酷だけど……スルターンとはいえあまりに無理を通すことはできないこと、暴君となれば公家の結束に潰されること、それを後世に示さねばならなかったと父上はいっていた。それでこそただひとりのスルターンが暴走することを抑えられるのだと。

五公制度こそがファールス帝国の柱なんだ」

微妙に誇らしげなファリザードは胸をそらして歌うようにいった。

「ヒジャーズ公家は太陽と月。正宗の家であり、その紋章はわれらが教えをつかさどる。

ダマスカス公家は魔石。紋章は叡慮と魔術鍛造の技をつかさどる。

ホラーサーン公家は剣。紋章は苛烈と武をつかさどる。

サマルカンド公家は塔。紋章は堅牢と建築の技をつかさどる。

このように、五公の紋章はそれぞれの家門の特徴と伝統をしめしている」

ふうんと感じ入ったのち、ペレウスはなんの気なしに聞いてみた。

「ところでイスファハーン公家は薔薇だったよね。どんな特徴と伝統があるの?」

とたんに、胸を張っていたファリザードが微妙そうな顔になった。ぽそりと小さく、

「女だ」

「女？」どういう意味かよくわからない。ペレウスはあくまで大真面目に「どういうことさ」とたずねた。ファリザードはしかたなさげに答えた。

「その……イスファハーン公家はどういうわけかめったに女が生まれない。そのかわり、たまに生まれる娘は、ジン族のうちでもとりわけ美しく価値があると言い伝えられてきた。

だから征服時代以前からほかの四公の家系はもちろん、大陸の列王から求められたんだ。古今に比類なき魔術師と名高いかの帝王《スルターン》、スライマーン・ブン・ダーウド《ダヴィデの子ソロモン》にもわが家は妃を提供したんだ。

その歴史から、新ファールス帝国の建設後は、女性の象徴である薔薇を家紋に採用したわけだ。美と愛、そして『多相』が薔薇のつかさどるものだ。重なる花弁のように複雑な姿が」

「そんな由来なんだ。……ん？　待ってよ、もしかしてきみがそのイスファハーン公家の女児か？」

そこに気づいたときのかれの「え、こいつが」といわんばかりに愕然とした顔は、ファリザードの機嫌をいちじるしく悪化させた。

「おまえはわたしが男児にみえていたのか？　たしかにこの砂漠渡りの服は男のものと同じにあつらえさせてあるが、本気で確認が必要なら目薬で顔を洗ったほうがいいぞ」

「いや……」

口をとがらせた男装の少女をみやって、ペレウスは醒めた微笑を浮かべた。

ペレウスにとって、友情を築いたとはいえファリザードはやはり生意気な小娘である。基本的にかれが好ましく思うのは、ゾバイダのような年上の女性だった。包みこむ優しさと匂いたつ女らしさをもつ大人びた女性に惹かれるのである。皮肉屋でじゃじゃ馬で精神年齢も肉体年齢もまだ子供でしかないファリザード（同年代だが）に、異性的な意味での関心はない。もっとも、彼女はつつけばいちいち反応してくれるので、からかう楽しみにはちょっと目覚めかけている。

このときもペレウスは、かれにはめずらしくにやっと口の片端をあげた。

「『美と愛と多相』か……なんといったものだろう……きれいなおとぎ話を耳にしたあとで現実が目に映ったというか」

「ど、どういう意味だその失礼千万な言いぐさはっ！　よくみろ、どうみても薔薇姫と呼ばれるにふさわしい美少女だろ！　おいペレウス、なんで笑い出すんだ、こっちみろ、おいっ」

赤くなったファリザードが、怒り心頭にこぶしでぽかぽかとペレウスの脚を叩いてくる。

ペレウスは誤魔化すべく口元を覆い、頰の内側を嚙んでいたが、ここにいたってそれでも足りず、笑いの発作が横隔膜をつきあげそうになった。

（複雑な姿だって？　よくも悪くもこの子に複雑さはないよ）

打ち解けて以来、彼女の単純といっていいほど素直な一面はますます鮮明になってきていた。悪いことじゃない、それだって美質だとペレウスは思っている。かれはかれなりにこの「旧知の、新しい友達」が気に入りはじめていた。ぶんむくれる様すら無性に可愛らしく思えて、頭を撫でてやりたいくらいである。

（こんな妹が欲しかったのかも）

鼻をつねりにきたファリザードの手をふせぎ、攻防をくりひろげながらペレウスは明朗に笑った。

『主に進むのは夜。昼間はなるべく休み、暗くなったらどんどん距離を稼ごう』

『でもファリザード、闇にまぎれるほうが安全なのはわかるけど、僕らには水が乏しい。早く泉に着く必要があるんじゃないかな。強行軍になるけれど、昼も足を止めずずっと行くというのは……』

『ペレウス、ぶっとおしだと体力の消耗がきつすぎるというのは措《お》いても、昼行くのと夜行くのとでは水の消費量がまったく違うぞ。ジンや人族より馬のほうが多く飲むことを忘れるなよ。

さいわいラクダが手に入ったおかげで、人馬の水消費を抑えながら順調に距離を稼げる……が、それでも少しぎりぎりだな。しかし生命に関わるようになるまでには泉に着くはずだ。

泉から村までは二日だ』

……という会話を交わしたことをペレウスは思い返している。

あのときはこの子はとびきり冷静だったんだけどな、とファリザードを呆れた目で見やった。

「そろそろ慣れなよ、ファリザード」

こうも緊張されるとこっちまで恥ずかしくなってくる――とはいわずにおいた。

「う、うるさい、はやく眠ってしまえっ」

明け方近く、砂漠に降りた夜露が霜に変わる時間帯である。疲れきったふたりは砂丘の陰に浅く穴を掘り、眠るため横たわっていた。

ふたりは見張りを交代しながら睡眠をとると決めており、まずはペレウスが眠る番だった。横向きに寝たかれの腕のなかに、弓を抱いてがちがちになったファリザードがいる。彼女は背を向けてはいたが、ペレウスが温かく眠れるようぴったりくっついてくれていた。

ファリザードと反対側のとなりには黎明号が寝そべっていて、ペレウスはひとりと一頭にはさまれる格好である。

それにしてもとペレウスは考えた。砂漠に出てからこっち、賊に襲撃されるまでは山羊や羊の毛でできた天幕で寝ていた。天幕の寝心地に当初は慣れず難儀したものだが、こうしてそれすら失ってみると屋根のあったことのありがたさが身に染みてくる……

(などと思っていたけれど、これはこれで悪くない温かさだ。この子って体温高いな)

歩いてきた疲れもあって、すぐに眠りが訪れそうだった。そのこと自体はありがたい。なにしろ、

「おいペレウス、ねずみが合唱しているみたいに腹がきゅーきゅーうるさいぞ。その音を止めろ」

「無茶いうなよ。二日なにも食べてないいんだからしょうがないだろ。きみだってそうだろう」

そう、実をいえばひもじくてたまらなかった。水は小さな革袋とはいえなんとか確保していたが、食料までは手に入れられなかったのである。ラクダの生肉を頰張る手段はなるべくとりたくない。

道中、ふたりが会話を続けてきたのは、耐えがたい空腹から目をそらすためでもあったのだ。

「それを思い出させるなというのに。おまえは眠ればすむが、わたしはこれから見張りだ。話し相手もなく空きっ腹に耐えるんだぞ」

話すこと、そして眠ることだけが飢餓感をまぎらわせる方法だった。

黎明号もやつれた様子である。人馬そろって飢えており、ただ最低限度の水だけは革袋からきちんと摂っていた。水の不足はただちに生命に直結するからで、摂らないとどうしようもない。

元気なのはラクダだけである。なお、その獣はふたりが休むあいだ、走れない程度に前足二本を結わえられている……動きまわれる程度には間隔をゆるめてあるので、ラクダはうろうろ歩いて、極めてまばらな草を食んでいるのだった。明け方にはふたりから半ファルサング（約二・五キロメートル）も離れ、捕らえるところからやり直しになるかもしれないがやむをえない。この砂地には、繋ぎ止める杭もなにもないのだから。

「あのラクダから乳をしぼれたらよかったのだが……腹の足しになるのに」

自分で思い出させるなといっておきながらぶつぶつぼやいているファリザードに、ペレウスはふとあることを提案した。

「おなか締めつけておいてあげようか？　少しは気にならなくなるというよ」

サー・ウィリアムから、冗談か本当かいまいち判然としない「食い物がない夜をしのぐ方法」を聞いたことがあったのである。はたしてファリザードは興味をおぼえた声で聞き返してきた。

「締めつける？」

「うん。クッションかなにかを凹《くぼ》めた腹に押しあてて、ひもか何かできつく縛るらしいんだけれどね。いまはふたりいるし、ほら、こんなふうにすれば」

ペレウスは彼女の細いお腹にまわした腕に力をいれて、ぎゅっと巻き締めた。とたんに「ひゃあ!?」と裏返った声をファリザードがあげ、じたばた暴れはじめた。

「ややや めろ！　しなくていい、いらないっ！　放せっ」

あわててペレウスは腕を放した。ファリザードがあたふたと砂の上を転がって逃げる。背を向けてはあはあと狼狽の呼吸をついでいる少女の様子に、少年は気まずさを覚えた。特になんとも思わず気軽にやったことだったが、ここまで過敏に反応されればさすがに反省する。

ファリザードが起き上がってかれに向きなおり、にらみつけてくる。

「いきなりなにをする！」

夜目にもその顔が、尖った耳の尖端まで真っ赤になっているのが見える気がした。まさか射たれはすまいがその手の弓矢が怖い。ペレウスはとりあえず謝った。

「わ……悪かったよ」

だがどうも釈然としない。

「だけどきみ、ジン族だろう」ついつい口に出し、

「それがどうしたっ!?　……まさかペレウス、おまえもジン族がつつしみの足りない種族だという悪質な噂を信じているんじゃあるまいな」

返ってきたその言葉に耳を疑い、ぽかんとしてからペレウスは懐疑的につぶやいた。

「あれって噓なのか？」

たちまち顔に血をのぼらせたファリザードが嚙みついてきた。

「ほんとうなわけあるか、侮辱もいいところだ！　他種族が流布させた破廉恥なでたらめだ、わたしたちに貞操観念がないとでも思っているのかっ」

「だって、屋敷内でよく裸に近い格好してたじゃないか」

「あれは伝統的な部屋着だ！　薄物姿や肌を見られるのと、触られるのとはぜんっぜん別だ！」

「そ、そうかもしれないけど」

ペレウスはたじたじとなりながらも、自分が心の奥で納得しているのを感じた。

これまでも、あれ、と思ったことはあったのだ。ファリザードと決闘したときや、砂漠に出てからの会話のうちに、「この子は耳年増なだけで、直接接触にはむしろうぶなほうではないだろうか」と疑念を抱いてきた。

（よく考えれば、ヘラスもどちらかといえば裸体をみせることにはおおらかな文化じゃないか。それなのに表面のことだけでジン族を自分たちより淫乱と決めつけてきたのは、敵対する文明を貶めたいという意識が僕の中にあったのかもしれない）

本気で和平を目指す以上、こうした悪しき偏見は改めなければならないだろう。ペレウスはこくんとうなずいた。

「わかったよ。ジン族につつしみが欠けるというのは、まったくいわれのない中傷、または誤解だったってことだね。つまりきみらは私的な領域で薄くさっぱりした服装を好むだけだと」

が、ペレウスの確認の問いに、ファリザードはぐっと詰まった。興奮を一瞬で冷まし、彼女はなにやらばつが悪そうに両手の指先をからめあわせた。

「誤解は誤解だが……そういわれるようになった心当たりがまったくないかというと微妙かも……」

「……どっちだよ、結局」

「だから、誤解を生むような事情はなくもないというだけの……わたしたちには子宮錠《ラヘム・コフル》があるので、そのう」

「ラヘム＝コフル？　コフルってファールス語では錠だっけ？　なにそれ？」

「……もういいだろ、この話！　婚前の娘が話すことじゃないんだ、イスファハーンに帰ったら父上にでも聞けっ」

強引にファリザードは話をうち切ろうとした。疑問を解消してもらえなかったペレウスは、頬杖をついて「ちぇっ」とむくれた。

「僕のことを小便王子とあれだけ連呼してたくせに。この期に及んで品を気にされたってさ」

四つん這いでそろそろとかれのそばに戻ろうとしていたファリザードが凍りついた。彼女の手のひらの下の砂が、固まった少女ににぎりしめられてじゃりっと鳴った。

予想とちがう態度に当惑し「ファリザード？」と声をかけた少年のまえで、少女は砂の上に座りなおす。ややあって、砂に染みて消えそうなほど小さな声が聞こえた。

「悪かった、ペレウス」

さっきとは別の羞恥——深刻に恥じ入った響きがその声にはあった。

ファリザードのしおらしい謝罪にかえってペレウスのほうがあわてた。いまさら責めるつもりではなかったのだ。たしかに昔は嘲笑され、面罵《めんば》されて、彼女に憎悪に近い気持ちを抱いたこともあった。けれど現在は……さまざまな経緯を経て仲良くさえなったいまでは、かれの中でファリザードへの負の感情は風化しきっていた。軽い嫌味でぽろっと口に出せるくらいに。

「ええと、べつにそのことはもう――」

「ううん、けじめをつけたいんだ。聞いて。

わたし、あのころはヘラス人《ヘレネス》が大嫌いだったから……ヘラス人をすぐ見下げようとしたし、馬鹿にできる機会があったら喜んでそうしてきた。おまえのことは、一度酔っ払って失敗したことだけ見て情けない奴だと思いこんでいた。けれど、そんなのはたいしたことじゃなかったっていまならわかる。

わたしは、わたしのわがままで砂漠に連れだした者たちを賊にむざむざ殺させてしまった。一方で、おまえはあの混沌の場からひとりとはいえ救いあげることができた。助けられたのはわたし自身だから礼をいわねばならないのとは別に、わたしは……おまえに謝らねばならない。

貴族の資格がなかったのはわたしのほうだったのだから」

ファリザードの吐露に、ペレウスはなんと反応したものかわからない。

――漏らしたのはほんとうは酔っ払っての失敗じゃないんだけど……

――悪いのは襲ってきた賊だ、きみがそうも責任を感じることはないと思うけれど。

いいたいことがつぎつぎ頭の中に浮かび、口にのぼる前に心のうちに散っていく。同性に襲われた事実を語るよりは、酒による失態だと思っていてもらったほうがましだった。

「ずっと間違った態度をとってきて、ごめんなさい」

彼女が沈痛にそういったとき、ようやくペレウスは口をはさむことができた。

「もういいってば。僕はほんとに気にしてない。きみもあまり深刻になるな」

気恥ずかしくなってぶっきらぼうに言い、起きあがるとかれは「それより」と切り出した。

「目指す水場に明日には着くんだったね。その前にどうしても話しあっておかなきゃならない。僕らには警戒しなければならないことがある。あの賊どもの移動能力のことだ」

「……あれか。邪教の妖術をこめた魔具――〈扉の宝玉〉と呼んでいたな」

悄然《しょうぜん》としていたファリザードもまた緊張の面持ちに変わる。

いままで会話をやめなかったのは空腹をまぎらわせるためだけではない。自分たちを待ちぶせているかもしれない賊への恐怖を忘れるためでもあった。

「あいつらは泉を飲めない塩水に変え、〈扉〉の出口にしていた。宝玉が溶けた妖術の扉をくぐると、僕らは一瞬で塩水の泉へと移動した」

（けれど、いつまでもこの話題を避けて通れない）

「あれはまさに邪悪の業《わざ》だ」ファリザードが忌まわしそうに吐き捨てた。「泉は砂漠渡りの者たちにとって生命の綱だ。それを汚してまわるだなんて」

「あの妖術がこの地に与えた害は、ただ泉を飲めなくするだけじゃない」ペレウスは指摘した。

「あいつらはこのイスファハーン公領で無道をほしいままにし、守備隊の兵に追われながらも半年以上もまともに尻尾をつかませなかったんだろ。いくらきみの家の領地がヘラスすべてを合わせたより広大だからといっても、こうまで捕捉を逃れつづけているのは妙だと思っていたんだ。

だが、あの力があれば話は別じゃないか」

空間を飛び越えることができるならば、たとえ数に勝る軍に追跡されても、追いつかれる前に姿をくらますことが可能である。賊の一群を見失って右往左往している守備隊を置いてけぼりに、移動した先の別地点でまた襲撃をくりかえす。これでは、賊の秘密を知らないかぎり捕らえようがない。

「ファリザード、その力が明日、僕らを脅かすかもしれない。僕らが水場に着いたとき、やつらが妖術を使って、先回りして待ち構えている可能性がある。そうなれば――」

おしまいだ。その言葉を寸前でペレウスはのみこんだが、ファリザードはあえて聞かずとも続きを理解したようだった。彼女も暗くうつむいた。向い合って座りこんだふたりの周囲で、夜の闇が濃度を増した気がした。

軽率だっただろうか、とペレウスはこぶしを固めて砂を凝視した。

（話しあう必要なんて、ほんとうにあったのか？　できることなんてないのに。僕は……どうにもならない不安に耐えられず、ファリザードを巻きこんで少しでも心の負担を減らしたかっただけじゃあないのか？）

考えに沈んでいたため、ファリザードが忍び足の猫のように音もなくにじり寄っていたことに気付かなかった。そろりと伸べられた手でひざ頭に触れられて、ペレウスは驚きを覚えて顔をあげた。彼女のほうから触れてくるのは珍しかった。

「前へ進むしかないんだ、ペレウス」ファリザードの決然とした表情が眼前にある。「水は尽きたのだ。いまさら立ち止まることも引き返すこともできない。わたしたちにできることはただひとつ、覚悟することだけだ」

彼女の言うとおりだった。ペレウスは深々と嘆息し、腹をくくった。

先へ進めばひどい目にあうかもしれない。けれどここまできて引き返せば渇きで死ぬだろう。

「死ににいくんじゃない。少しでも、生の可能性が高いほうに賭けるということだ」間近で彼女がいう。「仇をとるとおまえがいったろう——血の貸しを取り立てるためにも生きなければ」

一呼吸おいて、ペレウスは強くうなずいた。

「そうだ。死者たちの仇をとるためにも生きなきゃならない」

互いの瞳をみつめて一語一語誓うように——

「裁きと復讐をやつらに与えるため、イスファハーンに帰ろう」

「かならず、わたしとおまえとで」

## 初恋

椰子のしげるオアシスは砂漠の谷間にあった。峨々《がが》たる岩山が両側にせまる谷底には、水の流れた痕跡がある。雨のときだけ水が戻る涸れ川の一部が、つねには泉となって残っているのだろう。もっとも、ペレウスとファリザードにとって泉の成り立ちはなんでもいい。ひとつの事実だけがかれらには重要だった。

岩のプールのようなこの谷間の泉に、賊の姿はなかった。

弓矢と〈七彩《ハフト・ランギ》〉を持って慎重に泉に近づき、そのことを見極め――子供たちは歓声を爆発させて水辺に駆けよった。

水は命の味がした。

（クレタ島の最高級の葡萄酒より美味しい）

泉のふちにかがみこんだペレウスは、無我夢中で澄んだ水をすくって飲みながら思った。となりではファリザードが同じ姿勢でわれを忘れてのどを潤している。ラクダや黎明号《サハール》もふたりに並んで口を水面につけ、むさぼるように飲んでいた。

軽い脱水症状により煮詰まってどろどろしていた血液が、清らかな水で希釈されてゆく爽快感があった。存分に水を味わったあと、ふたりはようやく顔をあげてひと息をいれる。

あたりは楽園かと見紛うばかりだった。大岩が転がる泉のふちには、青々とした草木や苔が繁茂しており、椰子の葉が過酷な日光をさえぎっている。荒漠とした砂漠ばかりみてきた後では、緑がことに鮮烈に感じられた。ペレウスは心を浮き立たせた。

「緑が多いね、この谷間だけ」

「それこそオアシスたる所以《ゆえん》だ。あ、ペレウス」

ファリザードが上方のなつめ椰子のこずえをあおいで嬉しげな声を出した。

「見てみろ。実が生っている」

苦もなくファリザードは木に上り、ペレウスの眼前に黄色っぽい実や明るい赤色の実を落としてきた。砂を洗い落とすのもそこそこにふたりはかぶりつき、しばし無言で腹を満たした。

ひと心地ついてからはさらに多くの実を落とし、黎明号やラクダにも与える。騎獣たちがぼりぼりと果実を嚙み砕く音を聞きながら、どちらからともなく笑みを交わした。

昨夜の悲壮な覚悟は、どうやら杞憂に終わったようだった。

「もう心配なさそうだね、ファリザード」

「ああ。けれど用心するにこしたことはない。水をくんで椰子の実を集めたら早いうちにここを通り過ぎ、村へ向けて出発しよう」

「そうだね。でも、ちょっとだけ待ってもらっていいかな」

ペレウスは首をかたむけて自分の服のにおいを嗅いだ。砂漠の乾いた気候では、汗は出る片端から蒸発するためさほど臭わないのだが、やはり数日も同じ服を着ているせいで異臭がまとわりつく。泉に目をむけて、ペレウスはこの地を領する大貴族の娘にいちおうのお伺いをたてた。

「ここで体と服を洗ってもいいだろうか」

ファリザードが腕を組む。考えているように見せかけているが、いたずらっぽく瞳が輝いていた。

「砂漠の泉は公共物だ。ほかの隊商や旅人がこのあとすぐ訪れる場合を考えたら、泳ぐのはあまりいただけないな。

……でも、たぶんほかの旅人なんてすぐには来ないだろう。いまだけ公徳心を忘れてしまってもいいかもしれない」

そういいながら彼女は自分のマントを脱いだ。着たきりであったこの数日にうんざりしていたのは彼女も同様だったのだろう――水浴びに大いに乗り気のようだった。

「よし、行ってくる」

許可されたと判断してペレウスは手早くマントを脱ぎ、ヘラス風の半袖の短衣《テュニク》も脱ぎすて、腰布一枚になり――そこで、息をのんで固まったファリザードに気がついた。

長袖の胴衣を脱ぎかけて手をとめている少女は、うろたえきった様子で「ば、ばか、乙女の眼前でためらいもなく脱ぐやつがあるか」とかれに背を向けた。ペレウスは瞬間的に彼女と同じくらい頬を赤くし、なにをいうかと腹を立てた。

つい故郷の浜辺で泳ぐときとおなじように堂々と脱いでしまったのはこちらの落ち度だが……

(自分は僕らの目の前で肌に香油を塗らせていたりしたくせに、いまになってなんだよ、その恥ずかしがりようは)

「さ……先にマントを脱いだきみにいわれたくないよ！」

「わかった、わかったから離れたところで浴びてこいっ」

「いわれなくとも！」


憤然として服をつかんだペレウスが泉に踏みこむ。かれが水をかきわけて離れていくのをファリザードは耳をそばだてて確かめていた。水音がじゅうぶんに遠ざかるのを待って、彼女はようやくふりむいた。

ペレウスの姿はみえない。泉は弓なりに湾曲しており、せり出した陸地の岩石および密生した植物によって、向こう側を一望することはできなかった。

かれの姿がなくて心細いような、裸で間近に接することがなくてほっとしたような――

（おかしなこと考えるな、はやく汚れを落とそう）

服を脱いで浅場に入る。

可憐なつま先からくるぶし、美しい弧を描くふくらはぎ、しなやかで張りつめた太もも、小ぶりなりに柔らかく実った尻と、順次に静謐《せいひつ》な水面に浸かってゆく。すべすべした下腹までを浸して、彼女は泉の中にたたずんだ。小麦色のみずみずしい若肌が、水滴を弾いてきらめいた。

（油と灰からつくった石けんがあればいいのに）と思いながら髪と体を洗いはじめる。

（村へ行き着いたらまず湯を使わせてもらおう。石けんで洗えたら、そのあと香油も塗りたいな……香油はイスファハーンに帰ってからゾバイダに塗ってもらうことにしたほうがいいか）

数年前から屋敷にいる女奴隷の塗油の手つきを久しぶりに懐かしむ。姉のように優しく気さくで、いつでも笑みを絶やさないゾバイダのことを、ファリザードは使用人のなかでも気に入っている。友達にもっとも近い存在がいるとしたらそれはゾバイダだろう。

もちろん、ほんとうに友人というわけではない。領主の娘である彼女と、対等な意識で向かい合おうとする召使いなど存在しないのだ。それは屋敷の外の市民たちもおなじことで、果物屋の主のようにファリザードを可愛がる者たちでさえ、彼女へのうやうやしさをつねに忘れたことはなかった。ファリザードもそれを寂しいとなど思ったこともなかった。

それは理《ことわり》なのだから。

彼女はイスファハーン公の娘であり、ホラーサーン公の姪であり、すなわち帝国五公家のうち二公に連なる貴き血筋の少女だ。世界最強の国であるファールス帝国の一公家となれば、異邦の小王国ごときは笑殺してのける実力と権威をそなえている。

その自分をほんとうに対等な友人として扱う者など、帝国のほかのジン族諸侯はいざ知らず、人族から出てくるはずがない——そう思っていた。

(でも、ペレウスがいた)

はじめて自分にできた人族の友人のことに考えがいたる。

(そういえばペレウスのやつ、最初からぜんぜんわたしに物怖じしてなかったな。いつだって生意気で不満げで、わたしがヘラスの悪口をいったりしたら、険悪な目付きでこっちをにらみつけていた。ミュケナイというのはヘラスでも古い都市だと聞いたけれど……だからかもしれない、あいつがあんなに強情っ張りなのは)

以前は媚びようとしないその目付きが気にくわず、身のほどをわきまえない蛮人だとしか思わなかった。だがそれは、裏を返せば気骨があるということだったわけである。

洗った前髪に手ぐしをさしいれて、顔への鬱陶しいしたたりを防ぎながら、「ふふ」とファリザードは笑った。

ペレウスに気骨がないわけはない。あいつはわたしと戦ったときとわたしを助けたときで、二回もそれを証明してみせた。とくにわたしを助けた今度のことで、父上もかれに注目するようになるだろう——

浮き立つ気分でいたファリザードだったが、はたと気づいたとき手が止まった。

（ペレウスが父上に認められることで、なんでわたしが上機嫌になる必要が）

髪を後ろにかきあげた姿勢のまま彼女は黙した。頭上から小鳥の声がとどいてくる。

ややあって、ファリザードは水をすくって美貌を洗った。顔が熱かったのである。

（あいつは友達、友達だ）

友達が評価されるのがよろこばしいのは当然ではないか、と思いこもうとする。だが心はその片端から転々として妙な連想にかたむいていく。

（……この先も友達というだけで、すむのかな……）

連想はゆえのないことではなかった。ファリザードは父親から言われている。館に滞在するヘラス人《ヘレネス》の上流階級の子たちのなかから、相手を選びなさいと。そもそもファリザードがこうして砂漠に出てきているのは、単に父親のイスファハーン公に怒られてすねたからではなく、

（ヘラスとの戦で、主戦派である伯父御がとうとう兵をあげて前線へ出るべく西進してきた。だから和平派の父上は、焦ってすぐにでもわたしをヘラス人と結婚させて和睦を演出しかねなかった）

そのゆえに、彼女はイスファハーンの市壁から飛び出したのだ。意に沿わぬ結婚の可能性から逃げ出すために。けれど砂漠行がこんなことになってしまった以上、もはやわがままにふるまえる段階ではない。イスファハーンにすぐにでも帰らなければならない。

つまり、こんどこそ結婚と向き合わざるをえない。

ではもし現在、選択を迫られて真剣に考えるとしたら。どうあってても選べといわれたら。

だれを選ぶかはもう問題ではなかった。そんな段階はすっとばしてしまった。

（いま選ばされたら、わたしきっと、あいつを）

ヘラス人との結婚といわれたら、いまではひとりの顔しか思い浮かばない。しかも、かならずしもいやいや選ぶというわけでもない。困ったことに、かつてこの結婚話に抱いていた嫌悪感は、心のどこを探してもみつからなくなっていた。

ファリザードは瞳を伏せ、動揺を押し殺すようにつぶやいた。

「ほ……ほかのヘラス人を選ぶよりはましだもの。そうだ、いちばんましだからだ」

無理に結婚させられるなら、「友達」を選んだほうがまだしもだからだ。ファリザードはそう念じて、あるひとつの予感をどうにかふりはらおうとしている。それはもうほとんど確信なのだが、
ファリザードはせめてもの抵抗をしたいのだった。

脱いだ服を泉にひきこんで、じゃぶじゃぶと乱暴な手つきで洗う。

「人族となんてありえないんだからな、本来」

自分にいいきかせるように口にだして、

（……でも、宣告《ホクム》のことがあった）

ファリザードはそれを思いだした。

〈黄金の薔薇と黒い剣、ふたつの公家をかけあわせ、産まれる子がもし姫ならば――……〉

彼女の頭上には、生を受ける以前にジン族の古老にかぶせられた宣告の影が常にある。

その話をファリザードは父に教えられた――ヘラス人使節たちを館に迎えるときに、結婚話の前

振りとして。

かつてイスファハーン公の屋敷に呼ばれた古老は、歓待を受けたのちに礼として三つの宣告を下したという。女児であったならば、といいおいたのちに、

〈命を分けた親の血に濡れる……アーダム《人族》の子に鍵を渡す……いまある争いのかたちを終焉させる因となる……〉

あのとき聞いたのは、こうだったような）

記憶をたどってファリザードは一句一句を脳裏で確認した。

親の血にまみれる——イスファハーン公が怒ってその古老を追い出したにもかかわらず、不幸にもひとつめの宣告は実現した。ファリザードの母は産褥《さんじょく》によって腹の子を産み落とす前に死亡した。やむなく刃物によって胎を裂き、その血のなかからファリザードは現世へと出てきたのだ。

その事実をイスファハーン公は娘に明かしたのである。のこりふたつの宣告もまた実現するだろう、と。

けれど、ファリザードは信じなかった。というより、頭からはねつけた。それを口実として父親が彼女をヘラス人と結婚させようとしているとわかったときに。

あるいは口実ではなく本気で父はそう信じていたのかもしれない。最愛の妻であったファリザードの母を失って以来、イスファハーン公が神秘主義への傾倒を強めたというのは有名な話だったから。それを思うとファリザードも父を可哀想に感じたが、やはり娘を人族と結婚させようとするのは行き過ぎだ。

ために「そんなうさんくさい宣告、古老が適当なことをいったに決まっています」ファリザードは抵抗したのである。だがいまは……

「でたらめにしか思えなかったけど、案外、当たるのかな」

頬を染めてファリザードはぽつりといった。

もし彼女がペレウスと結婚し、それによって、戦ってきたヘラス諸都市と帝国の両文明間に平和がもたらされるのであれば、一挙にのこりふたつの宣告も成就するのだ。

しかし問題がある。

ふたつめの、「人族に鍵を渡す」という宣告――ファリザードはますます肌に血をのぼらせた。鍵を渡す。それはほぼ確実にあのことを指しているのだろう。要するに伴侶になることであり、同時に肉体上の契りを交わすことでもある。そのことはジン族においては完全に同列であり、「女が男に鍵を渡す」というのだ。

なぜそのように言うかといえば、それは子をなすために子宮錠《ラヘム・コフル》の解錠を許すことだからだった。服を延々と揉み洗いするファリザードは、赤面を止まることなく進行させていく。羞恥心を胸中に抱えこめず、とうとうだれに聞かせるでもなく虚空に向けて話しかけはじめた。

「や、やっぱりそんなことまだ決められないな。うん、ペレウスはいいやつだけど、ほら、ジンと人のつがいなんてどう考えても変じゃないか」

ヘラス人に対する蔑視は、いいかげんに捨てようと思いはじめているが――だが何人以前に、かれは人族なのだ。人族との婚姻など、彼女が妖王《マーリド》の娘でなくただのジン族であったとしても通常はありえない話だ。昔のように侮辱と感じて目もくらむような怒りを覚えることこそないが、真剣にその可能性に向きあってみても、やはりまだ戸惑わざるをえない。そういうことに自分ではしておきたいファリザードだった。

「そうだ、ほんとうなら相手は厳格に選ばなければならないはずなんだ。イスファハーン公家は征服時代以前からあまたの英傑や覇王に妃を提供してきた家として、結婚に関してはほかの氏族より伝統と格式を背負っているんだぞ。和平のことばっかり気にして、父上はそのあたりのことを軽くみすぎているんだ。いまだってすでに、娘を差しだそうとしている弱腰の妖王といい笑いものになっているじゃないか。軽々しく古老の宣告にふりまわされるなんて、わが家の名誉というものをなんだと思って……

………でも、ほかにどうしようもなさそうだし……

こうなったら、あきらめて親孝行してみるのもいいかも……

そうだな、百歩ゆずるとして、せめてペレウスのほうから求婚してくるなら、それなら考えなくもないかもしれないけれど」

ファリザードは言い訳じみた口調で、途中からつぶやきの内容をそれまでと真逆の方向に変えた。ぽーっと水面をみつめて胸の前で手をもじもじさせる。結果として揉み洗い中の服がごしごしこすり合わされる。

「うん、あっちからどうしてもって求められたなら、よく考えてから返事する。それにしよう。そういう条件ならなんとか。

とにかく絶対、結婚のことはあっちからいってもらわなきゃ」

そうでなければならなかった。彼女は薔薇の公家のファリザード、広大なファールス帝国でもっとも価値の高い女児なのだから。人族の伝説の王スライマーン・ブン・ダーウド級の人物ならまた別だが、いくら支配階級だろうと小国の人族ごときにこちらからやすやす嫁いだりすれば沽券にかかわるのである。

「それに、男から求めてくるのが正しい作法なんだから。手順はきちんと踏んでほしいし」

揉み洗いの摩擦が加速した。人族のことはよく知らないがジン族では古来、男が求め、女がそれを許して「鍵を渡す」ことで伴侶となる。今日では形式と化している面もあるが、やるなら正式に踏襲してほしい。そうやって求婚されたなら――と思考を続け、

(そうなったらその、ペレウスの体面を傷つけたら悪いし、父上に外堀を埋められてしまっているんだから娘としては為すすべもないし、これはもうしょうがないんだと世間にも親族にもわかってもらえるだろうし)

もじもじごしごしと洗われて、最上級品である絹胴着の繊細な刺繍が、無残にもすり切れそうになっていく。

しかし、その手の速度は急におとろえはじめた。彼女は洗っていた服を水面に手放し、服が水底にゆるゆる沈んでいくのをみつめた。さきほどとは打って変わって、心も腕も鉛と化したようにファリザードは肩を落とした。

「……ばかみたいだ、わたし」

（体面も矜持《きょうじ》も捨てきれないけれど、それよりも、ペレウスに正面からわたしを求めてほしいって思ってる）

「こんな考え、『友達』相手のものじゃない……」

自分の心がどこへ向かおうとしているのか、彼女は理解したのである。ファリザードは認めた――かれに惹かれだしているのは、わたしのほうだ。

「ジンが人に懸想するなんて、こんなの、いい恥だ……」

押しつぶされそうな声をだし、少女はきつくまぶたをつぶった。

もう一度、冷たい水を両手にくんで顔面に浴びせる。それでもなお、顔も頭の中も熱かった。赤熱した顔をおおって、泉のなかで立ちすくむ。自分の胸の高鳴りが大きく聞こえた。愁いと艶のいりまじるため息をついたのち、

「あっ……そうだ」

はっとしてファリザードは下腹をみおろした。

つかの間の緊張ののち、ファリザードは安堵したような肩透かしを食らったような複雑な心情を味わった。へその下の褐色のすべらかな肌にはなんの兆候も浮かんでいなかった。

（子宮錠の妖印《ようい ん》は出てきていない）

張りつめた精神が一気にゆるみ、反動で虚脱感がおとずれる。なにごともなかった下腹を無意識に指でなでながら、少女は思った。いずれにせよひとつは確実に喜べる。子宮錠がまだ表れていないならば、『鍵を渡す』ことで悩む必要はすぐにはない。

ジン族の少女の胎が赤子を宿せるようになったとき、血の色をした紋様が肌に表れる。その妖印《よういん》を子宮錠という。

まだ胎の準備がととのわない子供であるうちは子宮錠は表れない。逆にいえば、妖印《ようい ん》が浮けばその娘は妊娠できるようになったということだった。子宮錠は通常、体が成長すれば自然と浮いてくるものだが、そうでない場合も多い。

ジン族の少女がはじめて男性に魅力を感じ、かれを慕い欲したときに、誘発されるようにそれは出てくる。つまりは、初恋と連動して子宮錠は浮き上がるのだ。かならずそうなる。——予期せぬ妊娠の可能性を徹底して阻むように。

そしてファリザードは、話には聞いていたが、これまで子宮錠が表れたことはなかった。

見るかぎりいまも表れていない。その事実を頼りに、少女は最後の悪あがきを試みた。

(子宮錠がでていないならわたしのこの感情は、恋ではないってことだ……そうか、ほんとうにあいつを好きではないのかも)

ペレウスに対する感情がほんとうに恋かどうか、ファリザードには確信がもてない。

なにしろ初めてなのだ、こんな想いは。

(きっと、ちょっとのぼせちゃっただけなんだろう。しばらくのあいだふたりきりで危地を旅してきたのだもの。そういう状況では錯覚が起こりやすいと聞くし)

たしかにかれに笑いかけられるといまみたいに顔が熱くなるし、かれの声を聞きながらそばにいるだけでも不思議に満ち足りた気分になるし、夜寝るときなどにくっつかれるとどきどきと心臓が破裂しそうになるし、眠るかれに不意打ちで抱きしめられたり顔を近づけられたりすると胸が苦しくなってぼうっとしてしまうが――

（……恋じゃあないだって？）

ではこれはなんなのだろう。早鐘をうつ心臓。肌の火照り。ペレウスに抱きしめられた感触を呼び起こすように、自分の胴をぎゅっと抱いた。目を閉じても、あいつの顔ばかり浮かぶのは……

（――――え）

瞬間、それがおとずれた。

最初は、水銀が血管を流れたかのような突発的な悪寒だった。ついでそれまでもうるさかった心悸が乱れた。はねあがり、胸を内側から壊そうとするかのように暴れ、胸苦しくなり、

「あっ!?」

雷が流れたようなびりっとした刺激が脊柱に走る。それから肌の表面に強烈な痛みが生じ、ファリザードは苦痛の声をあげて上体をかがめ、下腹に手をあてた。その押さえている部位を見て目をみひらく。

「うそ、そんな」

じわじわと赤い紋様がへそ下に浮かんでいく。肌染料《ヘンナ》を使われているかのように。あるいは、炎の針で皮膚の内側から文身《いれずみ》をほどこされているかのように。

「こんな、いきなり、こんな……来るなんて……」

熱い。汗が噴きでる。寒い。総身がわななく。蛇のような鎖が体の芯に巻きつき、ぎりぎりと締

めつけている気がする。自分の肉体の内側が永遠に離れない鎖に縛られていくのを、ファリザードは呆然としながら耐えるしかなかった。

少女の内側で渦巻いた——泣きたい気持ちと苦痛へのおののきと、恐怖と狼狽と底の底にある歓喜が。

血の色をした六芒星が、下腹に鮮やかに浮かびでていた。


沐浴の爽快感に、ペレウスは深々と満足の息をもらした。垢と脂をできるかぎり落としきったところである。全身の力を抜いて、ぷかりと岩のプールにただよい、上方を見上げる。木々の葉のすきまから濃青の空がのぞいていた。谷間を渡る熱く乾いた風すら、濡れた肌にはここちよい。

ファリザードのおかげだ、とかれは浮かびながら思った。

ここまで彼女が計画した通りに進んできたのだ。砂漠では急ぐときもただ急げばいいというものではない、かれはこの数日でそれをファリザードから学んだ。

水の残量とルートと移動速度についてファリザードは細心の注意を払っており、水を飲む時間や飲む量までを事細かにペレウスに指図してきた。

今日、ちょうど革袋の水が尽きた数刻後に泉にたどりつき、その指図が正しかったことは証明された。……いや、いくらか水に余裕をもって着いたほうがいいに決まっているが、誤差の範囲だろう。

（正しい道をたどっているか、いかに飲むか、いつ休むか……ぜんぶ「計画と効率」なんだな、砂漠では）

騎獣をふくめて自分たちがどれだけ水を必要とするか計算し、水を確保できる道を知っておき、つぎの水場への距離にあわせて水の消費量を調節しなければならない。そこに加えて体力の限界や、賊や猛獣を避けることを、ファリザードは可能なかぎり計算に入れていたのである。

（性格的には素直で単純な子だけれど、計画的思考の緻密さは、同年代のヘラス人上流階級なんか足元にも及ばないぞ。僕は彼女からも吸収しないと）

ファールス帝国の軍は兵站《へいたん》にすぐれるというが、その理由がわかった気がする。砂漠渡りには否応なしに計画性が必要なのだ。

（帝国はやっぱり、侮っていい相手じゃない。うかうかしているとヘラスは、物量の差だけでなく人材の質でも負けかねない）

イスファハーン公家は軍事にうとく、兵は弱いときく。内陸部にあって外敵と領土を接せず、ほかの諸侯に守られて平和を満喫してきたためであろうが、おそらく五公家のうち最弱であろう。そのイスファハーン公家でさえじゅうぶんに潜在的な脅威であることを、ペレウスはファリザードを通じて思い知った。

まして、ヘラスと領土を接して戦いつづけてきた西辺のダマスカス公家や、帝国最強の軍を擁する東辺のホラーサーン公家となれば……

（でも陸上に限ればの話だ。こと海上を舞台とするなら、ヘラスはこれまで帝国に負けていない

ぞ）

というより、ヘラスが滅ぼされなかった理由はその一点に尽きるのだ。帝国の支配者であるジン族は、不思議なことに水浴びは好きだが泳げない体質だ。船に乗ってもたちまち体調をくずし、一刻すらも耐えられないという。帝国の人族からなるその水軍もさほど練度は高くない。対してヘラス人は、歩くより先に帆をあやつることを覚えるといわれる海の民だ。

陸上戦だけであれば、ヘラス諸都市は連合してかろうじてファールス帝国の一公家と互角というところであろう。だがヘラスと帝国との間には海水の防壁と諸都市の海軍が横たわっており、それこそがヘラスを守ってきたのである。

「砂漠にあっては水は命、か」ペレウスは泉にたゆたいながら、足を動かして宙にしぶきを蹴り上げた。「僕らヘラス人にとっても、別の意味で水が生命線だな」

けれどその優位もいつまで続くだろうか？　十字軍の主戦力であったヴァンダル諸王は故国に逃げ帰り、ヘラス・ヴァンダル同盟は大きく弱体化している。

そこへきてファールス帝国側では、帝国中最精鋭のホラーサーン公家軍が、最後の十字軍国家を攻略するためあらためて西進をはじめているという。かれらがダマスカス公家に加勢して十字軍を片付けたのち、余勢をかってヘラス征服にまで乗り出せば……

厄介なことになる、ではすまない。第三次ファールス戦争とヘラスで呼ばれているこの戦いはもはや終わったも同然である。

落ちてきた水滴が顔を打つ……ペレウスは深刻に眉根を寄せている自分に気がついた。

（違う違う、戦うことから考えてどうする。これからは和平を結ぶことを優先するんだろ）

ホラーサーン公家軍が対ヘラスの最前線に出てくる前に、イスファハーン公家のとりなしによって帝国と和睦すればよいのだ。聞くところによるとスルターンは、十字軍については最後のひとりまで滅ぼすことを唯一神に誓約したという。が、ヘラス相手には妥協する考えがあるらしい。

（たぶん、これが最後の機会なんだ。ヘラスを破滅から救うための。

ファリザードを助けておいてほんとうによかった。彼女も手伝ってくれそうだ）

もし平和がもたらされたら、十字軍が来る以前はそうであったように、ヘラスと帝国の両文明間に交流が戻るだろう。旅行として気軽に行き来できる日もくるかもしれない。

そうなったら、と口の端に微笑をきざむ。

好きになったファールス人たちにまた会える――いまのところイスファハーン公、ファリザード、それにゾバイダの三人だけれども。

（そうだ、ゾバイダ。イスファハーンに戻ったら、できた最初の自分の時間で真っ先に彼女に会いに行こう）

ペレウスは頬をゆるませた。これまでのところ、かれとそのオリーブ色の肌の奴隷娘との関係には、なんら進展はみられない。

サー・ウィリアムとの剣術修行があった期間は、正直なところそちらが楽しくてたまらず、興味と体力のほとんどを修行にそそぎこんでいた。日暮れて屋敷に戻るころにはへとへとであり、ゾバイダと顔を合わせる頻度は低下して、たまに会うときも語学を教えあうだけで終始した。

ファリザードの子供っぽさを笑うかれ自身も、この方面ではまだまだ幼いのだった。

だがサー・ウィリアムはもうおらず、そうなるとかれの興味は武術から恋に戻ってくる。久々に彼女のとなりに腰かけて談笑したいな――と、ペレウスはあの癒される時間を懐かしんだ。新しい武術の師範はそのうち探すとして、それまではゾバイダと距離をつめることを考えていてもいいだろう。

（いまはゾバイダにとって僕は「ちょっと親しくしている異国人の賓客」くらいにしか認識されていないだろうな。よくて弟のような子というくらいか。

でも、僕はゾバイダの主であるファリザードと仲良くなったことだし、ファールス語ができることももう隠していない。これからはこそこそ会う必要はないんだ）

セレウコスとその取り巻きのやつらが冷やかしにくるかもしれないが、いまさらかれらを相手にするつもりはペレウスにはなかった。

以前は復讐にこだわっていたものだが、かれは砂漠で本物の悪党どもの悪行に接したあとだった。それに比べれば、受けたいじめなどどうしようもなく小さなくだらないことにすら思える。セレウコス本人への意趣返しは忘れたわけではないが、そんなことはほかの私事の後でいい。

「きみの主と僕とは友達になったよ、とゾバイダにいってみよう。砂漠にいるうちになにがあったのかと驚かれそうだなあ」

想像するだけで愉快だった。

胸のうちは温かかった――だが、ふと、ぶるりと震えが水面に横たわる体に走った。

(そろそろ体が冷えてきたし上がるかな)

ペレウスは洗ってある服をつかみ「もうそっちに行っていい、ファリザード?」と声をあげた。

返事はなかった。

さらに二度聞いてみて、なんの声も返ってこないことをペレウスは怪訝《けげん》におもった。ついで、不安が胸に兆した。

(なにかあったのか?)

立ち泳ぎで、彼女のいる岸辺付近がみえる位置まで移動する。

ふくらはぎまでしかない浅場にせりだした岩に、ファリザードが腰かけているのがみえた。上体をかがめて腕で腹を抱き、彼女は微動だにしていない。ペレウスは背筋が冷えるのを感じた。ファリザードの様子は妙だ——具合が急に悪くなりでもしたのだろうか。

彼女が裸であるがゆえに刹那のあいだ迷ったが、ペレウスは接近することにした。首を振ってくせのある黒髪から水をはねとばし、歩いて近寄っていく。服は岸に放って、声をかけた。

「ファリザード、どうした!　どこか——」

少女に顔を向けられ、ペレウスは言葉を止めた。

かれの知らなかったファリザードがそこにいた。震えて乱れた呼吸、哀切的に潤んだ瞳、息づいて熱を帯びた肌——それまでかれが知っていると思いこんでいた「子供」はどこにもいなかった。

彼女の泣き出しそうな表情にもかかわらず、少年がそこに感じたのは、おぼろめくような妖しい艶めかしさだった。

「おまえの、せい、だ……

おまえがいなければ、子宮錠の妖印《よういん》が浮くのはもっと後になっていたのに……」

ファリザードが懊悩のにじむ声でかれをなじる。なにをいわれているのか理解はできなかったが、ペレウスはなにもいえなかった。

「わたし、これで、赤子を宿せる体になってしまった……大人になっちゃったじゃないかぁ……」

わななく身を抱く彼女の腕のあいだ――その下腹に、赤い紋様が浮いているのがかいま見えた。

ペレウスは反射的に目をそらした。けれど、ファリザードのほうが体を起こす気配があった。水音がぱちゃりとかれのほうに一歩をふみだす。また一歩。

「ペレウス……わたしの初めて、人族相手に浮いちゃった……おまえがあんなに、わたしに触ったから……あんなにぎゅってするから……」

心細いのか動転しきっているのか、ペレウスのせいといいながら、足取りおぼつかなげに彼女は近づいてこようとする。

ペレウスは後じさりながら心中でうめいた。

言葉の端々から察するに、あの紋様がはじめて浮いたというのは、人族でいう初潮が来たようなものなのかもしれない――が、それがわかったところで「ではどうすればいいか」など、かれにわかるわけがない。わかっているのはかれは腰布一枚で彼女は全裸ということである。

じりじり後ろに下がりつつ、手をつきだしてかれは制止をかけた。

「落ち着いて。ま、まず止まって」

ファリザードはいわれたとおり立ち止まった。だが彼女は身を抱いて火照ったうめきを漏らした。やむなくペレウスはたずねた。

「いったいどうしたの？　痛い？」

そう聞いてまともに彼女を見たペレウスの目に今度こそはっきり、彼女の下腹の紋様がとびこんできた。六芒星だった――ファリザードの縦長のへその下から恥丘にかけて、魔法陣じみた六芒の星が鮮やかに浮きあがっていた。それは血の紅色をしてうっすらと光を放っていた。

（これは……なに？）

呆然とするペレウスの前で、ファリザードは耐えるように目を閉じてぶるりと腰をよじった。

「痛くは、ないんだ……でも、胸の奥もおなかの奥も、締めつけられてるみたい……」

彼女は隠すというより押さえこむ感じで腰の前に手をあて、無意識に両ひざをすりあわせた。濡れた全身が茹でられたように色づいて、葉漏れの光にまだら模様となっていた。芳気たちのぼる裸身が切なげにあえぐたび、ほっそりと優美な稜線を水滴がいくつも伝い落ち、ふくらみかけの胸の谷間やなめらかな太ももの上で宝石《ジョウハル》のようにきらめいた。

思わずごくりと固唾を呑んだあとで、ペレウスは愕然とした。自分が見入ってしまっていることに気づいたのだ。

（そんなはずない、これはファリザードだぞ。僕はこいつの裸や薄着姿なんか見慣れている）

男勝りで、皮肉屋のくせに単純で、意外に泣き虫で、まるきり子供の、「女の子」としてはぜんぜんかれの好みでないはずのジン族の友達。

（素肌をくっつけて体温を分かち合ったこともあるけど……そのときだって特にどうとも感じなかったじゃないか）

だが現に、はやく視線をそらせと理性が警鐘を鳴らしている。ファリザードの目覚めかけの危うい色香に、惹きこまれそうになっていた。

『美と愛、そして「多相」が薔薇のつかさどるものだ』とっさに想起したのは、彼女に聞いたその言葉だった。ペレウスは息をつめた。ではこれがそうなのか。

十重二十重に重なる花弁が象徴する、いくつもの姿のそのひとつ。

この子は信じられないほどきれいだと、ペレウスは認めなければならなかった。立ち尽くすペレウスの前で、少女の金の瞳がゆっくりと開き、茫洋とかれを見つめた。その瞳は先ほどよりさらにもやを帯び、蠱惑的にとろけていた。

「おねがい、ペレウス……わたしは……ちゃんとおまえが言ってくれたら、わたし、おまえとなら……」

盛大な水しぶきが上がった。

岸から飛びこんで乱入してきた馬の勢いに、驚いたファリザードが「きゃ」と後ろに尻もちをつく。妖しい雰囲気はその時点で霧散した。黎明号はたてがみをふり乱し、浅場で足をふみならして水をはねとばしている。狂乱に近い有り様だった。

「な――なんだ？　どうした、黎明？」

ひざを立てて浅い水底に座りこみ、夢から醒めたようにぱちぱちとファリザードがまばたきしている。ようやくペレウスもぎくしゃくと首を回して、火が出そうな顔を彼女からそらすことができた——すでに、ファリザードが尻もちをついたはずみにいろいろと目に焼き付いてしまっていたが。

「あ……きゃあああああ!?」

ファリザードが、いっぺんに理性がもどってきた様子で悲鳴をあげた。彼女はものすごい勢いで前を隠し、がばっと足を閉じた。

「見た!? 見たなっ!?」

ほとんど泣き声の詰問をうけて、ペレウスはあさっての方を向いたまま怒鳴りかえした。

「偶然だっ! 僕が意図したわけじゃない!」

「嘘でも見なかったっていえ——!」

ふたりとも羞恥が沸騰して、目を回すほどに混乱している。いつのまにかファリザードの下腹からは、あの赤い六芒星が消えていた。ぎゃあぎゃあと騒ぎ、淫靡《いんび》な風情は微塵も残していない。

黎明号が、どちらもいますぐ黙りなさいとばかりに息の荒い鼻で小突いてきた。

尋常でないその馬の様子に、肩を押されてよろめいたペレウスはけげんに思った。同じことをファリザードも感づいたようで、彼女は洗っていた服を引き寄せ「何があったの、黎明?」といいながら水中で素早く身に着けはじめた。同時に耳をぴんと立て、鼻をくんくんと鳴らす。

その顔色が変わった。

緊迫した表情で、ズボン《シャルワール》だけ穿いた彼女は岸にあがり……ぽたぽた水を垂らしながら、忍びやかに身をそばめて大きな羊歯《しだ》の陰に伏せた。葉を慎重に分けて、黎明号の走ってきた方角を見る。

それきり、彼女は身じろぎもしなくなった。

声をかけることもできず、ペレウスはなるべく半裸の彼女の姿を気にしないようにしながら、みずからも上陸してそのそばに這いよった。その光景を見たとき、ファリザードが動かないわけも理解した――動けなかったのだ。

酸鼻な饗宴がくりひろげられていた。

離れた木の下につないでいたラクダが、金色の獣の群れにとりまかれて倒れている。悲鳴すら漏らせないほどのどを噛み絞られていた。すべての脚とこぶと尾に、金色の獣が一頭ずつとりついていて、押さえこみながら牙を肉に食いこませていた。ラクダの腹には三頭がむらがり、柔らかい皮膚を裂こうとしていた。

虫の息のラクダの腹がとうとう食い破られると、うろうろ周りを歩いていたほかの数頭も、争うように傷口をめがけて鼻先をつっこんだ。

とっくにこちらに気づいていたのか、血をすすっていた一頭の牝が顔をあげてペレウスたちを無感動に見つめた。赤い粘液にべとつく鼻面、むきだされる牙――

だが目先の獲物にとりあえず専心することにしたらしく、その牝は仲間とともにラクダの腸を引き出しにかかった。

「ライオンの群れだ」

慄然とつぶやくファリザードの表情からは血の気がすっかり失せていた。自分の顔もそうであろうことを、ペレウスは疑わなかった。

獅子《シール》の峠

「わたしの誤算だ。わたしは大ばかだ。〈獅子の泉〉のある道を避けただけで獣については安心し、あとは賊のことしか心配しなかった」

ペレウスを自分の後ろに乗せ、岩だらけの谷間に黎明号《サハール》を走らせるファリザードは、ずっとこの調子でみずからを責めていた。

「賊どもは、獅子の泉のほうでわたしたちを探したに違いない。すみかを荒らされたライオンたちはそれでこっちに来たんだ」

「ライオンたちは、人間がいなくなるまで獅子の泉から一時退散するだけという話じゃなかったのか?」

ペレウスの疑問――彼女をなじる意図でいったわけではなかったが、ファリザードは悔いても及ばぬとばかりの苦渋にまみれた声で答えた。

「……あの賊のやり方だ、ペレウス。泉に塩をまいて妖しい力の出口にしていたろう。きっと獅子の泉でもそれをしたんだ。飲めないオアシスでは獣は生きていけない。ほかの水場へと移動するんだ。

そうなることに考えが至るべきだったのに! においに敏感なラクダに、もっと周辺をかぎまわらせておけば……」

「考えたって、この場所を通るほかにどうしようもなかっただろ。地形的にさっきの泉は迂回できなかったんだから」

ペレウスは彼女をなだめた。

谷の両側には、さながら両翼のように山脈がそびえている。赤い土と大岩ばかりの不毛の山地であり、本格的に迂回しようとすれば日数がかかるうえ、いまは賊がいるであろう獅子の泉にまで近づいてしまうという。また、水なしで山地を越えようとするのがいかに愚行かはいうまでもない。泉のあるこの峠道しか選べなかったのだ。

「いまは手綱に集中しなよ。黎明が足に怪我でもして動けなくなったら困る」

山間にひとすじつけられた峠道といったほうがいいこの谷間の道は、曲がりくねって岩が多く、まちがっても歩きやすい道ではない。そんなところでふたり乗りの馬を走らせるファリザードの馬術はたいしたものだが、限界はある。ゆるやかな勾配とはいえ、足元の荒れた坂道をかけのぼる黎明号の息は徐々に上がりつつあった。

まだ下り坂にもなっていないのに荒い馬の呼吸に、懸念と胸の痛みがつのった。

(僕を乗せていることが黎明の負担になっている。僕の体重は、ジン族のファリザードより倍以上も重いはずだ)

そのことをなるべく意識すまいとしながらも、ペレウスはファリザードに提案した。

「馬を壊してしまっては元も子もない。すこし速度を落としてはどうだろう」

が、ファリザードは「いまは無理をさせても、一刻もはやくこの谷間を抜けなきゃだめだ」ときっぱりいった。

「ライオンの群れがいったいどのくらいこの谷に逃げてきたのか予想もつかない。ラクダを喰い殺したあの群れだけならいいが、あれ以上いたらまずい。

ぐずぐずしていれば日が落ちる。その前になんとしても峠を出なければ……移動してきたばかりのライオンたちが、白昼から狩りを行うほど飢えているなら、夜にはもっとひどくなる！」

夜——本格的な狩りの時間。

ペレウスもライオンの習性をある程度知ってはいた。古代にはヘラスにもライオンが生息していたため、文献が残っているのだ。少年はかつて、生まれ育ったミュケナイの王宮で、百獣の王についての記述を目を輝かせて読みふけったのである。幼いころあこがれていた動物なのだった。

その野生のライオンに今日、邂逅《かいこう》をはたしたわけだが、自分が狩られかねない状況では童心にかえるどころではない。

（そういえば、たしか文献には「同じ群れをつくる獣でも、犬や狼とライオンでは好む狩りの手法が違う」と書いていたような）

狼は何日かけても執拗に相手を追いつめるやり方をすることが多いが、ライオンは……

「ファリザード、ライオンは猫といっしょで身を伏せて獲物に忍び寄るっていう。大岩や地面のくぼみや頭上にものあるところにはなるべく近寄らないで」

注意をうながしてから、ペレウスは馬鹿なことをいったと気がついた。ところによっては幅が四ガズもない細い谷だ。危険な場所を避けようと思って避けられるものではない。

ファリザードがかれをちらとふりむき、うなずく。

あいにく警告は少し遅かった。

一頭のライオンがいきなり、前方に生えていた山ぶどうの木陰からとびだした。飛鳥の影のように低い姿勢で地を疾駆し、そいつは牙を剝いて見る間に距離をつめてきた。ファリザードが息をのみ、恐懼《きょうく》にとらわれた黎明が急停止してさおだちになった。鞍の後ろに乗っていたペレウスはぐらりと揺れて身が浮くのを感じた……宙に投げだされていた。

「ペレウス！」

自分の名を呼ぶ彼女の叫びがいやに明瞭に聞こえた瞬間、肩から大地にたたきつけられた。サー・ウィリアムに投げられた肉体の記憶がとっさに受身を取らせ、さいわいにして頭や腰を強く打つことはなかった――が、体の下になった右手の小指と薬指に激痛が走った。

（起きなきゃ――）

痛がっている暇はないと身を起こしたとき、獣がかれへとおどりかかってきた。

だが爪がペレウスにとどく寸前に、そのライオンの延髄を矢がつらぬいた。声もあげず兎のようにとびはね、地面に落ちたときにはライオンは絶命している。まばたきのうちに手綱をてばなして弓へと持ち替え、ファリザードが放ったのだった。

あざやかな弓術を示しながら、彼女の呼吸は動揺によって黎明と同じくらいに乱れていた。肌にべっとりと冷や汗をかきながら、彼女は早口にうながした。

「はやく乗って！」

いわれるまま鞍に手を置こうとして、再度指に走った痛みにペレウスは思わず「あっ」と声をあげた。馬に乗りあがるのに失敗し、反射的に痛む指をつかむ。

愕然とした顔になったファリザードがたずねてくる。

「手が痛むのか？　まさか骨が？」

ペレウスはじんじん火がついたように痛む指をみつめた。胸に引け目と情けなさがこみあげた。

（なんてことだ、こんなときに手負いになってしまった。この右手、刀を全力で振るえるだろうか。ライオンがそばに来たら〈七彩《ハフト・ランギ》〉をとって斬りつけるくらいが、僕のできることだと思いさだめていたのに）

せめて僕の得意な左手使いの円盾があれば。……いや、盾の重さのぶんだけ黎明が疲れてしまうか、とそのような思考をぐるぐる脳裏にめぐらせながら、ペレウスはファリザードに答えた。

「突き指だ、骨は折れてないと思う――まだいる！」

岩角を蹴り、断崖を跳躍しながら、一頭のライオンがファリザードの後ろの崖をかけおりてきていた。かれの背後の崖からも一頭の咆哮がせまり、ペレウスは総毛立った。（はさみうちにされた）と頭に浮かんだ。

ファリザードは、今度は慌てなかった。猫じみた手の速さで彼女は矢をつがえた弓を上げるやペレウスの背後に放った。

ついで吊り革で背負った矢筒から抜く手もみせず矢を抜く――つぎの一撃がすさまじかった。

彼女は馬首をめぐらせるのではなく、自分の腰を柔軟にねじって、完全な真後ろへと矢を発したのだ。黎明の背後に迫っていた雄ライオンの赤い口に矢が吸いこまれた。

苦痛の猛りをあげてとびはね、転がり、ライオンはのど深く刺さった矢の矢羽を前足でおさえて抜こうともがいた。それから徐々に動きを弱めていった。ペレウスは肩ごしに自分の背後を見た。急所を一撃で射ぬかれた牝のライオンが、力の抜けた体を崖のなかばに横たえてずるずる滑り落ちてきていた。

（すごい。戦場ではヘラス・ヴァンダル連合軍は、さんざん帝国の騎馬弓術に苦しめられたというけど……）

ことに真後ろへ放った一撃は、「ファールス人の背面騎射」として名高い秘技であろう。ペレウスが落馬していたのはこうなるとよかった。あの技は後ろに誰かがいては使えなかっただろうから。

そこまで考えたとき、ペレウスはうすうすわかっていたことをはっきり悟った。

（僕は邪魔になるだけだ）

弓術、馬術、刀術、すべてファリザードのほうがかれよりずっと巧者である。

それならば……

下馬したファリザードが、〈七彩〉を抜いてライオン三頭にとどめをさして回っていた。矢はちょうど三本しかなかったのである。

雄ライオンののどに手をつっこんで最後の矢を回収すると、彼女はペレウスへむけて手短にいった。

「鞍にのぼるんだ。わたしが下から押しあげるから」

「いや、いい」

ペレウスは彼女に背をむけ、ライオンのとびでてきた山ぶどうの木へと近寄った。それは年経た大木で、こずえは高く、枝が幾本も張りだしていた。

(やるべきことはこれだ)

かれは枝に手をかけ、息を吸ってぐっと力をこめ、身を引き上げた。足を太い枝にかけてつぎの枝に手をのばす。右手の薬指と小指が猛烈に痛んだ……が、手をのばすたびかならず訪れるとわかっている痛みを覚悟するなら、右手も七割程度の力を使えるようであった。

「なんだ? ペレウス、なにをやってる?」

とまどいの声を背に、脂汗をにじませてじりじり上がっていった。指は腫れはじめていたが、ペレウスは奥歯が砕けそうなほどかみしめて耐えた。とうとう体を木のてっぺん近くへとおしあげたとき、ファリザードの心細げな声が下から届いた。

「高いところから見たって地形が複雑だから、ライオンがいるかどうかははっきりわからないと思うぞ……怪我した手では危ないから降りてこい」

息を切らせながらペレウスは葉のあいだから顔をだし、おろおろしている彼女を、笑いもせず感慨をこめてみおろした。この子のこんな表情、前には決してみられなかったな、と思った。

「僕は残る」

告げると、ファリザードの瞳が大きくみひらかれた。かれのいった意味をはかりかねるように、彼女は「なんだって?」といぶかしげな声を出した。ペレウスは手早く説明した。

「僕がいなければ黎明の負担は軽くなる。きみはいそいで峠を走りぬけろ。そのあと、村から助けをよこしてくれ」

「ばか！」かれの真意を理解したとたん、激高するようにファリザードは叫んだ。「ふざけてる場合か！　下りてこいっ、はやく後ろに乗れ！」

主の動転が伝わったように、黎明が足踏みした。もの狂おしげにかつかつと馬蹄が鳴る。

「ふざけてなどいないよ」噛んで含めるようにペレウスはしっかりいい切った。「馬術弓術に長けているのも、道を知っているのもきみだ。ここから逃げるとき、僕がいなきゃならない必要はどう考えてもない」

「必要!?　そんなことどうだって……！」

「僕はジン族のきみよりずっと重い。無理にふたり乗りでいけば、さっきみたいに黎明の動きが鈍る。獣の襲撃があった場合に機敏に対応できず、もろとも死ぬ確率が高くなるだけだ。

きみと黎明がこの峠を突破し、僕は助けをこの樹上で待つ。そのほうが合理的だ」

だが、彼女は納得せず声をうわずらせた。

「村まで本来なら二日の道のりだぞ！　馬を飛ばしに飛ばしても丸一日かかる、戻ってくるまで往復で二日だ！　そのあいだこの谷間にいるつもりか！」ついで、約束をたがえる不実を責める台詞。

「昨夜、わたしとおまえとでイスファハーンに帰ろうって話したじゃないか！」

「……帰れるよ。あのとき、きみはこうもいったろ。『少しでも、生の可能性が高いほうに賭ける』って。このやり方が、ふたりで生き延びられる可能性がもっとも高いんだよ、ファリザード。

こっちの心配は無用だ。きみがやらなきゃならない峠の突破にくらべれば、何日か木の上で待つほうがずっと簡単なはずだ。行くんだ、ほら」

こんどこそ、ペレウスはファリザードが納得しただろうと思った。彼女が黎明に乗って駆けだすのを見送るつもりで待つ。

ファリザードは——動くことなくとどまっていた。その瞳は琥珀の鏡のように呆然とかれを見つめている。失うことへの恐怖がそこにありありと浮かんでいた。

怒鳴り声から一転し、小琴の弦が細かく震えるようなかぼそい声で、彼女は拒んだ。

「だめ……いやだ」

「……行けったら」

「こんなのはいやだ……おまえもいっしょに行こう、ペレウス」

手を差し伸べてくる彼女に、業を煮やしてペレウスは怒鳴った。

「行けよ、早く！」

あのわからずやめ、とペレウスは木の上で腹を立てていた。

鞘におさまった〈七彩〉がその胸に抱えられている。一度登ってきたファリザードが、その名刀をかれに渡していったのだ。木のそばを離れようとしない彼女を怒鳴りつけ、なだめすかし、情理を尽くしてどうにか説き伏せた直後のことだった。

（刀を持っていけば、万一ライオンに接近されたとき役立ったろうに。弓矢は残り三本しかなかっ

たはずだろ）

だが受け取らざるを得なかった。そうしなければ先に行かないと彼女がごねたのだ。このどうしようもない強情っ張り、と途中からファリザードは泣いていた。

（強情なのはきみじゃないか。きみが逃げられなければ、どっちみちふたりとも死ぬんだぞ）

ひとしきり憤ったのち、ペレウスは蒼白な顔をうつむけた。

「……ファリザードに文句をいえた義理じゃないんだけどな、ほんとうは」

ペレウスは彼女に嘘をついたのだから。かれが優先したのは、最大限に追求したのは、「ふたりで生き延びる」ことではない。

ファリザードが生き延びることだ。

〈七彩〉の鞘をはらい、ペレウスは右手の指の腫れた箇所に刃を当ててかるく引いた。鋭い痛み。ぽたぽた血がしたたる。赤いしずくは葉に落ち、葉から木の根元に落ちていった。

（血の臭いをただよわせていよう。そうすれば、ファリザードを追いかけるかもしれなかったライオンをすこしでもこの場にとどめられるかもしれない）

それこそが、この場に残ったほんとうの理由だった。

（こうすることが正解なんだ、ヘラスのためには。ファリザードを死なせるわけにはいかない）

ファールス帝国内における和平派の重鎮イスファハーン公の、その最愛の娘――彼女を失えば、イスファハーン公は悲嘆にくれるだろう。ことによると和平交渉に傾ける熱意すら失うかもしれない。でも、とペレウスは思う。

逆にもしかれが死んでファリザードが生き延びたならば、イスファハーン公はきっと負い目を感じ、最後までヘラスのために尽力してくれるだろう。

(僕の命はたかだかひとつの命というだけだ、もし失われてもそれほど影響はない。父上だってまだ若いんだから、跡継ぎはいくらでも作れる。けれどファリザードの命は、ヘラスとファールス帝国の平和に関わるんだ)

「だからこれでよかったんだ、後悔なんかするものか」

ぶつぶつとつぶやいたのち、ペレウスは細いあごを強く食いしばった。そうでもしなければ、ひっきりなしの震えはどんどん強くなるばかりだった。

ちらと横目でみおろす。

眼下の地面で、やってきたライオンが二頭ばかりかれをじっと見上げている。たてがみも生えそろわないまだ若い雄二頭で、尻尾の先がゆるやかに左右にうねっていた。

強い好奇心。群れる習性。骨でも砕く頑丈なあご。革鎧のように固い木の幹に深々とひっかき傷を残す爪。四ガズもの信じがたい跳躍能力。

夜になっているとはいえ月が煌々と明るかったため、ペレウスはすべてを間近でつぶさに見ることができた。とりわけかれの神経を圧迫するのは、その獣の木登りの能力だった。体重が重いため山猫や豹には及ばないが、人よりは巧いのだ。

「寄るな」

なるべく高い枝に横たわり、右腕をのばして、〈七彩〉の切っ先を可能なかぎり下に向ける――みしみし枝をたわませながら登ってきた一頭の鼻先に、それを突きつけた。

牝のライオンは獰猛なうなりをあげ、前足の一本をあげて〈七彩〉を払おうとした。ペレウスにとって幸いにも彼女が叩いたのは刃のほうであったため、鋭利きわまりないダマスカス鋼は獣の足裏を傷つけることになった。

牝ライオンが怒りと苦痛の声をあげてとびおりたのちも、獣たちは木の下から去る様子をまったくみせず、底光りする瞳をペレウスに向けてそこらを徘徊している。その数はいまや二十頭にせまるかと思われた。

泉からラクダの残骸の一部をくわえてきたのか、闇のどこかからぼりぼりと咀嚼《そしゃく》の音が聞こえる。

（くそ、ライオンが木に登るのがうまいなんて文献には書いてなかった。〈七彩〉をファリザードが残してくれていなければとうに食い殺されていたな）

イスファハーン公の屋敷でも、広大な庭でライオンを放し飼いにしていた。あのライオンが木に登るところを見たことはないが、庭に姿が見えないとき、ひょっとしたら樹上で憩っていたのかもしれない。

（ここにいるのがあのぶくぶく太ったライオンなら安心していられたのに）

あれは赤子のころから飼い馴らされたうえ去勢されていた。いわば大きな飼い猫でしかなかったのに対し、眼下のライオンたちは生粋の野生だった。あばらの浮き出た体には、絞りこまれた筋肉が蔵されている。

犬や狼のように木の下で吠え立てるのではなく、沈黙してうろつきまわる。こちらに関心がないように寝そべってあくびなどしていながら、唐突に身を起こすや跳躍や木登りで急迫してくる。気まぐれで行動の予測がつかず、片時も気を抜くことができなかった。

（まだ一夜目……）

恐怖と疲弊が精神力をすりつぶそうとしてくる。ペレウスは憔悴のあらわれた表情をひきしめるように鼻にしわをよせてライオンたちをにらんだ。精一杯心を奮い立たせる。

（だいじょうぶだ、この枝はあいつらの跳躍が届かない程度に高い。よじのぼってきたら刀を突きつけてやる。眠らず追い払いつづければいいだけだ）

助けが来るまであと二日二晩。こうして樹上で耐えていればいい。

——ファリザードが無事に峠を抜けていたとしての話だが。

（それは考えるな）

最悪の事態——彼女がとうに亡き者となっている場合、いつまで耐えようが無駄になる。ペレウス自身もかならずライオンの食卓に引き出されるだろう。みずからの死に様を連想してしまう。ライオンが大きな獲物を殺すときは、のどに嚙みつき、気管を圧迫して窒息死させる。しかし、しばしば四肢の骨を嚙み砕いて自由を奪っただけで、獲物にとどめを刺さずむさぼり始めることもあるという。ライオンは好物である腸から食べることが多いため、その場合、獲物の苦しみは長時間にわたるのだとペレウスは書物で知っていた。

（考えるなったら。余計な知識を思いだすな。あのぼろぼろの書物の著者、こんな悪趣味な雑学よ

り、ライオンが木に登るほうを記しておいてくれればよかったのに）

幼年時代の思い出がつまったミュケナイ王宮の書庫――かびくさい空気の記憶に触発されて、ペレウスは故国のことを強烈に思った。

「ヘラスの神々、助けてください」

意識せず、怯えを含んだ祈りが口をついて出ていた。なるほど、祈りはこういうときにしぜんと出るのかと、ペレウスは苦い笑みを浮かべる。

木がみしりと揺れた。獣の体臭が鼻に、息づかいが耳に届く。それもこんどは、とうとう複数で登ってきたようだった。

「怖くなんてないぞ。僕の持つ爪はおまえらの爪より鋭くて長いんだから」

ペレウスは〈七彩〉を右手でにぎりしめ、下の枝にあらわれた捕食者の顔をみつめて吐き捨てた。

「おまえたちなんかちょっと大きな野良猫というだけだ」

いうや、かれは〈七彩〉をライオンの脳天めがけて突き下ろした。

避けられた。

真上からの刺突を首をひねって最小動作でかわすや、その「大きな猫」は〈七彩〉の刀身をくわえたのだ。はっとしてペレウスはライオンの口から刀を抜こうとした――が、傷をおった人の子の右手では、獣のあごの力に抗しえなかった。〈七彩〉はやすやすとペレウスの手からもぎとられ、ライオンが口を放すと木の下へと落ちていった。麻痺したように動けなくなったペレウスは、重低音の複数のうなり声をこれまでになく近くに聞いた。

（これから死ぬのか）

覚悟したときだった。

ライオンたちが一様に耳をそばだて、さっと首をめぐらせた。谷間の道の一方へと。ペレウスも気づいた。

（大勢の人間が接近してくる）

それがわかったのは、樹上からみおろす谷間の道に、松明のものらしき明かりがいくつも見えてきたからである。人の足ではありえない速度からして、間違いなく馬に乗っていると思われた。とたん、ペレウスのそばからライオンの気配があっさり消える。群れていたライオンの大半がすばやく姿を消していた。

やがてペレウスの耳に、無数の馬蹄が固い地を打つ音がとどいてきた。数人ごとに松明をかかげた騎馬の一団が姿をついにあらわす。名残惜しげにというよりは好奇心からその場にとどまっていた数頭のライオンがいたが、矢を射かけられてぱっと崖を駆け上がっていく。

「それでいい。よし、それでいいんだ」

最後の一頭を見送って、安堵のあまり変なことを口走る。体の力が抜けてずり落ちかけて、あわててペレウスは枝にしがみついた。せっかく食い殺されずにすんだのに墜死するなどたまったものではない。

ライオンたちが追いちらされると同時に、騎馬の一群のなかからだれよりも小柄な騎影が飛びできた。その一騎は山ぶどうの木の下にかけよってきて叫んだ。

「ペレウス、無事か！」

（ファリザードだ）

気の遠くなるような安堵が再度、身をつつんだ。（ずいぶん助けが早いな）というささやかな疑問も感じたが。

かれが地面に降りるや、ファリザードがマントをひるがえしながら正面から抱きついてきた。体重は軽いが勢いがついている。ペレウスはよろけて尻もちをついた。かれの胸に顔を埋める彼女の温かさと震えが伝わってきて、それが命を拾ったことを実感させた。

「しばらくは街中の猫も見たくないよ、ファリザード……」

ペレウスはげっそりと息をつき、それから、騎馬の一群に目を向けた。

ファールス人だと最初は思った。実際、砂よけの布を体に巻きつけたその格好は、ファールス風の砂漠渡りの衣装と変わりないようにみえた。けれど細部に微妙な違和感があった。ファールス風だと顔にも布を巻きつけることが多いが、かれらは顔をむき出しにしており、髪を一本の太い三つ編みにまとめて後ろに垂らしていた。

先頭にいた者がひらりと馬から下りて、大股に歩み寄ってきた。顔が月明かりにはっきりと照らされる。

隻眼の、老境にさしかかった女だった。とはいえ背筋はぴんと伸び、身ごなしは若者のごとく軽やかであったが。

「その嬢ちゃんがあたしらの夜営を見つけたのは運がよかったね、ライオンの腹におさまりそこねた坊や」

白一色の男服。左目には眼帯。ほとんど白髪と化した髪は男たちとおなじく編みこんで後ろに垂らしている。いくつもの皺の刻まれた顔。

「ま、俠気《きようき》があるのは認めるよ。蛮勇ともいうけどね」その老女は歯をむきだして唇の両端を大きくつりあげ、どこか牝ライオンを思わせる笑みをうかべた。

坊や呼ばわりで大いにペレウスは気分を害したが、ともかく相手は命の恩人である。かれはくっついて離れないファリザードの背を軽く叩いてうながした。

「この人たちはだれなのか、紹介してくれないか」

が、ファリザードが身を離すまえに、ペレウスの言葉を聞きつけた隻眼の老女は自分から名乗った。

「あたしらは白羊族《アーク・コユーンルー》、騎馬の部族さ。あたしはユルドゥズ、女だけど族長をやってる。それでこっちが、んん……まあ、連れ合いのクタルムシュ」

老女が、背後にいる背の高い男を指ししめす。ほかの者とちがって三つ編みの髪ではなく、ターバンを頭に巻いているその男は、ペレウスたちにむけて微笑んだ。

ずいぶん若いんだな、とペレウスはその男の整った顔を見て何気なく思い――目を丸くしてよくよく見なおし――最後には完全にあっけにとられた。

クタルムシュというその男は、ジン族の風貌をもっていた。

「ジ……ジン族と人族のご夫婦ですか？」

「正式な結婚はしなかったけどね」騎馬部族を背後にしたがえた老女は肩をすくめた。

## 白羊族《アーク・コユーンルー》

峠で助けられた直後、騎馬部族の野営地にペレウスとファリザードは連れてこられた。

族長のものである大きめの移動式天幕に入り、床にじかに座らされる。ラクダの乳のヨーグルトとレモン水という軽食を与えられる。隻眼の老女ユルドゥズは、そこで経緯をペレウスにざっと説明したのである。

「あたしらは部族ぐるみで傭兵稼業をやっているのさ。この谷の出口近くで夜営してたらそこの嬢ちゃんが駆けこんできて、雇われたってわけだよ」

彼女の名乗りに、ペレウスはうさんくさげに眉をひそめた。

「……傭兵？」その一言で警戒心が増大したのである。ジオルジロス率いる砂漠の賊たちもみずからを傭兵と名乗っていたことを、かれは覚えていた。

隻眼の老女はペレウスの目つきに失笑した。

「あんたが傭兵ときいてなにを連想しているのかはわかるさ。実際ひどいやつらが多いからね。だがあたしら白羊族を、すぐ盗賊に化ける寄せ集めの狂犬どもと一緒にしてほしくないね。あたしらは戦をしていないときは隊商の護衛をやったり、あたしら自身が隊商になることで口を糊しているよ」

「あ、すみません、これは失礼……」ペレウスは顔を赤くした。命の恩人相手にいましがたの態度はない。かれはきちんと立って服の埃を払い、向きなおった。

「お礼をいわせてください。僕はヘラスの都市ミュケナイのペレウスです」

「ああ、いやいや、お礼なんていいんだよ」

「そういうわけには——」

「用心棒代十万ディーナールもらえるそうだからね。笑顔と弓矢はいくらでも提供するよ」

ペレウスは礼儀をかなぐり捨てて目を剝いた。十万ディーナールといえば、砂漠の賊がファリザードの身代金で要求したのと同じ額である。それはやつらにとっては結局、油断させるための罠の一環だったが。

いずれにしろペレウスのなかで白羊族への不信感はたちまち急騰した。

「なんだってそんな額になっているんです！」

「そこの嬢ちゃんに値段交渉をもちかけたら『いくらだって払う』と快諾をいただいたんでね」

指さされたファリザードがなんとも微妙な顔になった。抗議したいが大きな声で主張ができないといったもどかしげな表情。彼女はごにょごにょと不満げにいいつのりはじめた。

「あれは快諾したという状況ではないだろう。交渉している暇がなかったから、やむなくこっちは……」

「おうおう、助けてやったのに、口約束だからとばっくれる気満々かい。イスファハーン公家で教える帝王学には信義という項目は含まれていないようだね」

「は、払わないとはいってないだろ！」

ファリザードが思わずといった調子で叫んだ。

なんでこの子はときどきこんなにちょろいんだろう、とペレウスは横で頭痛を覚えた。だが、それまで黙っていたクタルムシュというジン族の男が苦笑とともに場に割って入ってきた。

「ユルドゥズ、子供をあまりからかうものではない。

まさか本気でイスファハーン公家から十万ディーナールをむしりとる気ではないだろう」

夫の言葉にユルドゥズは「ん？」と真顔で首をかしげた。

笑顔でそれを無視したクタルムシュは、「ペレウス君だったか」と少年へ話しかけてきた。

「……はい」

「その子は敵味方判然とせぬわれわれの夜営にとびこんできた。そしてユルドゥズがはったりで出した金額を聞いてもためらいもせず、とにかく早かれと峠へひっぱっていったのだよ。

だれのためだと思うかね？」

そのジンの物柔らかな視線は、しかしはっきりとあることを伝えてペレウスの目を射ぬいてきた。

はたと悟り、ペレウスは慙愧の念にとらわれた。かれはファリザードへと向きなおり、その手をとった。突然の接触にびっくりしている彼女に確かめる。

「十万ディーナールの額を承諾したのは僕のためだね」

「あ……う……し、しかたがなかったからな……」

彼女に、誠意をこめてかれは礼を告げようとした。だがその前に、頬を染めてうつむいたファリザードが、かれの右手の傷に目を留めた。血のにおいでライオンを誘うために樹上でみずからつけた傷を。

「刀で切った傷……」

そうつぶやいた彼女は無表情になっていた。ペレウスはぎくりとして手を引こうとしたが、今度は彼女がかれの手をつかんで離そうとしなかった。

「ペレウス。自分でやったろう、この傷」

ファリザードの声は不自然に平坦だったが、瞳の奥に感情の波が荒れていた。

「やっぱりわたしを逃がすために残ったんだな」

「違う。その傷は不注意で切ったんだ」考えるより先に嘘がペレウスの口をついて出ていた。だがかけらも信じない様子で、ファリザードはかれの右手を両手のひらで包むように握った。それから柳眉をはねあげてペレウスをにらんできた。

「今度やったら、許さない」

「だから違うといってるだろ……」

ペレウスは嘘を重ねたが、その声は尻すぼみに小さくなっていった。ひるみを覚えたのは、彼女の怒りの表情そのものではなく、その裏にあるものだった。こちらをみつめる瞳、そこに溜まった涙、声の奥底にこもる哀切な懇願の響き――そこから伝わる真摯な情に気圧されたのである。右手を大切なもののように胸前《むなさき》で抱かれているのが、なんともこそばゆい。

「おうおう、初々しいこってねえ」

「ユルドゥズ。彼女はジンなのだ、こういうときは多少周りが目に入らなくなっても仕方がない」

「なんだ、もしかしてあんた嬢ちゃんを昔の自分に重ねてるのかい」

「同病相憐《あいあわ》れんだら悪いかね？　おまえもなかなか応じてくれないやつだったしな」

「あたしゃ簡単に落とされてたまるかと肩肘はってたからね。気づいてもいなさそうな坊やといっしょにしないどくれ」

背後の夫婦がささやき交わしている。ファリザードが真っ赤になってペレウスの手を離し、かれらへと怒鳴った。

「夫婦漫才はどこか別のところでやれ！」

「いやいや、あたしたちの天幕で雰囲気出しはじめたのはあんたらだよ、嬢ちゃん」

ユルドゥズが平然と返す。ペレウスはとっさにいい返せず歯ぎしりしているファリザードの袖をひいた。

「ファリザード、僕が気づいてもいなさそうって聞こえたんだけれど、何のことだろうか」

「気にする必要はない！　何でもない！　それよりっ」

ぶんぶん首をふって無理やり話題を変え、ファリザードは深呼吸した。それからいくぶんか冷静になった表情でユルドゥズをみすえた。

「白羊族は傭兵だといったな。では、わたしの護衛としてあらためておまえたちを雇おう。わたしたちを無事にイスファハーンに送り届けてもらいたい」

五日後、砂塵をまきあげて平原を進む百騎ほどの一団があった。

むろん白羊族たちであり、そのなかにペレウスとファリザードは交じっていた。目的地であった村に逗留して心身を休めたのち、イスファハーンへと帰還するところであった。

「ジンの魔法は大別すると二種に分かれる。肌の妖印《よういん》によるものか、魔具によるものかだ」

馬上のクタルムシュの講釈に、かれと馬を並べたペレウスは一心に耳をかたむけている。

この数日で、ペレウスはクタルムシュとユルドゥズの夫婦に完全に信を置くようになっていた。ことにクタルムシュには体術や役立つ知識を教わったことで、親しみと敬意を覚えはじめている。かれはイスファハーン公ムラードと同じく温和な性格のジンであった。

「まず肌への妖印《よういん》を説明しよう。

通常、それは生まれつきそなわっていて時が満ちれば浮かんでくるものだ。ただし浮かぶ時期や浮かぶ種類には個人差があり、けっして一様ではない。とはいえいくつかの定型はある。戦闘に役立つ妖印《よういん》は『変化』『大力』『隠行』などだな」

この新しい情報に、ペレウスはいたく惹きつけられた。

「大力……ですか」

（たぶん、名のままの能力だな）

失った耳のあとを撫でる。かれの左耳は〈剣《アッシャムシール》〉ことホラーサーン公アーディルの命令で、妖士《イフリート》イ

ルバルスに引きちぎられたのだ。紙でも破りとるようなたやすさで。あのときの苦痛と屈辱を思いだし、ペレウスはわずかの間だけうつむいた。さいわいクタルムシュに不審に思われることはなく、かれの話は続いた。

「また、すべてのジンの女性の持つ妖印《ようい》として子宮錠《ラヘム・コフル》の存在がある。これは封印紋の一種といえる。封印紋は、ジンが血をもちいて他者や器物へ刻むことができる妖印《ようい》だ。能力や機能を封じる」

封印紋の話題になったとき、ペレウスと反対側でクタルムシュに並んでいるユルドゥズがぴたっと鼻歌をやめた。それだけでなく、近くにいたほかの白羊族の面々もある者は表情を消し、ある者はぷっと口中のアンズの種を吐き、それぞれがなんらかの反応を示した。

それを怪訝におもったペレウスだったが、深く考えるまえにクタルムシュがたずねてきた。

「ところで、ファリザード殿からはこうしたことを聞いていなかったのかね？」

「それが、ファリザードもあまりくわしくは知らないようで」

「悪かったな、役立たずで」黎明号《サハール》にまたがって斜め前を闊歩していたファリザードがふりむき、むうっと膨れた。「父上はわたしを赤ん坊扱いして、大人になって妖印《ようい》が浮くころに詳しく教えてやるなんていっていたんだもの」

ペレウスはじろっと彼女に一瞥をくれた。

「いや、それだけじゃない。きみ、知っていることも僕には隠しているだろう。肌への妖印《ようい》で多少の知識はあったんだろ、子宮錠とやらのことは知っていたんだから」

「だ、だからそれは、未婚の娘が話すことじゃないからと以前にいったろっ！」

いまにも黎明号を走らせて逃げ出しそうになったファリザードに、ユルドゥズが「変にいかがわしいものみたいにいいなさんな」と苦笑いした。

「単になかなか身ごもらない効果があるってだけだろ。……ああ、ひょっとして、その効果のせいで他種族より子作りをかなり頑張らなきゃならないことを恥ずかしがってんのかい」

ファリザードが逃げた。

騎馬部族の馬群にまぎれこもうとする彼女の背を見送ってユルドゥズがけらけら笑う。その後ろで、呆れた視線を妻に注ぐクタルムシュと、さすがに赤くなったペレウスが沈黙している。

ふたりの視線に気づいたユルドゥズが、ごまかすようにペレウスにむけてつけくわえた。

「ジン族が淫乱だと陰口たたかれるのはそういう事情があるからだそうでね」

「はあ、その、それではクタルムシュさん、魔具のほうについても教えてください」

ペレウスの催促に、クタルムシュはうなずいた。

「魔具のほうは魔石、いわゆるダマスカス鋼が要《かなめ》となるのだ。通常の材質の器物には封印紋くらいしか刻めない。だが、ダマスカス鋼であれば、魔術紋様を刻印することによって、特殊な機能を付与することができるのだ。

きみたちが見たという、ジオルジロスの持っていた〈悪思の扉〉もそれだろう」

空間を別の空間とつなぐ力のある黒い玉のことを、ペレウスはすでにかれに話していた。忌まわしい記憶を刺激されて知らず眉を寄せたペレウスの肩を、クタルムシュはぽんと叩いた。

「ジオルジロスに出会うとは災難だったな、あの性悪な古老は前から知っている。よかろう、イスファハーンへの道中でもしあの邪教徒の一党と出会ったら、私があれに引導を渡そう」

あまりに簡単なそのいいように、ペレウスは頼もしさより先に危惧の念を抱いてつい口にしていた。

「でも……あの賊どもは一筋縄ではいきません。ヴァンダル人の重騎兵とファールス人の軽騎兵が連携して攻撃してきたんです。〈扉〉の魔法だってあるし……

とにかく気をつけてください」

が、おなじく馬に乗った老女ユルドゥズが、はんと鼻を鳴らした。

「かつては大陸に名をとどろかせていたうちの部族が、消滅寸前とはいえだいぶ舐められたものだねえ。坊や、イスファハーン領の弱っちい兵とあたしらを同列に扱うんじゃない。話を聞いてりゃその殺された兵たち、斥候の役目もまともにこなせてなかったんじゃないか。死んだのは半ば自業自得というもんだ」

「……ユルドゥズ」

いつのまにかそばに戻ってきていたファリザードが、短くとがめる声をだした。死んだ自家の兵たちを悪くいわれたことで、彼女は眉根を寄せている。だが騎馬部族の女族長は、ファリザードの顔が険しくなったことを意に介さず、ずけずけと続けた。

「おっと、ごめんよ嬢ちゃん。でもおたくの兵がなってなかったのは事実さ。

通常は最低でも一ファルサングは斥候が先行して念入りに周辺を調べるものさ。そこでもし異常が報告されれば隊を止めるのが常識だよ」

「この隊だって先を急ぐばかりで、そんなひんぱんに斥候を出しているようには見えないぞ」

「だから舐めすぎだってのさ。現在は二人一組で六組十二人、進行しながら側面や後方にまで送り出して警戒させているよ」

ファリザードのいちゃもんをユルドゥズは一蹴した。

「一定時間でふたりのうちひとりを交代させて、この本隊にいる予備と入れ替えている。そしてうちの連中は全員が斥候予備軍さ。岩や砂丘の陰をつたって、味方のあんたでさえ気付いてないくらいさりげなく、忍びやかに馬を進めることができる。敵がこちらの存在を知ってよほど警戒していないかぎり、接近を気づかれやしないさ。ましてやこっちが敵に奇襲をくらうことはありえない。

わかったかい、白羊族より優れた軽騎兵なんて地上に存在しないよ。総勢五十名ばかりの賊なんて敵じゃないね」

豪語し、ユルドゥズは「それにね」といってジン族の夫をあごで指した。

「クタルムシュが『隠行』をすでに本隊にかけてある。さきほどこの人が語っていた肌の妖印《よういん》による力のひとつさ。

上空の鳥でさえ、よほど間近に近づかないかぎりあたしらには気づかないよ」

実感がわかないがそういうものなのかとペレウスは素直に感服したが、ファリザードは驚愕の面持ちになった。

「『隠行』の力を部隊丸ごとに及ぼしているだって？　そんなことができるのか？　父上の兵士に

聞きかじったときは、個人で使う魔法だと聞かされたぞ。せいぜい身の回りの数人を隠す程度の……」

「クタルムシュは能力がけたはずれに強いのさ。『隠行』という域を超えて、『掩蔽《えんぺい》』の領域にまで昇華させたといわれるジンはこの人だけだよ」

「いや、待て。にわかには信じがたい。そんなことができるならクタルムシュ卿はスルターンの近衛隊にだって入れるはずだぞ」

「その近衛隊の長だったのさ。それをつとめあげたのち、十七人の太守のひとりに昇進したんだよ、この人は」

「うそ……」息をのんだファリザードに、ユルドゥズは感情のはかりがたい平坦な声で言った。

「太守として派遣された任地で醜聞を起こして、官職をなげうって野に下ったけどね」

「醜聞?」横で聞いていたペレウスは、そこに立ち入るべきではないと思いながらもつい聞いてしまっていた。

当のクタルムシュが朗らかに笑った。

「なに、人族の娘に求婚してしまったというだけのことさ」

「ふん、極めつけのばかな男だよ。二百年かけての地道な栄達を、それで棒に振りやがった」

ユルドゥズの声にかすかに当時の苦衷《くちゅう》の残滓がにじみ出た。複雑な想いをそこに感じとって、ペレウスたちはしんとした——が、クタルムシュのどこまでも温かみのある笑い声がそこにかぶさってきた。

「わが伴侶はいまだに惜しんでくれるが、これほど私たちの心情が乖離している件はそうそうないのだよ。太守であったときの私が何度言い寄ってもユルドゥズはつれない態度であった。それが、私が太守の地位を捨てたと告げた日のうちに求婚を受けてくれたのだ。

それで、そのときの私は踊り出す寸前だったのだが、ユルドゥズときたら対照的に悲愴な顔でね」

嚙み付くような勢いでユルドゥズが突っこんだ。

「笑える要素がどこにある！　あのとき浮かれてたのはあんたひとりだけだ。よーく周囲の顔を思いだしな。うちの連中ですらどん引きしていただろ。そのうえ、怒り狂ったあんたの一族が攻めてきそうだったので、みんなあわてて遠くの地への逃げ支度にとりかかっていただろうが」

「すまない。喜びのあまり周囲の顔はよく認識できていなかった。

ともかく太守を捨てたことに対する痛恨の念は、もっと早く捨てておけばそれだけ早く結ばれていたのにということだけだな。しかし任地におもむかねばユルドゥズに出会えなかったのだから、その意味で太守となったのは無駄ではなかった」

「へーえ。帝都の風観やらスルターンのご尊顔やら、折にふれてあれだけ懐かしげにかつての勤務風景を語っていたくせに。それでいながら失った栄光の日々に思い入れがないとでもいう気かい」

ぷいとユルドゥズがそっぽを向いた。クタルムシュが真面目な顔になって告げる。

「懐かしくはあるが戻りたいとは思っていない。

たしかに帝都バグダードの大円城の大広間において、スルターンみずからの手で太守に任じられたときの喜びは大きかった。そのときはそれが私の生涯でもっとも晴れがましい日だと思えたよ。ただしその喜びは、革の天幕のなかでおまえの夫の身分を手に入れた日に上書きされたのだよ」

かれの台詞をそばで聞かされるペレウスおよびファリザードは、さっきから熱い顔をうつむけ気味にしている。照れ隠しなのかわりと本気の辟易なのか、うんざりした表情のユルドゥズがふたりに向けてぼやいた。

「……あんたら、しっかり聞いたね？　この四十年、この馬鹿は毎日こういうこっぱずかしい調子だ。口説かれるようになったころはそりゃもう全身がむずがゆくて耐えきれなかったね。求婚に応じてやればこの歯の浮くような台詞《せりふ》が止むかと思ったが……結局、こいつが恥を知る前にあたしのほうが慣れちまったよ」

「……ごちそうさま……」

ほかにいいようもなく、ふたりは小さな声でかろうじて答えた。

## ジンの愛

「坊や。向こうで嬢ちゃんが呼んでいるよ」

ペレウスがユルドゥズに告げられたのは夕方近く、馬群が大岩の陰で足をとめて休憩しているときのことだった。意図のつかめない種類の笑みを浮かべ、彼女はさらに付け加えた。

「見せたいものがあるから、音を立てないようにして静かに歩いて来いってさ」

夕食の干したアンズを咀嚼していたペレウスは、なんだろうと首をかしげながら立ち上がった。指し示されたほう、人気のない大岩の裏側にまわりこむ。

ファリザードはそこにひとりで立っていた。彼女はかれの姿を見てどうしたわけかびくりと目を見開き、それから含羞の面持ちで顔をそらした。たおやかな少女めいたそのしぐさに、ペレウスはなぜか気後れを感じた。

彼女とふたりきりという状況はライオンの峠以来である。オアシスで見た裸のファリザードの艶めかしい風情を思い出して、ペレウスは頰を赤らめそうになった。

（あのことは忘れないと）

「見せたいものってなんだい」

たずねたかれに、ファリザードは静かにというように唇の前に指を一本たて、それからその指で離れた地面を指さした。ペレウスはそれで気づいた。彼女が示した地面の一部分が、鮮やかな赤や黄色に染まっていた。

「蝶の……群れ？」

（すごい、何百匹いるんだろう）

音もなくファリザードがそばに寄ってきて、ささやき声でペレウスに教えた。

「地下水が地表のくぼみにほんのわずかながらしみ出しているのだ。蝶たちはその水を吸っている」

いわれてみれば、じゅうたんのように地の一部を覆う絢爛《けんらん》な羽の合間から、きらきらと宝石《ジョウハル》のような輝きがのぞいていた。水たまりが夕陽を反射しているのだ。ペレウスはこの奇観にすっかり感じ入った。

「きれいだね」

「う、うん」とファリザードがうなずき、「砂漠の蝶たちは水を嗅ぎつけてやってくる。群れで砂漠を渡り、水場にこうして降り立ちながら旅をするんだ」口早に説明したのちに「……ちがう、こういう話をするために呼んだわけじゃない」とうめいた。

「じゃあ僕にどういう話が？」

「うわ、いきなりこっち向くな！　……待って、ちょっと待って」

後じさったファリザードは胸をおさえて深呼吸をはじめた。見てて飽きない子だなあと呑気にかまえていたペレウスに、ようやく呼吸をととのえた彼女は切りだしてきた。

「イスファハーンに帰ったのちのことだ」

「うん」

「……ペレウスにはなにか、この先の目的はあるのか？」

ペレウスは面くらった。いきなりそんな質問をされるとは思わなかったのである。だがファリザードは真剣な表情である。かれは「そうだね」と考え始めた。

砂漠の賊への復讐はかならず行わなければならない。重要度は格段に下がっているが、アテーナイのセレウコスへも借りを返したい。それに死んだパウサニアスの話では、セレウコスが代表する民主政都市の少年たちに対抗すべく、王政都市の少年たちが連合を組むという。ペレウス自身が盟主にかつぎあげられるという話はさておいても、まったく関わらないわけにはいかないだろう――

（けれど、それらはぜんぶ些事だ。大切な本質はひとつだけだ）

「ヘラスを守るために尽力する」

ペレウスは口にした。故国ミュケナイと、その属する文明であるヘラスを守る。それは王族であるかれの願いであり、使節としての存在意義でもあるのだ。

ファリザードは半ば予期していたらしく、「そうか。おまえらしい答えだな」とうなずいて「具体的にはどうする」と二度目の問いを発した。

「さしあたり、わが帝国とヘラスとの間の戦争を終わらせるということになるか」

「そうだな。このまま帝国とやりあっていたらヘラス諸都市は劣勢になるばかりだろうから。

正面の敵だったダマスカス公家だけじゃない。これ以上和平締結が遅れれば、ホラーサーン公の軍までが前線に来る」

ペレウスは〈剣〉《アッシャムシール》ことホラーサーン公アーディルの凍えた雰囲気を思い出して顔をしかめた。

「ファリザード、僕はかつてきみのお父上から、ホラーサーン公を評する言葉を聞いたことがある。かれはファールス帝国でもっとも偉大なジンのひとりであり、同時にもっとも怪物じみたひとりだと。そしてかれはヘラスを含む人間世界を征服したがっているのだと。

それなら僕は、かれのようなジンから故国を守らなきゃならない」

「……伯父御は、私欲のためにそうしたいわけではないんだ。かれは地上を管理するのは人族ではなくジン族であるべきだと信念をもっているから」

「私欲だろうがかれなりの正義だろうが同じだ。〈剣〉の意図が僕らを征服して管理下に置くことにあるなら、それは絶対に受け入れられない」

ペレウスはぎっと奥歯をかみしめ――所在無げに黙っているファリザードに気づいて謝った。

「ごめん。きみにいったってしょうがないことだね」かれはもどかしさのこもったため息をついた。

「和戦いずれにしろ、僕はまだ誰かに影響を与えるような力はない。偉そうなことをいっても滑稽なだけだとわかってはいるんだけど」

「そういうわけでは……」ファリザードがいいかけたが、彼女は結局それをひっこめた。彼女は少し考えたのち、ペレウスを安堵させるようなことをいった。

「ペレウス、あまり心配しなくていいと思う……伯父御が今回出陣したのは、あくまでも十字軍の根拠地アレッポを攻めるためのはずだ。現在のスルターンおよびその実家であるダマスカス公家は、ヘラスとの和平案に大きく傾いている」

その朗報にはっと息を呑み、蝶が逃げるかもということも忘れて「ほんと!?」とペレウスは彼女に詰め寄った。

「以前に父上から聞いたことだ」とファリザードはうなずいた。

「スルターンはヴァンダル人の『十字軍』どもは一掃すると決定しておられるそうだが、ヘラス諸都市には寛大なあつかいをするそうだ。『征服して管理する』よりも、『服従させて交易する』ほうを選ぶおつもりだと。損得だけ突き詰めて考えれば、ヘラス諸都市を残しておいたほうが帝国にとっても利益になるそうなのだ。

だから伯父御の目論見は実現しない。伯父御には、ヴァンダル人どもを最後のひとりまで殲滅《せんめつ》することで満足してもらうことになる。父上はそういっていた。まだ決定的ではないけれど、スルターンの意は和平にあるのだと」

「そうか、それはよかった……」

心から安堵したペレウスに対し、顔を伏せたファリザードが、「あ、あの、それで、本題なんだけれど」とにわかに口ごもった声を発した。

「本題？」ペレウスは首をかしげる。急速に余裕がなくなった様子でファリザードはいった。

「わ、わたしは薔薇の公家ことイスファハーン公家の女児だ。おまえはわたしに気安く接してくるけれど、だからといってわたしの価値を甘く見たらだめだぞ」

「……うん」甘く見るなと自己主張されてもどうすればいいかわからなかったが、ペレウスはとりあえず合わせた。こういう子だとわかっているので、気安いだのなんだのいわれてももう腹もたたない。

両手の指先をつつきあわせながら、ファリザードはもごもご何やらいい続けている。

「前に話したように、イスファハーン公家の女は本来、その時代最大の権力者や英雄、偉人に侍《はべ》る存在なんだからな。歴代のファールス帝も、イスファハーン公家の女性を後宮に輿入《こしい》れさせるよう求めた者は多かったんだぞ。伝説上の人物たちと並べられて箔がつく存在になるからな」

そうと教えられて、ペレウスはまじまじと彼女をみつめた。

「へえ。それじゃあきみもいずれ、スルターンの妃になるのか」

興味と一抹の寂しさに似た情動——友達が結婚する話ってこう感じるんだ、とかれは納得しながらいった。だが、ファリザードはがばと顔を上げ、あわてた様子で否定してきた。

「な、なんでそうなる……いや、それはない。たぶんない。後宮制度は元来、人族の作ったならわしで、ジン族には馴染まない場合がある。現在のスルターンは妃とことのほか睦まじく、見栄を張る御方でもないというから、わたしはお呼びでないと思う。と、とにかくわたしは、いまのところだれと結婚するかは決まってないんだ」

「なんだ、そうなのか」

「そうだ、そういうことだ……わ、わたしともし結婚できたらとても幸運だということがわかったか！」

目をきつくつぶったファリザードが叫ぶようにいった。

「えっと、うん……？」

話の着地点が見えず、ペレウスはそろそろ困惑しはじめている。もうちょっと要領を得た話をしてほしい——そう思ったとき、ファリザードの声に驚いたのであろう蝶群がとうとう地面から飛び立った。

幾百枚もの色とりどりの羽がいっせいに空気を打つ。一部の蝶は飛翔するときペレウスたちをかすめていった。その美しい虫たちは四散したのち、宙の一点でふたたび集まって舞い上がっていった。

だがペレウスは途中から蝶に目を向けられなくなっていた。

「ペレウス」

ファリザードのまとう雰囲気が変化していた。

あの泉で見た蠱惑的な雰囲気をただよわせる彼女がそこにいた。うるんだ視線を真正面から受け、ペレウスはう、と後じさりかけた。

彼女はいまだためらう声で、三度目の問いを発した。

「父上がヘラス人《ヘレネス》の有力者の子息たちを、使節としてイスファハーンに招聘《しょうへい》したわけを知っているか？」

「実質上の人質だろ」ペレウスは即答し、しばしためらって、「それはしょうがないといまなら納得しているけれど」

だが、ファリザードは静かに首をふった。

「それもあるが……父上のほんとうの目的はそこにはない。

わたしを、使節のうちのだれかと結婚させようとしていたんだ」

晴天の霹靂《へきれき》——ペレウスは目を点にした。そういえば以前、ファリザードが「この先、おまえと結婚しろといわれたって、しないからな」などと口走ったことがあったが……

（あれはこういう裏の事情があったからか）

思い当たるふしに愕然としているかれの前で、ファリザードがもじもじしながら続けた。

「だからわたしはおまえたちの応接役を命じられたのだ。だれに嫁ぎたいか見定めて選べと。父上はいった。ヘラスの次世代の指導層とわたしとの婚姻が、和平の象徴になるのだと」

一語ごとにはにかみ、顔をますます紅潮させながら、

「わたし……当初は、死んでもいやだとしか思えなかった。そのくらいならヘラスとの戦争が続いたほうが良いと。陛下が和平に傾いていると聞いたときは、伯父御を応援したくなったくらいだった。でも……その……いまは……結婚も、そう悪くないかもって……

つまり、お、おまえとなら……」

ここにいたって、ペレウスはようやく話の流れを悟った。心臓がはねた。

（まさかこの子、僕のことを）

思い当たったが、そんなばかなと一蹴しかける――

彼女にみつめられてそれができなくなった。ごくりと固唾を呑む音は彼女のものか、それとも自分のものだっただろうか？　この方面には敏感とはいえないかれにすらも、ファリザードの心はもう明らかだった。

勇気をしぼりだそうとするかのようにみずからの服の胸元をつかみ、

「ペレウス、前にいったことは撤回する……結婚しろといわれたら、お、応じなくも、ない……おまえにであれば、もらわれてやってもいいっ！」

しどろもどろながらファリザードはそういいきった。

そのときの愛らしくも真っ赤になった表情に、ペレウスは思考も動きも停止しかけた。くすぐったく甘く、赤く熱い困惑が、思考をぐらぐら揺さぶる。混乱のうちになんとか理性の手綱をひきしめようと試み、手を挙げて思わずいってしまっていた。

「でも僕、好きなひとがいるんだけど」

心臓を刺されたかのようにファリザードが固まった。

場が切り替わったように、死のごとき沈黙が訪れる。

残っていた一匹の蝶を、近寄ったトカゲがぱくりとくわえて飲みこんだ。

まずかったかも、とペレウスは困惑しきって口を押さえた。予想もしていなかった告白に度肝を抜かれ、ろくに考えずについ口にした言葉が「ほかに好きな人がいるから」。前向きな返事では絶対にない。

（やってしまった。もっと慎重に言うべきだった。ファリザードを傷つけたいわけじゃない）

ファリザードは不意打ちで斬りつけられたような表情になっている。茫然自失して、痛みを打ち込まれながら認識もできない様子だった。やっとのことで彼女は口を開き、震えた声をだした。

「だ、だめ……そんなのはだめだ……そんなこと許さない……」

ペレウスは、ファリザードのその言葉に悪気がないことはわかっていた。彼女はただ冷静さを欠いているだけだと知っていた。誰からも甘やかされた生まれ育ちゆえにもともと下手に出るのが苦手だということも知っていた。

それでも、「だめ」「許さない」という言葉を聞いたとき、少年は反射的に顔をそむけてしまっていた。

「――急にそういうことをいわれても困る」

自由への干渉を許すなかれ――独立を重んじるヘラス人として誇り高くあれ――故国の宮廷で受

けてきた教育が、ファリザードの言い方に反発を生じさせたのだ。

だが、ペレウスもべつに頑迷な誇りだけで生きているわけではなかった。突っぱねる口調になってしまったことを、すぐさまかれは後悔した。

(しまった、またた。なんで僕ってこうなんだ。こんな言い方することないだろう)

いまの台詞でファリザードをさらに傷つけたのは確実だった。かれはとっさに謝った。

「ごめん」

直後に、その一言が駄目押しになったことに気づいた。蒼白になっていたファリザードが、突き飛ばされたように後ろによろめいたのである。彼女は悲痛に唇をひきむすび、肩をわなわな震わせはじめた。金の瞳に涙があふれんばかりに盛り上がり、こらえながらもいまにも決壊しそうになっていく。

誤解されたことを知ってペレウスはあわてた。

「ごめっ、いや違う、泣くな、さっきのはそっちの意味のごめんじゃ――」

弁解するかれに背をむけて、ファリザードが走りだそうとした。

そこへ横からペレウスに救いの手が差し伸べられた。

「嬢ちゃん、落ち着きな。坊やは『ゆっくり考えるから時間がほしい』といっているだけだよ」

覗いていたらしきクタルムシュとユルドゥズが岩陰から歩み出てきていた。

ペレウスは余裕なくこくこくとうなずいた。覗かれたことに本来なら文句をいうところだが、いまは純粋に助けがありがたい。呆れ返った表情のユルドゥズが、二人を交互に見比べた。

「みちゃいられない。あんたら、どうもお互いの種族の事情をろくすっぽわかってなかったみたいだねえ。ま、どうせ嬢ちゃんのほうが恥ずかしくてジンの秘密をあれこれぶちまけられなかったんだろうけれど。

嬢ちゃん、あんた、子宮錠《ラヘム・コフル》はもう浮いているかい？」

いきなりの問いをユルドゥズから向けられたファリザードがたじろいだ様子をみせる。だが、ちらりとペレウスを見て、彼女は素直にこくんとうなずいた。

「浮いたのは坊やに出会ってから……いや、坊やに対して浮いたのかい？」

今度の問いにはすぐ答えはなかった――が、少ししてファリザードはむっつりと押し黙ったまま、紅潮した顔をうなだれさせるように深くうなずいた。それまでこらえていた悔し涙が下に二粒こぼれた。

ユルドゥズが「そうかい。わかったよ」とため息をつき、半白の頭髪を女性らしからぬしぐさで掻き乱した。そして、

「ちょっくらあたしが坊やに説明しとこう。嬢ちゃんのほうは任せたよ、クタルムシュ」

ペレウスのマントの肩を老女はつまんで引っ張り、歩き始めた。

「な、なんです!?　どこへ」

「いいから坊やはあたしとこっち来な」

ペレウスが座らされたのは少し離れた砂の上だった。かれの前にどっかとあぐらをかいたユルドゥズが、「覗こうといったのはうちの人だよ。お節介なんだから」とつぶやいた。

「そこをまず説明しとこうかね、坊や。うちの人があんたらにやたらと親身になるのは理由がある。クタルムシュにとったら、嬢ちゃんは同じ特殊性癖持ちのお仲間なのさ。同病相憐れむってやつさね」

「特殊性癖？」

「人族に惚れたこと」ユルドゥズはまず自分を、ついでペレウスを指さした。「人を伴侶に定めたジンは、仲間内では変わり者を飛び越えて変態扱いさ。それでも嬢ちゃんはあんたが好きだと、あんな不器用な言葉でだけどちゃんと表明したんだよ。あんたにしたら一方的に好かれて迷惑かもしれないけどね、もう少しそこんとこを汲んでやってくれないかね」

青ざめたペレウスは、ためらいがちに切り出した。

「でも、それじゃ……僕がファリザードの好意に応えたら、彼女がジンの社会で馬鹿にされることになるのでは……」

「そうだね、陰口くらいは叩かれるね」ユルドゥズは間髪をいれず断言した。「だがそれがどうしたってんだい？　一族と絶縁したクタルムシュに比べれば、嬢ちゃんは少なくとも父親には祝福してもらえそうじゃないか」

「そんな無責任な言い方っ」

「お黙り。そこらへんがジン族のことをわかっちゃいないというのさ。そのころには嬢ちゃんは同類《たぐい》に軽蔑されるより、あんたに拒絶されるほうをよほど辛く感じるだろうよ。

坊や、いまから話すことをしっかりおつむに刻みな。あんたはいま人生の岐路にいるんだよ。類まれなる幸運か、言語を絶する災厄かのね。あの嬢ちゃんを、あんたのなんだと思う？」

ユルドゥズの指したほうにペレウスは目を送り、涙を浮かべてこちらを見つめているファリザードと視線が合って動揺した。彼女はクタルムシュの話を聞きながら、悲しげにしおれてかれを見ていた。ペレウスは答えにくそうに答えた。

「……ファリザードは僕の友人です」

「ちがう。さっき答えをいったろう。あの子はあんたにとって、極めつきの幸運もしくは災いになる。あの子があんたを見初《みそ》めた以上、この先どうしてもそうなってしまう。

このファールス帝国の人族のあいだには〈ジンに憑かれた者《マジュヌーン》〉という言い回しが古来からある。正気を失った者や、恋に身を焦がすやつをそう呼ぶんだ。

忠告するが、ジンの恋心をもてあそぶとまずい事態になるよ」

「どういう事態ですか？」

「その質問に答えるために、もうひとつ〈ジンの嫉妬《ギーラ・ジンニー》〉という言葉を教えてやろう。奇怪もしくは残酷な殺され方のことを、古来そう呼びならわしていたんだよ。嬢ちゃんの想いに応えるにしろすっぱり振るにしろ、ひとつ間違えたら大変なことになるとよおくわきまえな」

顔がひきつるのをペレウスは感じた。

「……大げさでは？　僕も彼女もまだ十二歳なんですけど」

ユルドゥズは「は」と嘲るように笑い、顔をぐっと近づけてきた。隻眼にわずかに怒りの色が浮いていた。そういえばこの騎馬部族長は村にいたときファリザードとよく一緒にいた――とペレウスは思い当たった。自分とクタルムシュ以上に、ファリザードとユルドゥズは親しくなっていたのかもしれない。

「はじめて子宮錠が浮いたと嬢ちゃんはいったんだ。あんたのそばにいるうちにね。ジンの女にとっては、そうなるともう取り返しがつかないんだよ。

あんた、もしかして、時間を置けば嬢ちゃんの熱も冷めるかもしれないと期待しているかい？もしそう目論んでいるならとんだ勘違いだ。五十年で吹っ切れたならジンの恋としては短いほうだよ」

「……五十年？」

耳を疑い、ペレウスは聞き返した。

ユルドゥズは、ほうらやっぱり知らない、といいたげに目を細め、言葉をつむいだ。

「ジンは一度相手に想いを寄せると、簡単に心変わりできないのさ。五十年でも百年でも、ひとりの相手にこだわり続ける。あたしら人族の時間感覚からするととほうもなく長い時間だね。あの子の心をずたずたになるまで傷つけでもしないかぎり、あんた一生嬢ちゃんに好かれたままだよ。そうしてでも突き放したいなら止めないけどね」

「ずたずたって……」そうまでしたいわけがない。

ユルドゥズはぱちんと指を鳴らした。

「さて、次は幸運のほうの話をしてやろう。いったんこちらに惚れれば、ジンは理想の伴侶になる。

子が生まれにくいことは除いてだけどね。

……自分でいうのも照れるが、クタルムシュはあのとおり暑苦しいくらいあたしにべったりだろ？　だがね、あのくらい深く、しかも長続きするのがジンの愛なのさ。嬢ちゃんはまだ意地を捨て切れていないけれど、この先はどんどんその深みにはまるばかりだよ。愛した者を喜ばせるためならどんなことでもやろうとする。どこまでも尽くしてくれるし、けっして裏切ることはない。こっちが先に裏切らないかぎりはね。

こちらが老いようと顔に醜い傷がつこうと気にとめず寄り添ってくれるし、そのひたむきな情熱は人間の一生くらいの時間では冷めることはない。足の爪を歯で噛み切って整えてほしいとあんたが求めれば、嬢ちゃんはあんたのつま先を唇に含むだろう。そういう献身的な妻をあんたは手に入れるだろうよ」

最後の例はさすがに冗談では、とペレウスは確かめたくなった。見栄っ張りのファリザードがそんなことをするようになるなど信じられない。

しかし、ほんとうだとしたら……

「ユルドゥズさん、それって、理想というよりは……」

重い。

冷や汗を浮かべているペレウスに、ユルドゥズは渋い面持ちでうなずいた。

「何をいいたいのかはわかる。少々疲れるし、愛情にときどき胸焼けするんだよねえ。でもまあ、慣れたらそう悪くもないよ。

で、坊や、嬢ちゃんの恋にはほんとうに望みがないのかね？」

ユルドゥズが指でペレウスの胸をつついてくる。

「あんたがさっき突っぱねちゃったのは、ジン族のこういう事情を知らなかったからと思っていたんだけど。それとも嬢ちゃんがどうしても嫌いかね？」

「違います！　……でも……」

「ふんふん。後でじっくり考えてみようか。

さあて話を続けよう。あんたが嬢ちゃんを受け入れた場合、輿入れにともなって以下のものをあんたは手に入れることになるだろう。

ヘラスの平和。

それを実現したという栄誉。

小国の国家予算に幾層倍するであろう額の持参金。

以降、帝国との外交の窓口役となるであろうイスファハーン公家縁戚の立場。

ついでにいえば嬢ちゃん自身もあと十年、いや五年もすればこの地上で指折りの美女になっているだろう。いつまでも若く、あんたに心底ぞっこんの花嫁だ。子供のあんたには実感わかないかもしれないけど、美しい女を手に入れるためだけで命を賭けた英雄の話はいっぱいあるんだよ。

どう？　これだけじゃ幸運と呼ぶにはまだ足りないかい、ミュケナイのペレウス？」

ペレウスは息苦しくなった。のどをやんわり絞められているかのようだ。

ファリザードを魅力的な女性という目で見ることに実感がわかない――とはいいきれなかった。

すでに泉のときに、ペレウスは彼女が異性であることを意識させられていたのだから。

ユルドゥズがまたかれの胸をつついた。

「それともなにかい、あんたの想い人とはもう将来を誓い合っちゃったわけかい？」

「……そういうのじゃないですけど……」ペレウスは口ごもった。そもそも好意を伝えたことさえない。

「それなら、その女以外は選べないと固く決心しちゃってるわけかい？」

「そ――」そうですと続けるはずが、言葉が出てこなかった。その理由もわかっていた。

そんなこと、考えてもいなかったからだ。

黒髪のゾバイダはかれにとって、過酷な環境における安らぎだった。ペレウスはゾバイダを姉のように慕い、あこがれてはいたが、彼女へのほのかな想いをそこまで発展させてはいなかったのである。それはファリザードが自分にぶつけてきた想いとはまったく違う種類のもののように感じられた。

（僕のほうが、ファリザードより子供だったんだろうか）

苦悩しているペレウスに、ユルドゥズは首をかしげて決定的なことを聞いてきた。

「その女のことはさておいてさ、どうにも妙だねえ。

坊や、あんたはもっと果断な性格と思っていたんだけれど、やたら優柔不断じゃないか。やっぱりなにか別の悩みがあるのかい？」

もう隠してはおけない。ペレウスはやむなく口を割った。

「……宗教です」

親しくなったとはいえ唯一神の信徒であろう帝国人に話すのは気が進まなかったが、こうなれば打ち明けるしかなかった。

予想に反し、ユルドゥズは疑問も怒りも面に浮かべることなくすんなり納得した。

「そうか、やはりね」

かえってこちらが戸惑いながらも、ペレウスはさらに細かく心情を打ち明けた。

「ファリザードは帝国人で、唯一神の信徒です。以前、彼女に宗教のことを教えてもらったとき、しきたりについても聞きました。

この宗教の女性は、同じ宗教の男相手でなければ嫁げないんでしょう? だとしたら、僕は結婚の前提条件として、唯一神の教えに入信させられることになります。ヘラスの神々を偶像崇拝で多神教だと切り捨てる教えに」

ペレウスは唇を噛んでつづけた。

「ミュケナイはヘラス最古の都市国家です。とうに没落しましたけれど、神々を敬うことだけは廃れていません。代々の王は神官もつとめてきたんです。

その王家に生まれた僕が、ヘラスの神々を捨てるというのは……。それに想像もつかないんです。帝国の唯一神のまえに額づき、断食や、日に五回の礼拝を行っている自分の姿が」

「まいったね、そこまであたしらと同じじか」

ユルドゥズの慨嘆に、ペレウスは「え?」と顔をあげた。老女は曇った顔で話した。

「あたしもこの帝国では異教徒だよ。坊やに最初に自己紹介したとき、あたしとクタルムシュは正式に結婚したわけじゃないっていったろ?　白羊族《アーク・コユーンルー》は古代ファールスの炎の神を奉じていまに伝えてきた。だから、クタルムシュとあたしの結婚を認めてくれる聖職者は存在しなかったんだよ。

それでもあたしらは、お互いの信仰を尊重したままこうしていっしょにいられるけれどね……イスファハーン公家の結婚ともなると、そこらの問題を曖昧にしておくわけにはいかないか」

「はい。そうしなければ、帝国内部の反発を買って結婚そのものが成立しないと思います」

「なるほどねえ」

ペレウスとおなじく沈んだ面持ちで老女はうなずき――ふっと肩の力を抜き、一転してにこやかにいった。

「じゃあしょうがない。坊や、あんたは唯一神の教えに入信してきな」

「ええ!?」

「だって、そうするしかどうしようもないだろ。じゃあ悩むだけ時間の無駄さ。

まあ、この問題にあたしらがあまり口をはさむわけにゃいかないんだけどね、ここはあえて仮定して話してみようじゃないか。あんたが嬢ちゃんと結婚すれば、あんたの国のみならずヘラス全体が救われるわけだ」

「……結婚話はあくまでも交渉全体の一部だと思います。それがなくても和睦は成り立つはずです」

「そうかもしれないが、平和に向けての努力はどこから壊れるかわからないからねえ。結婚は結びつきを確固たるものにするよ。ないよりましという程度にはね。

そうそう、もう一度強調しとくよ。王族が帝国の名門イスファハーン公家と縁戚関係になれば、あんたの国ミュケナイは戦後、ヘラス諸都市のなかで最大の恩恵をこうむるだろう。あたしがあんたの国の人間だったら、王子一人くらいは帝国に差しだしてもいいんじゃないかとそろばん弾《はじ》くね。信仰はほかの王族が守ればいいじゃないか」

「じゅうぶん口をはさんでいるじゃないですか、ユルドゥズさん」

進退窮《きわ》まったペレウスは恨みがましくこぼした。ユルドゥズはすまし顔である。

「とんでもない。事実を述べただけさ。

嬢ちゃんの気持ちも国の利益も、あんたが覚悟決めるだけで八方まるく収まるって事実をね」


ペレウスたちが戻ったとき、ファリザードはいまだクタルムシュに懇々と説き聞かせられている最中だった。

完全に迷いが吹っ切れたわけではなかったが、ペレウスは砂を踏みしめて彼女に歩みよった。かれの接近はわかっていたはずだが、ファリザードは顔を向けてもこなかった。

「ファリザード……」

ためらいながらかれが話しかけても、彼女は目を合わせず「人族は」と低い声をだした。

「人族は、愛の対象をすぐに取り替えることができるのだとクタルムシュ卿から聞いた」

「それは、その……」

「そんなの不潔だ」

涙ぐんだ彼女にそっぽを向かれ、ペレウスは言葉に困って立ち尽くした。

クタルムシュとユルドゥズが、あちゃあとばかりにひたいを押さえている。お馬鹿娘、とユルドゥズがつぶやき、横の夫とひそひそ声で口論をはじめた。

「ちょっと、あんたなにを余計なこと話してんだい」「気落ちするには早いとはげましたつもりだったのだが」「相手が多感な年頃だとわかっとかなきゃだめだろ。だいたいあんたがそんなことといったらあたしが移り気だったみたいに思われるじゃないか」「ユルドゥズが移り気なのは事実ではないか。よその騎馬部族の若い族長から、おまえの美しさを称える言葉を彫った琴を贈られて『いい男から褒められるのは悪くない気分だね』などと頬を染めていただろう」「ええい、しつこいね。三十三年前の話にいつまで妬いてんだよ」

漫才のような夫婦喧嘩は放置し、ペレウスは言い返すことなくファリザードに背を向けた。

彼女の神経が昂《たかぶ》っているなら、もうすこし後から話そうと思ったのである。

――が、マントの裾をぐっとつかまれた。

ファリザードの心細げな声が背後から聞こえた。

「怒ったのか？」ついで、「ごめん。嫌わないで、ペレウス」

愕然としたペレウスの耳に、ぐすっと鼻をすする音が届いた。

「わたし、これからおまえの好みの女になるように頑張る。気に入らないところがあったなら、教えてくれれば直す。わたしのことを誰より好きにさせてみせる。

だから、選ぶ女はわたしにして」

媚びるというよりただ必死な、涙声の懇願だった。場が静かになっていた。そんなこと頑張らなくていいと言おうとしたが、からからになったペレウスの喉は言葉を詰まらせた。嬢ちゃんはまだ意地を捨て切れていないけれど、この先はどんどんその深みに――ユルドゥズの声が脳裏に響く。

(下手に出るのが苦手な子だったのに)

「ファリザード」気がつけば、中断していた言葉を再開していた。

「時間を僕にくれないだろうか。いまはまだ……聞いたばかりで心の整理がつかないんだ。無理に決めようとしても打算でしか決められそうにない」

マントをつかんでくるファリザードの小さな手が震えるのが感じられた。

「打算でもいい」

「僕がいやなんだ」

僕はおかしなことをいっている、とペレウスは心情を吐露しながらぼんやりと考えていた。

(王族の結婚は損得を第一に考えて行うものだと、そのくらい知っているのに)

国の利益となる結婚を父王に決められ、それが見知らぬ相手だったなら、ペレウスは文句ひとついわず王族の義務を果たすつもりで結婚しただろう。

けれど、こうまで好意を寄せてくれたファリザード相手に、打算のみで向きあうことは、どうしてもいやだった。だから、かれはきっぱりと告げた。

「ちゃんときみに気持ちが向いたとき、こっちから申しこむ」

振り向いて彼女をみつめる――ファリザードはかれの言葉の意味をはかりかねて、八割の不安と二割の期待のないまざった表情になっていた。

「……わたし、希望をもって待っていていいのか？」

その問いに、ペレウスはやむなくこくんとうなずいた。

じわじわと薔薇の花弁が開くように、ファリザードの顔に深い安堵と喜びが浮かんでいく。目尻に残る涙もさながら花の露のようだった。「一生、後悔させないから！」喜色をあらわに、彼女は軽やかにペレウスの手をとり、そこで興味津々の観客ふたりに気づいてがちんと固まった。

「ああ、いまごろこっちのことを思い出さなくていいよ」気にせず続きをどうぞとユルドゥズが手ぶりで示す。

「うっ……く……」見る間にファリザードの顔に羞恥の赤が上っていく。

そのままいけば限界に達した彼女が逃げ出して幕となったろうが、事態が動いた。

四人のいた岩陰に、白羊族の男性が報告にきたのである。

「ユルドゥズ様、一・五ファルサング先で斥候が賊らしき一団を見つけました。

二十二騎で、みなファールス人軽騎兵の格好です。ジン族がひとり交じっており、布をかぶせた玉らしきものを一頭いるラバに背負わせているそうです。

周囲をひどく気にしていたそうですが、斥候は気づかれなかったと申しております」

四人全員が交互に顔を見合わせた。

（布をかぶせた玉。まちがいなくあいつだ）

ペレウスはファリザードと緊張の視線を交わした。

と、クタルムシュが喉の奥で奇妙な音を立てた――それが獰猛な笑い声だとペレウスは気づいた。

「ジオルジロスか。ほんとうに出くわすとはな。おおいによろしい。ユルドゥズ、イスファハーン公に贈るご令嬢結婚の前祝いを調達しようか」

「ちょっと血なまぐさ過ぎやしないかねえ、凶賊の首の山ってのは。でもいいか。あたしらは軽騎兵を始末する。ジンの古老とやらは任せたよ、クタルムシュ」

夫に合わせ、隻眼の雌狼のような笑みをユルドゥズが浮かべた。

## 殲滅

「なんでいっしょに来たんだ、ペレウス！」

黎明《サハール》に乗ったファリザードは責める視線を向けてきた。白羊族《アーク・コユーンルー》の馬で横に並んだペレウスに。

「きみと一緒におとりを務めるためだ」

言い返してペレウスは、一歩もひかないとばかりに口を引き結んだ。

ユルドゥズは、まず敵を罠に引き込むところから始めるつもりのようだった。『いいかい、賊どもはまもなく通りかかる。あんたはその姿を連中に拝ませてやりな。そしてこのいちばん大きい砂丘のふもとに逃げてこい。言うまでもなく連中の矢が届かない距離を保ちなよ』白羊族の長はそうファリザードに指示したのだ。ファリザードが『かまわないが、雇い主を使うからには成果を出さなきゃ噴飯物だぞ』と答えた直後、ペレウスは彼女に同行すると横から手を挙げたのである。

「危ないだろう！」

「それならなおさらだ。きみにだけおとりをやらせて、僕は安全圏に残るなどまっぴらだ」

「わたしひとりなら馬術に慣れてるんだから、問題なく逃げられるんだっ」

言い争いはあまり長く続かなかった。

かなたの砂丘の稜線上に、黒い騎影が現れたのである。その賊兵は動きを止めてふたりを観察し、一度消えてから……ふたたび現れた。今度は七騎で。

(来た！)

殺到してくる賊の集団の前で、ふたりはそれぞれ馬の首をめぐらせた。

ひづめが砂をはねあげて砂煙を立てる。大きな砂丘のふもとを二騎が駆け抜け、速度を増した七騎がそれを追い……

それから、七騎を三十騎が取り巻いた。

砂丘の陰から、ユルドゥズを先頭にした白羊族の騎兵隊が走り出たのである。賊兵たちの黒い覆面から露出した目に驚愕が浮かぶのを、振り向いたペレウスは見た。

「さあお祝いだよ、派手に射て」

駆けるユルドゥズが残忍に哄笑した。彼女に続き、弓に矢をつがえた白羊族たちは、弧状の縦列で左回りに賊を包囲し……駆けながら次々矢を放った。

七騎の賊が、七人と七頭の人馬のしかばねに変わるまで。

「よし。賊の残りも楽に片付くだろう。次はクタルムシュについていけ」

ユルドゥズが配下に命じ、そこからペレウスは信じがたいものを目にすることになった。

（な……なんで気づかれないんだ？）

賊の七騎が駆けてきた方向には、新たに十五騎――間違いなく賊の残り――が姿を現していた。あたりに舞い上がった砂塵に動揺しているのか、落ち着きなく動いている。

その側面から、白羊族の男たちは、鼻歌でも唄いそうな気楽さで近寄っていったのである。クタルムシュを先頭にして。

正面からではないとはいえ大胆に接近しているのに、賊は対応していない。

こちらの砂丘の上から、その一連の騎兵行動を見て目を丸くしているペレウスたちに、ユルドゥズが言った。

「クタルムシュの『隠形』の妖印《ようい》の力は、ほんとうに姿を消してくれるわけではない。こちらの姿を相手の意識にのぼりにくくさせる程度のものさ。それでも、顔のほくろが見える距離に近づくまではそれなりに効果があるし……あたしらの兵も、巧みに馬を歩かせてるからね」

言われてペレウスは気づいた。今度も三十騎で行動している白羊族は、新しい砂煙はひとつとして立てていない。ライオンの群れが獲物に近づくように静かに前進し、とうとう白羊族は賊本隊の間近に達した。

次の瞬間、血も凍りつかせる喚声をあげてかれらは突撃に移った。

残っていた賊の十五名全員が、間近からの奇襲を受けるや恐慌におちいって背を向けた。白羊族はらくらくと追いながらその背をつぎつぎ射ぬいた。虐殺の光景で手に汗をにぎりながら、クタルムシュさんの姿がどこにも見えない――とペレウスはかれを目で探していた。

だが、気がつくと馬を駆るクタルムシュがジオルジロスの馬に並走していた。かれは手槍を繰り出して一撃でジンの古老のつかむ手綱を切り、それから横殴りに馬上からたたき落とした。

(『隠形』ってすごいかもしれない。クタルムシュさんの姿を、いるとわかって見ていた僕さえ見失いかけた)

ほどなくしてペレウスたちの前に、賊でただひとり生き残ったジオルジロスが連れて来られた。縄でくくられ、半ば引きずられながら。

ユルドゥズが誇らしげにいった。

「どうだい、この成果は。ヘラス人《ヘレネス》やヴァンダル人には、騎射はファールス人の得意技みたいに伝わっているみたいだけれどねえ。腹立たしいったらないね。

大半のファールス人は練習してやっと騎射ができる。だがあたしら騎馬部族にとっては、馬に乗って矢を放つなんて、子供が駆けっこするくらいだれもが自然にやれることなのさ……ま、先に言ったように理由あってあたしたちはジン族に手を上げられないから、あのジンの古老はクタルムシュに任せなきゃなんなかったけどね」

ペレウスはユルドゥズの豪語にうなずかざるをえない。たしかに無類の軽騎兵と思われた。

が、ファリザードの懸念の声が横で聞こえた。

「まだ気を抜かないことだ。この賊どもは、前見たときの半分以下の人数しかいないぞ」

向きなおり、ペレウスも「そうです」とそれに同意した。

「ヴァンダル風の重騎兵の姿がみえません。あいつらは強かった」

ふむ、とユルドゥズが考えこんだ。

「斥候の話によるとこのあたりにはいないけれどねえ。近くにいても見えないのだとしたら、あっちにも『隠形』の使い手がいるのかもね。考えにくいが、万が一そうだと厄介だ――よし、クタルムシュ。ちょっとそこのジオルジロスとやらをくすぐって情報を吐かせられるかい」

末尾の一言の冷酷な響きに、ペレウスはぎょっとした。つまり拷問にかけるということだろう。

クタルムシュが妻に「わかった」とうなずいたときだった。

「プレスター……重騎兵の指揮官とはいったん別れて逃げることにしたのだ。ここにはいない」

低い声を出したのは、ひざまずかされたジオルジロスであった。ユルドゥズが、「おや、素直じゃないか」と冷笑する。

「だけどねえ、それがほんとうかどうか確かめてみなくちゃ。

もちろんあたしら、鎧を着込んだ重騎兵の始末の仕方だって知っているけどね、こっそり近くに寄られて白兵戦に持ち込まれちゃ厄介なんだ。念には念を入れてあんたの体に聞いてみよう」

「やめておけ、この窮地では時間の無駄だ。それより私と協力したほうが利口だ」

「……あん？」

なにをいってるんだ、とばかりの表情をしたユルドゥズに、ジオルジロスは「考えてみろ」と話をもちかけた。

「私を生かしておけば役に立つぞ。〈扉〉を操るわが力によっておまえたちに逃げ道を提供することができる」

一拍置いて、ユルドゥズが首をひねり、ペレウスはまばたきした。意味がわからなかったのである。ファリザードが懐疑的に眉をひそめて聞き返した。

「いまさらわたしたちが逃げる必要などない。なんの話をしている？」

「なんだと？」

今度はジオルジロスが驚きを目に浮かべた。「知らぬのか？」とかれはいい、それから、

「そうか、いまなお知らぬか。知らぬのだな」

不吉に、ほくそ笑んだ。

「なるほどそうか、それも道理だ、知るまいなあ。いまのいままで連絡のつかぬ僻地《へきち》に隠れていたのであれば！」

ジオルジロスはおかしくてたまらないとばかりに体を折り、身を震わせて笑いはじめた。

その嘲笑に、ペレウスはざわりと身の毛が逆立つような感覚を覚えた。見渡すと、程度の差こそあれ全員の顔に動揺の色が浮かんでいた――みな凶兆を感じ取ったのだとペレウスは気づいた。

「なんのことか話せ、邪教徒」

クタルムシュがジオルジロスの腎臓の上をつま先で蹴った。苦痛にせきこんだジンの古老は、そ

れでも嘲りをのせて声を放った。

「私とおまえたちはいまや同じ立場だ。地上でもっとも危険なジンに追討を受ける身だということだよ」

## 魔帝

時をさかのぼること数刻、都市イスファハーンから七十ファルサングもの西方にある都市ニハーヴァンドの近郊——

小高い丘のある原野で、ひとつの合戦が行われた。

三千の軍と九千の軍が激突したこの戦に、特筆すべきことはない。

三千の側が嵐のように猛威をふるい、当然のように完勝したことを除いて。また、どちらの側もファールス帝国の正規軍とされる軍勢であったことを除いて。勝者の三千の兵はホラーサーン公家軍の一部、敗者の九千はスルターン直属の太守軍であった。

戦闘が終わり、舞い上がっていた砂塵が降りはじめた原野は、敗軍の人馬の屍やうめく重傷者に満ちている。

「皮剝ぎ公、このおぞましいジンめ」

丘の上、斬りつけるような罵声が飛んだ。罵ったのは敗軍の将——イスファハーン公家の次男にして、帝室直轄都市ニハーヴァンドの太守アクバルである。血まみれの甲冑姿で縄を打たれたアクバルの隣には、ともに戦った別の都市の太守や、近隣の領主たちも引き据えられている。

かれらは〈剣〉《アッシャムシール》ことホラーサーン公アーディルの前に、戦の捕虜としてひざまずかされていた。

「この逆賊め、今日の勝利を得ようとも貴様はこれで終わりだ。なにを考えて謀反を起こしたかは知らぬが、これからファールス帝国のすべての氏族が貴様に敵対するぞ！」

血走った眼球を剝き、縛られたアクバルが絶叫する。

〈剣〉は甲冑を着けず、戦場に敷かせたじゅうたんに座っていた。無表情のかれは雲をながめるように天へと目を向け、アクバルの怒声になんの反応も返さなかった。周囲に、鎖かたびらに身を固めたホラーサーン兵たちが物言わぬ彫像のごとくたたずんでいた。

さらに怒鳴ろうとしたアクバルを黙らせるように、鷹の影が上空に差し、直後になにかがぱらぱらと降ってきた。

それは切り取られた指。

耳。鼻。

二枚、べちゃりと濡れたものがアクバルの前の地面に落ちた——それがかれの弟たちの血まみれの顔の皮だと気づき、アクバルはめまいを覚えて下唇を嚙み破った。

〈剣〉がやっと視線を下ろし、声を出した。

「イルバルスが来た。仕事をしてきたようだ」

「はい。イスファハーン公家五男ハイダル、八男クバードの死亡もこれで確認されました。次男アクバルはいま御前でわめいている者です」

〈剣〉に応じたのはかれの副将であるジン、アルプ・アルスラーンだった。青い鎧を身につけ、吠える獅子《シール》を模した兜をかぶったジンである。

「さすがに帝《スルターン》直属の太守軍。このジン兵どもの屍の心臓からは上質の魔石がとれました」

アルプ・アルスラーンが合図すると、兵のひとりが陶器の大皿に盛った魔石を運んできた。大皿の縁からはぼたぼたと血がしたたっている。ジン兵たちの血をまといつかせて煌々と輝く魔石――世にダマスカス鋼と呼ばれる物質の原石。

それを〈剣〉は受け取るや、大皿ごと持ちあげて口に流しこんだ。

ぼりぼりと嚙み砕いては嚥下《えんげ》する音がひびく。〈剣〉の頰はリスのごとく滑稽にふくらんでいる。だが、笑いを誘う光景では決してなかった。魔石をむさぼる口元が赤く汚れていく。

口がふさがった主に代わり、〈爪将《アル・アトファル》〉アルプ・アルスラーンが敗軍の面々へ、冷たく重い鉄鋼のような声を発した。

「無能を恥じろ、若造ども。勇猛な戦士たちを無為に死なせたことについて、かれらを率いたおのれらが責めを負え」

それを聞き、アクバルは秀英な眉目をゆがめて歯をむいた。アルプ・アルスラーンの言葉は辛辣であったが、アクバルはけっして手をこまねいて敗北を迎えたわけではなかった。

ホラーサーン公によるイスファハーン陥落とその軍の接近の報せを聞くや、アクバルはすぐさま太守として動かせる兵を動員した。さらに近隣の太守や領主に即座の援軍をたのんで、徴用した平民多数とはいえ短期間で九千の兵をかきあつめたのだ。

また、敵のホラーサーン軍が広範囲に散開し、〈剣〉がわずか三千名の部隊に交じってこちらから攻撃可能な距離にいると知るや、時をおかず打って出もした。

その即断は、通常なら過ちとはいえなかっただろう。

本来ならばホラーサーン軍は三万の兵数をかぞえ、練度も高い。その強敵が補給の問題からか、散らばって別個に行動しているのだ――ザイヤーン、カーヴルト、イルバルスなどのホラーサーン諸将は〈剣〉とその副将から離れているという。敵の三倍の兵力で、平地で襲撃をかけられる――その状況だけ見れば、アクバルが動いたのは当然であった。

不運は、予想をはるかに超えて敵軍が異常な戦闘能力を保有していたことであった。

敵軍に接触した瞬間から、アクバルの軍はただ一方的に粉砕されたのだ。いかずちの渦に飲み込まれたかのごとく。

「恥を知れだと、よくもほざいた。卑劣な謀反人がどの面さげてその言葉を吐く」

嚙み切った唇から血をしたたらせ、アクバルは逆上の声をはりあげた。だが威勢よく応酬しているのはかれひとりであり、ともに拘束された太守や領主たちは、嵐をやり過ごそうとするかのようにうなだれて沈黙していた。

アルプ・アルスラーンは軽蔑のまなざしで、一族を殺されつつあるアクバルを見下ろした。

「背信者はアーディル様ではない。イスファハーン公ムラードだ。そしてダーマードの愚か者だ」

アルプ・アルスラーンがそのふたつの名を敬意のかけらもこめず言い放ったことに、怒り狂うアクバル以外の敗将一同は動揺を覚えた顔になった。かれはイスファハーン公の名だけでなく、ダーマードという名さえ呼び捨てたのだ。

それはスルターンの実名であった。

ひざまずいた領主のひとりが、あえぐように〈剣〉にむけていった。

「ホラーサーン公、あなたは征服時代以来、長く帝国の守護者でした……陛下にもほかの公家にも民にも、畏敬をもって頼られていたお方だったではありませんか。

それがなぜこのような反逆を……陛下を廃し、イスファハーン公家を滅ぼすなどとおっしゃるのです。どのような意図があって……」

〈剣〉は領主の問いに片眉を上げもしなかった。地平を見晴るかしながらアーモンドの実をむさぼるかのように魔石を噛み砕いている。

アルプ・アルスラーンがまた代わって答えた。

「今しがたいったではないか。アーディル様は裏切りを受けたのだ。

五公の誓いを知らぬのか、小僧ども。

六百年昔の征服時代、アーディル様はこのファールス帝国を煙と灰燼《かいじん》のなかに築きあげて他の四公に分かちあたえた。

だがそこで他の四つの公家はさらなる進軍を拒否した。『われらはもう戦いを続けられぬ。ひとまず得た領地で傷を癒し、長年をかけて新しい国の力を養おう』と。しかし、そのかわりとしてかれらはアーディル様に誓約した。『いつの日かかならず征服を再開し、人族が荒らした大地をわれらの手に取り戻す』と。〈魔石〉と〈塔〉と〈薔薇〉と〈太陽と月〉の家々が、おのおのの紋章にかけて〈剣〉の家に誓ったのだ。

四公家が日輪と月輪にかけて誓ったゆえに、アーディル様はそれをひとまずお信じになられた。信じたゆえにアーディル様は、みずから築いたこの帝国と五公の制度を守ってこられた。他国の侵略をことごとく退け、何度も起きた人族の反乱を鎮定し、背信帝の軍を打ち破った。

どのような扱いを受けようとも耐え忍ばれた。他の四公家が持ち回りでスルターン位を占め、結託してアーディル様に玉座をけっして渡さないようにしていても。すべて『いつの日か』といういにしえの誓約を信じておられたゆえだ。

信じておられたのだ——イスファハーン公家とダマスカス公家により、ヘラスとの恒久和平締結の話が持ち上がるまではだ」

鉄鋼のような声が、いちだんと重量を帯びた。

「イスファハーン公ムラードにはアーディル様は御妹をくれてやった。だがムラードは真っ先に人族との融和という世迷い言をほざきはじめた。

ダマスカス公ダーマードは、アーディル様がスルターンに押し上げてやったようなものだ。背信帝の起こした内乱をアーディル様が鎮めたことによってだ。それにもかかわらずダーマードは、人族との交易の利に目がくらんでムラードの甘言に乗り、一、二年のうちにもヘラスと和睦するつもりであった。

腑抜け。誓約破りの裏切り者ども。人族から攻められておいてさえ、恒久的な和平を望むだと。

アーディル様以外、当時の五公家の当主は代替わりしたとはいえ、一度誓ったことを破棄するとは許しがたい。

誇り高き生粋のジンは裏切りはけっして許さぬ。

五公制度などもういらぬと、アーディル様は決められたのだ。もとよりファールス帝国の玉座は、この地を征服したアーディル様に帰すべきだった」

アルプ・アルスラーンの獅子吼《ししく》のごとき雷声は、原野を揺るがすかと思われた。

「われらはもはやホラーサーン公家軍ではない。

アーディル様こそがこのファールス帝国にふさわしい唯一の帝であり、われらホラーサーン兵こそ帝室の近衛軍であり、なんじら逆らう者らこそ逆賊に他ならぬ。われらは帝アーディル様の意に従い、逆賊を討っているのだ」

こんどこそ、敗将のだれもが絶句した。

「……簒奪《さんだつ》というのだ、それは!」

すぐに声を荒らげたアクバルすら、気を呑まれた様子をその面から払拭することはできなかった。

〈剣〉ののどから、ごくん、と音が聞こえた。嚙み砕いた最後の魔石をのみくだした音であった。

「アクバル」と〈剣〉は甥の名を呼んだ。

「なんだ、簒奪者!」

「ファリザードがどこにいるか知っているか」

身構えていたアクバルは、予想外の質問に面食らい、「し……知らぬ。妹は行方がわからないのか？」と逆に問うた。

「そうか」

淡々と〈剣〉はつぶやき、質問を変えた。

「アクバル、わしに仕えるのと、殺されるのとどちらがよい」

むしろその問いを待っていたとばかりに、アクバルは血混じりの唾を吐きかけた。

「だれが貴様なんぞに！　貴様がすでに殺したわが薔薇一族の者たちのように皮を剝ぐなりなんなりするがいい、伯父よ」

「そのいさぎよさを称して斬首にする。アルプ・アルスラーン、アクバルを連れて行き首をはねろ」

「御意に」

アルプ・アルスラーンがアクバルとともに退がる。牙旗の「黒い剣」の紋章がひるがえる下で、〈剣〉は上空をあおいで別の臣下に呼びかけた。「イルバルス」と。

翼を広げた鷹の群れが旋回しながら舞い降りてくる――そのうち一羽の猛禽が〈剣〉の眼前に降り立つかとみえたとき、その姿は変じ、まばたきのうちに甲冑姿となっていた。片膝を地についた、屈強な体格のジンの将がそこにいた。

「ひきつづき各地の薔薇の根を切れ。ただし成人しておらぬ者、特にファリザードは生かして連れてくるように」

〈剣〉の下した命令に、イルバルスは声らしい声を発して答えはしなかった。かれは猛禽が鳴くような軋り声を歯のすきまから押し出し、地を蹴って変化《へんげ》するやふたたび天へと戻っていった。

最後に、〈剣〉は立ち上がって、両腰に差した一対の三日月刀――〈世界の覇者《ジャハーンギール》〉と〈世界の王者《ジャハーンシャー》〉の柄に手を置き、「イスファハーン公家の者以外の太守および領主らよ、聞くがよい」と敗将たちへ声を発した。

「一度だけは許す。人質にも取らぬ。

ただし次にわしに弓を引けば、一族もろとも皮を剝ぐ。

帰ったら、ここにいない近隣の領主や氏族の代表者にわが言葉を伝えよ」

血みどろの口元が物憂げにつむぐ、ぼそぼそとした低く小さな声――にもかかわらず、だれもが戦慄の面持ちで固唾を呑んで沈黙した。

ターバンの下からのぞく金の瞳には感情はなく、静かなふたつの太陽であるかのように、力に力に力に満ちて……

「かく伝えよ。わしは取り戻す。

六百年間、他の四公家にあずけおいていた帝都バグダードの玉座を取り戻す。そこなわれたわが力の大半を取り戻す。いずれは、群れはびこる人族が占拠する大地のすべてを取り戻す。

わしに従え。これよりわが言葉こそが上意なり。

われスルターン・アーディルは、このジンの帝国《ジンニスタン》の支配者なりと」

# エピローグ

踏みこんだイスファハーンの中心地には死のにおいが満ちていた。

いまなお大気にまじる煙と灰のにおい。毛髪が焼けたにおい。放置された死肉が腐ったにおい。

すべてが破壊されたわけではない。

円環状の市壁の大部分をはじめ、隊商宿も公衆浴場も、造幣局もモスクも学院も傷ついておらず、なにより水路や市民の住居や市場《バーザール》はほとんど手付かずであった。市民たちのほとんどは生きており、家々の門扉をわずかに開けてペレウスとユルドゥズのほうをこわごわとうかがってきていた。

それでも、イスファハーンが心臓を砕かれたのは一目瞭然であった。

完膚なきまでに壊されたものが三つある。

市壁の四カ所にある、巨大な門。塔は崩れ落ち、扉は破られて外敵を防ぐことができなくなっている。

八百名あまりの衛士たちが寄宿していた兵舎。叩き潰されたかのように屋根が崩落し、その跡地にイスファハーン公の兵たちの死体が積み上げられている。

そして、火を放たれて焼け落ちたイスファハーン公の館——……

館の庭園に入るアーチ門の前で、ペレウスは嘔吐しかけた。

顔をそむけ、横手へと塀づたいに小走りになる。美しい薔薇が繚乱と咲きみだれていた生垣の焼け跡に身を折り、胃の中身を吐き出した。ほかのヘラス人《ヘレネス》たち、ゾバイダ、この館の使用人――みなどこにいったのかは不明だ。逃げたのか、殺されたのか、連れて行かれたのかさえわからない。見つけることができたのはただひとり、館の門前にさらされたイスファハーン公ムラードだった。

正確にはその屍。通常の屍ではないが。

「……坊や、隊商宿に帰ろうか。嬢ちゃんのそばにいてやったほうがいい」

同道したユルドゥズが背をさすってくれる。彼女の声にも、戦慄が混じっていた。

わななく口元をぬぐったペレウスに、ユルドゥズは深い息を吐いてつぶやいた。

「嬢ちゃんには気の毒だが、この実家には立ち寄らせないほうがいいね」

かろうじてペレウスはうなずいた。

（ファリザードはどうしてもここに戻ってきたがった……ああ、でも……だめだ……戻ってくるべきじゃあなかった）

捕らえたジオルジロスに、〈剣〉《アッシャムシール》の決起とイスファハーンの陥落を聞いたのは昨日のことだ。

ファリザードは一刻もはやく父親の安否を確かめたがって取り乱し、ほかの何も考えられない様子になっていた。

やむなく、ペレウスと白羊族《アーク・コユーンルー》の一同は相談の末、空間移動の力をもつ〈悪思の扉〉をジオルジロスに開かせた。それによって行路を大きく短縮し、イスファハーンへ半日にして帰り着いたのだ。

とはいえ市中のどこに〈剣〉の兵がいないともかぎらない。それを警戒して、ペレウスとユルドゥズは隊商宿にファリザードを無理に残らせ、みずから偵察におもむいたのである。

（もういい。じゅうぶんに見た。でもつぶさな報告なんて言えやしない。あの子にこんなことどう言えるんだ）

イスファハーン公は全身の皮を丸々剝がれていて、中身はさしあたり見当たらないよと？

その皮は、門扉に、大釘によって額と胸と両手のひらの四カ所で打ちつけられていると？

ぽかりと開いた赤黒い眼窩《がんか》や口が縦長に引きのばされて、表情はさながら驚いているように見えると？　血の筋を涙やよだれの代わりに流していると？

衝撃をうけて真っ白になった脳裏に、ジオルジロスが昨日語った話がぐるぐると渦巻いていた。

『〈剣〉は残酷な古代の戦神のごときジンだ。かれら来たり、破壊し焼き払い殺し尽くし《アーマダンド・オ・カンダンド・オ・スーフタンド・オ・クシュタンド》……あの時代、あやつによって幾多の民族とその崇める神々が滅ぼされた。

その乱世がふたたびやってきた。あやつはまずこの巨大なファールス帝国を完全に掌握して軍事国家に鍛え直すつもりだ。近い将来には四方の国々を討ち滅ぼしはじめるだろう。

私を殺してもいいことはないぞ。私は金次第の傭兵だが、あやつの味方にだけはならんからな。われわれは手を結ぶべきだとは思わないか？　もう一度いうが、〈剣〉が征服時代をふたたび始めたのだぞ』

（その始まりの烽火《ほうか》として真っ先にイスファハーンは陥落させられたのか）

横で、ユルドゥズが声を厳しいものに切り替えてせっついた。

「イスファハーンにあたしたちはとどまっちゃならない。宿に戻って嬢ちゃんを説得し、この都市を出て遠くへ逃げるべきだ」

ペレウスも再度うなずく。うなずくことしかできなかった。

そのときだった。小さな声が耳に届いたのは。

――父上。

子供が途方にくれて親を呼ぶ声だった。

ふたりは血相を変えてふりむき、予想通りにファリザードの姿を見た。扉に打ちつけられた、彼女の父の剝がされた皮の前に。青くなったユルドゥズがしゃがれ声でうめいた。

「なんてこった、馬鹿娘、あれほど言い聞かせたのに宿から抜けだしてきやがった」

ファリザードはひざまずき、血に汚れながら父親の皮の脚を抱きしめていた。垂れ下がるカーテンにすがるように、頰を父の皮膚に押し当て、彼女はまた呼んだ。「父上」

『なにしろジンというのは憎むのも愛するのも極端なのだ』――生前のイスファハーン公の言葉に思い当たって、にわかに戦慄し、弾かれたようにペレウスは駆けよった。彼女の腕をつかんで、石床に広がる固まった血溜まりから立ち上がらせる。

視界をさえぎるように彼女の前に立ちふさがって両肩をつかんだ。

「ファリザード！」

つまった声で呼びかけたが、どんな台詞もその後に続けることはできなかった。

一直線に駆けてくる間にすでに泣いていたらしき彼女の、濡れた金の目――いまは見開かれたまま、何も見ていない。涙があふれる瞳は虚無しか映していなかった。繰り返し唇が動き、ほとんど呼気だけの声が延々とつむがれていた。

——あんな言葉嘘です、父上。嘘です。嘘です。

許しを乞うその響きに、ペレウスは耐えられなかった。黒い腐血がこびりついた人形のような彼女を抱きしめる。言葉というのがなんのことか、かれにはわかった。ファリザードがイスファハーンを飛び出す直前、父親に怒られたとき、かれもそれを聞いたのだから。

『父上なんてだいきらい』

それが、娘が生前の父に投げた最後の言葉になったのだ。

ファリザードの体の、発作のような激しい震慄がペレウスにも伝わってくる。抱きしめる腕をゆるめれば彼女が壊れそうで怖かった。

駆けつけてくる足音がして、ペレウスは涙にぼやけた目で通りを見た。クタルムシュと白羊族の十数名がファリザードを追って走ってきていた。門の凄惨な骸を見て愕然と立ち止まったかれらを、ユルドゥズが尖った声で叱りつけた。

「存外役に立たないね。なんで嬢ちゃんを外に出したんだい」

うなだれる白羊族たちの前に進み出て、沈痛にクタルムシュが謝罪する。

「すまない。ジオルジロスを縛りなおしているときにファリザード殿に隙をつかれて出て行かれた」

「クタルムシュに言ってるんじゃないよ」

ユルドゥズは面目なげな配下の者たちをにらんだ。

「あたしら白羊族はジンに危害を加えることだけはできないんだ。念のためクタルムシュがあの古老を見張る役になったのは間違ってない。悪いのは雁首そろえていながら嬢ちゃんを引き止めておくこともできなかったこいつらさね。嬢ちゃんがこの……このひどい光景を見ちまったことはさておくとして」

ユルドゥズはあごで示した。

「ごらん、嬢ちゃんが見られてしまったよ」

通りのそこかしこから視線が集まってきていた。それだけでなく民衆の幾人かは、一同におずおず近寄ろうとしてきている。

白いひげの老爺が顔のしわを一層深めて間近によろめき歩いてきた。この人はたしか市場で果物屋をやっていた人だ、とペレウスは気づいた。

「ファリザード様、おお、おお、よくぞ生きておられて……」

だが老いた果物屋の面に浮かんだ喜色は、ファリザードの様子を見て悲しげな色に変わった。嘆くように唯一神に祈りをつぶやいた老爺は、ユルドゥズに顔をむけてうろんげに誰何《すいか》した。

「そこのヘラス人の少年は、ちょくちょく買い物をしているところを見かけた覚えがありますが、あなた方はいったい？　イスファハーンの兵には見えませぬが」

「雇われた護衛さ。といっても、イスファハーンに帰り着くまでという話だったんだけれど」

ユルドゥズが口ごもりながら言ったとたん、果物屋の老爺は必死な表情でつめよった。

「ならばお願いいたします。

どうかこのまま、一刻も早く、ファリザード様を安全なところまで送り届けていただきたい。せめて近隣の信用のおける領主のところへと。この都市にいた衛士たちはことごとくが殺され、いまファリザード様をお守りできる兵はいないのです」

「……運ぶくらいならね。あたしら白羊族はどうしてもジンには手を上げられないから、ジン兵が多い〈剣〉の軍と出くわしたら逃げるしかないけれど」

隻眼をきつく閉じてがりがりと頭をかきながらユルドゥズが答え、「それよりまずは確認したいんだけど」といった。

「これをやった〈剣〉の兵は何人だい？　そいつらはどこへ行った？」

「……二百名です。ただの二百名でした。

そやつらは、もとより市壁の内側に数日前から招き入れられていた客分たちでした。それが夜半にいきなり火の手を上げ、八百余の衛士たちを皆殺しにし、お館様を手にかけたのです！」

激情を帯びた老人の答えを聞いて（〈剣〉が連れてきていたあの二百名だ）とペレウスは気づいた。

（本当にあれだけの兵でイスファハーンを制圧したのか）

しかし、さもありなんとユルドゥズはうなずいた。

「〈剣〉の軍は少数でも危険だよ。ただのひとりも市内に入れるべきじゃあなかったね」

クタルムシュが「そうは言っても仕方あるまい」と首をふった。

「そうなることの予想は難しかったろう。〈剣〉はファールス帝国の重鎮なのだからな、迎え入れないわけにはいかなかったはずだ。いまのかれは重鎮を飛び越えてスルターンを名乗ったが」

「――〈剣〉は帝位簒奪者だ！」

ファリザードを抱きとめたペレウスは、強烈に吐き捨てた。「これは犯罪だ……あいつは正統なスルターンではない、この帝国を導く資格なんかあの男は持たない！」重ねてかたくなに否定する。否定しなければならなかった。和平の意思などかけらも持たない〈剣〉が名実ともに帝国の頂点に立ったとき、ヘラスになんの望みが残るだろう？

しかし、ユルドゥズの苦みのこもった声が、冷徹な分析の響きをおびた。

「坊や……正統性、資格、そういったものの一切を〈剣〉は実力によってもぎとってきたんだよ。古代ファールス征服時にね。今度もそうしようとするにちがいない」

ペレウスが唇を噛んで黙ったのち、ユルドゥズは果物屋に目をまた向けた。

「ねえ、質問はもう一つしたよ。その二百名はどこへ行った？」

「奴らは皮剝ぎ公とともに来て、皮剝ぎ公とともに去りました。この一帯には残っていません」

「残っていない？」ユルドゥズの隻眼がすっと細められた。彼女は、親指で背後のイスファハーン公の皮を示した。

「じゃあなんでそこの、あんたらの主君を早く葬ってやんないのさ？」

その一言は、果物屋の老人および、周囲にできつつある人垣のひとりひとりの胸を貫いたようだった。蒼白になって視線をさまよわせる者、眉を寄せて脂汗を浮かべる者とそれぞれが落ち着きなくなる。

悲しげに、弱々しく果物屋が言った。

「それは……どうしようもなかったのです、恥じるしかありませぬが。みな怖いのです。皮剝ぎ公が怖いのです。かれは出て行く前に、市民に対して『今回のみは傷つけないが、反抗に起《た》てば都市ごと屠《ほふ》る』と言い置いていきました。

市壁の門は壊され、衛士は皆殺しにされました……皮剝ぎ公の軍がイスファハーンに戻ってきたとき、わしらには抵抗のすべがありません……」

「なるほどね。〈剣〉はたしかに借りを返す男だから、なにかあいつに逆らうことをすればそれは身に返ってくるだろう。旧主の死骸を葬って、恐ろしい新帝の機嫌を損ねるわけにはいかないってわけか。

わかるよ。イスファハーン公は昔から柔和で優しいお方で、そのうえいまは死んでるからね。ちょっとないがしろにしたってかれから罰は受けないさ」

ユルドゥズのいつもより辛辣な物言いには、すでにして怒りがこもっていた。慙愧の面持ちで無言となった市民たちに、ユルドゥズは隻眼の下をゆがめて言った。

「で、帰ってきた嬢ちゃんにここに居座られて、それを後から〈剣〉の軍に『ファリザードをかくまっていただろう』と追及されるのも怖いってわけだね？

けっこう。いましがた白羊族もちょっと失敗したことだし、あんたらが追い出す嬢ちゃんは、〈剣〉の怒りごとこっちで引き取っていってやるよ」

隊商宿に連れ戻されたころにはファリザードの震えは止まっていたが、今度は身動きひとつしなくなっていた。小部屋の寝台に軽い体を横たえても、空虚な瞳で天井を眺めているのみである。ペレウスは彼女の寝台の端に座って背を丸め、両手で顔をおおった。

（運命が暗転した。ヘラスにとっても、この子にとっても）

こうなってはもう、結婚話どころではない。

ヘラスとの和平を推進してきたイスファハーン公家は一朝にして滅びの瀬戸際に追いこまれた。それを行った〈剣〉は人間世界に攻め入るためにスルターン位を奪いつつあり、かれとは微塵の妥協の余地もない。

この先、どうしたらいいか途方に暮れる。いますぐやらなければならないことが何かだけはわかっていたけれど。

ファリザードを逃がさなければならない。ジオルジロスの話によると、〈剣〉は侵攻したイスファハーン領各地で、イスファハーン公家の直系の血縁者をつぎつぎ殺害しているという。

（どこへ逃げれば……ミュケナイへ亡命させる？）

たしかにそこまで行けば当面は安全かもしれないが、極めて難しい。ここイスファハーンからヘラスのかれの故国まではおおよそ五百ファルサング《2500km》――砂漠と海水、大河と山脈、そしてなによりホラーサーン軍が立ちはだかっている。

扉の開く音がして、ペレウスは目を覆っていた手をどけた。

「……ユルドゥズさん」

小部屋の入り口で、騎馬族長はファリザードに一度視線を投げ、それからペレウスに告げた。

「日が暮れたら出発する。夕食時に起こすからいま寝ときな。ったく、十万ディーナールの稼ぎどころじゃなくなったね」

「僕の国ができるかぎりの御礼をします。ですからお願いします」

ペレウスは思わずすがるような声を出していた。ふんと鼻を鳴らす音が返ってくる。

「いらないよ。ジオルジロスの野郎じゃないけどね、白羊族は〈剣〉の味方にだけはならない」

ユルドゥズは戸口の柱に背をもたせかけ、片脚をあげて反対側の柱にかけた。

「その昔、ね。古代ファールスのホラーサーン地方には、白羊族の国があった。

征服時代になり、〈剣〉がやってきてその王朝を滅ぼし、ホラーサーンを支配した。けれど百年後、あたしらの誇り高いご先祖は大反乱を起こしたのさ。

でも勝てなかった。反乱を鎮定したあと、〈剣〉は白羊族の大人を皆殺しにして皮を剝ぎ、それを敷き詰めた家畜小屋に白羊族の孤児たちを放りこんだ」

小部屋に流れるユルドゥズの声からは感情が欠落していた。

「だけどね――何度も言ったけど、あたしらはジン族には手出しできないよ。〈剣〉と戦うなら、はやくあたしら以外に味方の軍を見つけな」

「なぜですか!」

寝台から立ち上がってペレウスは声を上げた。

「そこまでされた恨みがあって、なぜ〈剣〉に逆らえないんですか!?」

「理由なら、これさ」

言うやユルドゥズはどこに隠し持っていたのか小型の弓矢を取り出し、一瞬で寝台のファリザードへ狙いを定め、弦を引こうとした。驚愕したペレウスがファリザードの身をかばう寸前に、「ぎっ」とうめいてユルドゥズは弓を取り落とし、自らの手首を押さえた。

「ほら、見なよ」

彼女は、上着の袖をまくりあげて、ペレウスに見えるように手首をむき出しにした。

手首の肌に浮き上がった、刀の紋様――ジンの妖印《よういん》によく似たそれが、虫のようにぎちぎち動き、皮膚に潜り込みかけていた。切り口が開き、つっと手首から血が幾筋も流れた。

「昔話の続きさ。親の皮の上で育ち、精神を病まずに無事に成人を迎えられた子らを放逐する前に、〈剣〉は手ずから強力無比な封印紋をほどこした。子々孫々に至る呪縛をね。

『決してジン族に手を上げることはできない』という縛りなんだよ、これは。やろうとすればごらんのとおりだ。嬢ちゃんに……ジン族に向けて本気で放つつもりだったなら、いまごろ呪いがこの手を切り落としているよ。

白羊族の生まれてくる赤子には、みなこの呪いがかかっている。わかったろう、坊や。ジン族同士の内乱では、あたしらはまともな戦力になれないんだよ。

たとえ、それがどれだけ悔しくてもね」

語り終えたユルドゥズは、弓矢を拾って出て行った。血を点々と床にこぼして。

ぼすんと寝台にふたたび座り込み、ペレウスは長嘆息した。

マントの裾を、背後から引っ張られた。

死んだようになっていたファリザードが、ペレウスのマントをつかんでいた。後ろに手を伸ばし、ペレウスは彼女の手に触れた——今度は手をぎゅっと握られた。強く、強く、骨が軋むほどに。胸を衝くすすり泣きが、かすかに聞こえた。

それが次第にむせぶように強まる。絶望が凝《こご》って音に変わったかのようなファリザードの嗚咽に、ペレウスは自分も頬を濡らして聞き入りながら、少しほっとしていた。

どんな悲惨な泣き方でも、泣けるようになったのならばそのほうがまだ良い。

正気に戻っても、彼女の向き合わねばならない現実は黒々とした奈落だけれども……

——いいや。

ふいに、ペレウスは強烈に思った。僕はこの子を助けたい。

——どのみち〈剣〉は倒さねばならない。ヘラスのためにも、絶対に。

ぎり、とあごを食いしばる。

常勝を誇る最強のジンであっても、〈剣〉には敵が多い。力を結束させれば討てないはずはない。

誰かがそれをやらねばならない。

「そうだ、ヘラス諸都市は」ペレウスはつぶやいた。「〈剣〉への対抗戦線を、帝国のほかの四家と組めるはずだ」

# ラドゥヤーンの洞窟

「ひとつ耳《テク・クラック》、ひとつ耳」

村の公共の井戸端で、羊飼いの少年たちが、ペレウスを囲んではやし立てている。ペレウスはむすっとしてちぎれた耳に触れ、同じ年頃の羊飼いたちを見つめた。

（子供っぽいやつらだ。僕がヘラス人《ヘレネス》だからこんなことをするんだろうか？）

こういう扱いを受けるいわれはなかった。セレウコス率いる民主政都市の少年たちにはより陰湿でより悪質な真似をされたが、その原因ははっきりしていた。連中の頭であるセレウコスと揉めたからだ。

しかしファリザードの乳母の領地であるこの村では、ペレウスは特になにもしていない。ファリザード及び白羊族《アーク・コユーンルー》とともに村に来てまだ二日目だ。なにをできようはずもなかった。にもかかわらず、ここのファールス人の少年たちはペレウスをからかいの標的にしていた。

無視して歩き出すと後ろから羊の毛玉が頭に投げつけられてぽんとはねる。ペレウスは怒り心頭に発してふりむいた。

「なんの用だ」

「なーーんーーのーー用ーーだ」いっせいに羊飼いの少年たちが、ペレウスのファールス語を反復した。あからさまにかれの訛《なま》りを馬鹿にする態度である。ペレウスは奥歯をぎりっと鳴らす。

「ひとりに対して堂々と正面から来ることさえできないのか！」

吐き捨てた一言は、にやにや笑いを浮かべていた少年たちの顔色を変えた。瞬時に険悪となった場の雰囲気に、ペレウスは戸惑った。てっきり、数の優位をかさにきてこっちの言うことを気にもとめず、冷やかしを続行してくると思っていたのである。予想以上に少年たちはペレウスの罵言《ばげん》を深刻に受け止めたようだった。

（僕はまた過度に喧嘩ごしの態度をとってしまっただろうか？　悪い癖だ、改めないと）

少年たちの内側からひとりが進み出る。顔も体もひょろ長く、頭には羊毛の丸い帽子をかぶっていた。浅黒い顔をしかめて、代表らしきその少年は言った。

「俺たちを臆病者扱いする気か。おまえのような女顔など怖くもなんともないぞ、よそ者め」

ペレウスはことを荒立てまいとし、まず落ち着こうと深呼吸していた。しかし女顔呼ばわりは、かれにその忍耐をたちまち破棄させた。

「じゃあなんで大勢でひとりに喧嘩を売り、ものを投げてくる？　しかも名前も明らかにせずに。それがこの地での勇敢さのあらわし方か？　そうだとするなら変わった文化だな」

「調子に乗るな、ひとつ耳のよそ者！　俺はヌール。〈勇者《バハードゥル》〉のヌールだ。おまえがそんなに細い体の優男で哀れだから、投げるのは石ではなく柔らかい羊の毛にしてやったんだ」

「きみだって細身じゃないか。僕をどうこう言えるか」

「細くても、俺はこの村の子供ではいちばん強い。俺と取っ組み合ったら、おまえなどすぐに地面に首根っこを押さえつけてやれるぞ」

粗暴な少年だが、どうも率直で単純な人柄らしかった。ペレウスはついこの前までのファリザードの尖りっぷりを思い出しながら問いただす。

「僕はミュケナイのペレウスだ。ヌール、僕はきみたちになにかした覚えはない。なぜ絡んでくる」

「じゃあはっきり言うが、おまえ、ファリザード様となれなれしいぞ。分をわきまえないやつはそれ相応の待遇をされるものだ」

ペレウスは目を丸くした。

「ファリザード？　そ……そう言われても」

「あの方が許しているなら、それはまだいいとしても」

怒ったように口早になってヌールは続けた。

「だいたいおまえは何者なんだ。あの方の召使いには見えない。白羊族どもの仲間なのか。あいつらにはほんとに迷惑してるんだ。

連中は少し前までこの村に来ていた。一度出て行ったのにまた戻ってきて、俺たちの貴重な放牧地に馬を放してる。家畜をたくさん養える緑の草地がどれだけ貴重かわかってるのか」

正論で非難されてペレウスは詰まった。かれ自身は白羊族ではなく、まださほど長い付き合いでもなかったが、無関係とはいえない。白羊族にライオンの群れから命を救われたのが数日前である。

「おまえらなんてはやく出て行ってしまえばいい。ファリザード様は俺たちがちゃんとお守りしてイスファハーンに送りとどける。この村の人間にだってそのくらいできるんだ」

ヌールは言い捨てるときびすを返し、最後に一度ペレウスを肩越しににらむと、少年たちを引き連れて去っていった。


放牧地は村の北側の丘にあった。草地が丘の斜面をおおって、赤茶けた広大な砂漠に一点の緑を浮き上がらせている。白羊族の馬がいまはそこに放されていた。

「そいつは失敬な物言いをするガキだね。砂漠での緑の草地のありがたさを、遊牧の民のあたしらが知らないとでも思ってるのかい」

ペレウスから話を聞いて、白羊族長ユルドゥズは憤激した。

「放牧地を借りるぶん、この村に礼金は支払ってる。前の滞在のときも、今回もね！　そもそもこの村は今秋、山羊や羊をかなり売っぱらったばかりだ。あたしらはちょっと前、この村に羊を買い付けに来た隊商の護衛をして小金を稼いだもんで、よくおぼえてるんだよ……羊がいなくて伸びほうだいの草が無駄にならないよう、あたしらの馬に食わせてなにが悪い」

羊を売ったと聞いてペレウスは思い当たった。村内の囲いのなかにいる家畜は、かなり姿がまばらだった。そしてヌールら羊飼いの子供たちは、手持ち無沙汰の様子で村内に留まっていた。

「しかしユルドゥズ」一頭ずつ馬のひづめを点検していたクタルムシュが、顔をあげて指摘した。「たしか今回は、盗賊から守ってやる安全保障代を礼金からさっぴくと村役人に伝えていなかったか。あの村役人、渋い顔をしていたぞ」

「さっぴくのは当然だろうが。この坊やたちの話だと危険な盗賊が出没してるんだ。あたしらが野営してるおかげでそういう無法者どもが襲ってきても安全なんだから、この村はお得だよ」

しゃあしゃあとユルドゥズは言い放つ。だがそのあとで首をかしげた。

「とはいえねぇ……けちくさいこと言ったのはたしかにまずかったかもね。どうせイスファハーン公家が滞在費まるまる肩代わりしてくれるはずだし、豪気に金を撒いてやりゃよかったかもね」

ブラシを手にしたファリザードが鼻歌をやめてふりむいた。彼女はペレウスの話が終わるころに放牧地に現れて、愛馬黎明《サハール》に手ずからブラシをかけようとしていたのである。

「おいユルドゥズ、なんだそれはっ。おまえらには安くない護衛料を支払うことで話がついてるんだぞ。まだわたしの家からしぼり取ろうというのか、このごうつくばり！」

「なんだい、いいじゃないか。イスファハーン公家の蔵には金銀宝石がうなってるんだろ、あたしらが多少色をつけて請求したって蔵の底が見えてくるわけじゃあるまい。

この村の連中がどう文句言おうと、馬は草を食わなきゃならない生き物だ。そして傭兵ってのは銭をたらふく食う生き物なのさ。世の中の真理をひとつ知って賢くなったろう、嬢ちゃん」

「ほう。おもしろい生態だな。イスファハーンに帰ったら白羊族を宴に招いてやってもいいが、おまえの皿にだけは金貨《ディーナール》を油で揚げて出すよう料理人に言っといてやる」

「金は重いから齢をとるとちょっと胃にもたれてね……小粒の真珠《しんじゅ》のほうがいいね、呑み込んだふりして頬の内側にためて持って帰れそうだし」

ユルドゥズとくだらない口喧嘩をしているファリザードに、ペレウスはじっと視線を注ぐ。

『ファリザード様となれなれしいぞ』ヌールの憤った声が耳によみがえった。

忘れていたわけではないが、眼前のジンの少女はこの地一帯の姫君なのだ。ヘラス全土に匹敵するほど広大な、イスファハーン公領の。そしてヌールの目には、そのやんごとない妖王女《ビント・マーリド》に対し、異国人の少年があまりに不敬きわまる態度をとっていると見えたのだろう。

まじまじと見つめていると、視線に気づいたファリザードがぴくんと肩と耳をはねさせた。

「なんだペレウス。わたしの顔に何かついているのか」

「いや……きみたちって立派だなと思って」

「いきなりなに!?」

ペレウスとて、小さくも歴史ある国の王族だ。だから、民に敬意や愛情を抱かれることが、君主の一族にとってどれだけ理想的な状態かは知っている。ペレウスの父王はかつて言っていた。それら無形の財産は勝ち得るのが難しく、保つことはもっと難しいのだと。

居心地わるげにもじもじしている彼女に視線を注ぎながら、ペレウスは真面目に考える。

(ジン族であっても人族に対し良い統治を敷いているんだろうな、イスファハーン公家は)

「だ、だから、なんだっ……おい、さっきから視線……」

見つめられるファリザードの赤面の度が増していき、横に尖る耳がぴこぴこ上下に振れはじめた。

ペレウスはふとその様子に気づき、今度は彼女の耳を興味深く観察する。

(どうでもいいけれどこの耳ってときどき活発に動くな)

「ほんとになんのつもりだっ、こっちをじいっと見るのをいいかげんやめろぉ!」

ファリザードがとうとう音をあげる。彼女は黎明の馬体の向こう側に隠れ、そのまま手綱をひいて逃げていった。

さすがに無作法だったと悟ったペレウスは、彼女の後ろ姿から視線をそらす。

その先にヌールの姿を見た。羊飼いの少年は白羊族の馬群にまぎれて放牧地に入り、羊を率いていた。かれはペレウスをにらみつけて、おどすようにこぶしを突き上げて振った。

むっとしてペレウスはにらみ返す。

「ともあれ」様子を見ていたクタルムシュが話を引き取った。「この村の人間は、直接にはファリザード殿の乳母の領民ということもあるのだろうが、イスファハーン公家に対する忠義心が篤《あつ》い。われわれの彼女に対する態度が厚かましく見えるのだろう。

それに……どうもこの村は、勇武に重きを置く価値観のようだ。白羊族に身を守ってもらわずとも、いざとなれば自分たちの自警団でも賊を撃退できると思っているのだろう」

「あ……そうです」

ペレウスはヌールたちに囲まれたことを思い出しながらうなずいた。臆病者扱いするのかと言ってかれらは激怒したのだった。

「ふん、勇敢さと愚かさとは別だ。自分たちの実力を過信する素人ほど手に負えないものはないね」ユルドゥズが鼻を鳴らした。「たしかにこの村には空堀や石垣がある。ただの農民崩れの賊に襲撃された程度なら守りきれるかもしれない。しかし経験を積んだ兵士崩れの賊に対抗するには不十分だね」

（そのとおりだ。あいつらは城さえ落としたんだから）

ペレウスはひやりとした。

（砂漠をさまよっているときはひたすらこの村を目指してたけど……賊が先回りしてここにまで襲撃をかけていたら終わりだった。幸いそうじゃなかったけれども）

拾った命ということを噛み締め、ペレウスはもう少し慎重にふるまおうと自戒した。ヌールに突っかかられても受け流せばすむことだ、どうせ僕らはすぐにイスファハーンに帰るのだから……

「ひとつ耳、おまえちょっと来いよ。おまえの勇気を試してやる」

午後、椰子《やし》の葉をかぶせた村長の家に戻っていたペレウスを、壁にくりぬかれた窓から呼んだ者がいる。ヌールの顔を見てペレウスは眉を寄せた。

「どこに行けっていうんだ」

またぞろ大勢で囲まれてはかなわない。そう警戒したのだが、ヌールはペレウスの懸念を読み取って気色ばんだ。

「果たし合いで数をたのむ真似など〈勇者〉ヌールはしない！　ついでに言うと果たし合いでもな

い。どうだ、満足か。これでも怖がって出てこないならおまえこそ臆病者だ、女顔め」

「いいだろう。行ってやろうじゃないか」

売り言葉に買い言葉である。ペレウスは自重《じちょう》を放り捨て、胸を張ってずかずかと外に出た。

「いい度胸だ。その勇ましい態度が最後までもてばほめてやる」

ヌールはにやりと笑い、ペレウスの先に立って歩きはじめた。かれが村の門をくぐって放牧地に、さらにそこを通り抜けて砂漠に出るのを見て、ペレウスはちょっとためらった。が、けっきょく後をついていった。

夕方が迫っていたが、砂漠の砂はまだやけどしそうに熱かった。

「どこへ行くんだ、ヌール」

「おまえの勇気を試してやるといっただろ。おまえがファリザード様のおそばにいていいやつかどうか見極めなきゃ、俺たちの気がすまないんだ。

向こうに『すすり泣きの洞窟』がある。おまえをそこへ連れて行く」

「『すすり泣きの洞窟』……？」

「俺たちの村の成り立ちを含めて教えてやる。この村は、勇者たちの村なんだ」

歩きながらヌールは語り始めた。

「古代ファールスの暴君ラドゥヤーン泣言《なきごと》王は、即位した日から反乱におびえていた。かれの目には周囲の臣下は謀反《むほん》人か、そうでなければ謀反人から王を守ることができない弱虫どもに見えた。

そこで、王はいざというときの臣下の心がまえを試すと称して、領主や騎士たちをたびたび招集した。偽の軍事動員をかけて、自分の宮廷に呼びつけたんだ。

どんな遠くからであろうと十日以内に王の御前に駆けつけなかった者は斬られた。身分に応じて規定された兵数をともなえなければ斬られた。兵の武装を完全にととのえた状態で連れてこなければ斬られた。斬られた者の領地財産は没収され、王家の私有財産にされた。招集に応じなかった者はもちろん反逆者とされ、王の軍によって攻められ、滅ぼされた。

首がはねられるたびにラドゥヤーン王は『この首どもはみな、武人の心がまえがなっていない屑《くず》だった。おお、天下にまことの武人のなんと少ないことか。臣下に恵まれぬ余は不幸な王だ』とすり泣いた。

夜になるとかれは、木槌でその首を割って脳をつかみだして食べた。

暗黒の神《アンラ・マンユ》がラドゥヤーン王の心を暗黒の深淵に引き込んでいたんだ。

暴君の治世は八年続いて終わった。王の従兄弟《いとこ》で、常に完璧に王の招集に応えていたタフマースプ公が王を討った。あるとき十何度目かの招集でやってきたタフマースプは、美々しい甲冑に身を固めた自身の兵五十人を背後に、閲兵場《えつぺい》で王に対して進言した。この八年間、自腹を切っての緊急出陣がいかに国の戦士たちを貧しくさせたか、殺された戦士たちの遺族がいかに王を憎んでいるかを伝え、そして警告した。『このようなたわむれの招集を続ければ、いつかだれかが刃を手にして陛下の首を飛ばすでしょう』と。

ラドゥヤーン王はそれを聞いて泣きむせび、『おお、わが従兄弟すら謀反人の仲間であったとは。余はなんとかわいそうな王なのだ』と叫んだ。

王は控えていた近衛隊にタフマースプの首をはねるよう命じた。だがその瞬間、タフマースプ公は剣を抜いて五十人の兵とともに突進した。王の近衛隊五百人と激しく斬り合い……十倍の数の敵に斬り倒されるかと思われた。でもそうはならなかった。

招集をかけられて閲兵場にやってきていた八千の兵の全てが、かれらの勇気に心打たれて、いっせいにタフマースプに味方したんだ。五百対五十の兵力差は、五百対八千に逆転した。

こうしてタフマースプはラドゥヤーン王を追い詰め、先の警告を自分自身の手で実現した」

「その王が討たれたのは不思議じゃないが、討たれるまで八年もかかったのは不思議だな」

そのように評したペレウスをふりむき、ヌールは立ち止まった。

かれらの前に、巨人の墓碑さながらに大きな岩が転がっている。その岩の中央に、くりぬいたようにぽかりと穴が開いていた。穴はどうやら通路となり、地下へと続いているようだった。

「このあたりは、はるかな昔、そのラドゥヤーン王の八つ裂きにされた死骸が捨てられたところだ。かれは腐ってふくれあがり、一ファルサングも向こうから臭うほどの悪臭を放った。しかし禿鷲《はげわし》やジャッカルでさえかれの死骸を食おうとはしなかった。それこそが暗黒の神が黒い爪でラドゥヤーンの魂をがっちりつかんでいた証拠だった。

暗黒の神はラドゥヤーン王のばらばらの体を縫い合わせ、王の呪われた魂をつぎはぎだらけのむくろにふたたび入れなおし……ラドゥヤーンは食屍鬼《グール》となってよみがえり、地下に逃げた。それから千年、日の光の届かない洞窟の奥でラドゥヤーンはいまなお、呪われた第二の生を送っている。いずれ暗黒の神がこの地上を支配しに来るとき、かれは地獄の軍の先鋒《せんぽう》をつとめるため、泣きながら洞窟から這い出してくると伝わっている。

俺たちの村は、かれが邪神の軍勢とともに這い出してこないか見張るために、王となったタフマースプによって作られたんだ。タフマースプとともにラドゥヤーンを討った五十人の精兵が俺たちの先祖だ。千年がたって、唯一の神の教えに帰依したいまでも、俺たちは先祖に課せられた使命を忘れていない。それに、先祖が暴君に立ち向かった勇者たちであったことも忘れず、いまなお勇気をなにより重んじるんだ。

さあ、ここからが本題だ」

ヌールは岩にくろぐろと開いた大穴を指して告げた。

「村では、この洞窟に入って、いちばん奥の岩壁の前で『ラドゥヤーンのすすり泣き』を聞いてきた者は、先祖のように勇敢な魂を持っていると認められる。

嘘じゃない。奥に行けば岩の向こうから聞こえるんだ。あのおぞましい音が……」

ヌールは一瞬、おののく表情を浮かべた。首をふって気をとりなおしたように、

「何人もこの洞窟に挑んだが、たいていは大人ですら恐ろしさのあまり途中で引き返してくる。ラドゥヤーンは洞窟の半ばまで出てくることがあると言われてるからな。人間が運悪くそこに居合わせると、捕らえて頭を叩き割り、泣きながら獲物の脳みそをすするって話だ。

けれど、俺は行った。いまよりずっと幼かったときにこの洞窟に挑み、奥まで達した。だから俺は〈勇者〉ヌールと周りに呼ばれてるんだ。

ひとつ耳、その俺を臆病者呼ばわりしたおまえはどれほどのものなんだ？　まさか踏み込めもし

ないってことはないだろうな」

見え透いた挑発だった。しかし、乗らなければヌールはペレウスをさんざん馬鹿にするだろう。ペレウスは、賢明さよりも誇りのほうをしばしば優先する少年だった。ヌールの言葉に歯を食いしばり、かれは決然とした足取りで洞窟に向かった。

「おっと、明かりを持っていけ。このなかは真っ暗闇で、さすがに明かりなしじゃ進めないからな」

入る直前に、ヌールが火のついた燭台を渡してきた。

「それと、もしも奥まで行けたなら、証拠を残してこい。俺は昔行ったときに、短剣で奥の岩壁に印を刻んできた。

その短剣は洞窟のいちばん奥にまだ置いてある。それを使っておまえも岩を彫れ。

ただ……言っておくが、なにがあっても絶対にその短剣を外に持ち出すなよ。絶対にだ」

いやに真剣にヌールは念を押してきた。ペレウスは燭台を受け取りながらうなずく。

「わかった。短剣を見つけてもけっして持ち出しはしない」

手燭を受け取ってペレウスは洞窟に踏みこむ。闇がたちまちかれを包んだ。

下向きに傾斜のついた洞窟のなかは、ひんやりと肌寒かった。

壁や足元はごつごつして起伏に富み、気を抜くと岩のでっぱりにつまずきそうになる。蠟燭《ろうそく》の火がゆらゆらと揺れるたび、岩の陰影が複雑にかたちを変えた。

しばらく行ったとき、しゅるっと足元で細長いなにかがのたくった。ぎょっとしたペレウスは火で照らして、そいつが白い小さな蛇であることを知り、冷や汗をかいた。

（だれも来そうにないこんな地下で、毒蛇やサソリを踏んで動けなくなったら目も当てられない）

地上に戻るべきか思案したが、ヌールのあざけりを想像したときその選択肢は消えた。

勇敢さと愚かさをはきちがえているのはたぶん僕も同じだな、と自覚して自嘲しつつ、ペレウスは闇の深部へ進んでゆく。

（それにしても、暗黒の神か。その名をこの村でも聞くなんて）

ペレウスたちを襲った賊が信じていたのもその神だった。

（唯一神教を受け入れながら、古代から伝わる邪神の存在も疑ってないって、このあたりの宗教はどうなってるんだろう……暗黒の神が正しい神じゃなくて悪魔のようなものだと伝わってるからあまり矛盾しないんだろうか）

考え事にふけりながら歩み……かれはぱたりと足を止めた。そこは入り口の岩とよく似た黒い大岩が、頭上から通路にせりだしている場所だった。

蠟燭の火が大きく揺らいで、嗚咽のような音が聞こえてきたのである。

〈おおおおおおお……おおおおおお……〉

ぞわっとペレウスの首筋の毛が逆立つ。泣くような声は洞窟のさらに奥のほうから流れてきていた。ペレウスは後じさりかけたが、奥歯をぎりっと嚙み締めて踏みとどまった。

（逃げてたまるか。ヌールは声が聞こえると言っていたじゃないか。まちがいなくそれがこれだ）

ヌールはこの音を聞いて帰ってきた。だからたぶん僕もだいじょうぶだろう、とペレウスは自分に言い聞かせた。

（いちばん奥へ行って、かれの言っていた短剣を見つけなければ）

身を少しかがめないと大岩の下はくぐれなかった。

通路がどんどん狭くなるにしたがって、すすり泣くような音は少しずつ大きくなっていく。ペレウスは武器を持ってくればよかったと後悔しはじめた。いまからでも遅くはないかもしれない、引き返すべきだろうか？

切れ切れの音の合間に、ぴちゃんぴちゃんと水滴のしたたる音が混じりはじめた。

これはラドゥヤーン王の涙の音なのだろうか？　ペレウスは暗闇のなかで眉を寄せ……突如として目の前に拡がった光景に息を呑んだ。

（――あ。すごい）

ひょうたんのくびれた部分を抜けたかのように、通路がふたたび広がっていた。否、もうそこは信じられないほど広大な岩の広間になっていた。そして、水が広間の下半分を満たしていた。

地底の湖がペレウスの前にあった。

鍾乳石が天井から垂れ下がり、水滴がぴちゃぴちゃと暗い水面にしたたっていた。

ペレウスは風の流れを感じた。〈おおおお……〉かかげた蠟燭の火が届かない湖の向こう側から、あの音が流れてきた。

ペレウスは気づいた。

（そうか、この音の正体は水と風だ。あの村は井戸水を利用できていたし、緑豊かな放牧地がまわりに広がっていた……豊富な地下水が地表のすぐ下にある証拠だ。

水は岩を穿《うが》ち、穴を開けてここに湖をつくった。その穴から風が出入りするとき、こんなふうにすすり泣きの音に聞こえるんだ)

ペレウスはほっとして頬をゆるめた。

(わかってみればどうってことはない……あれ、でも、ヌールの話とぜんぜん違うな。行き止まりに岩の壁があるんじゃなかったのか。水がたまってこの湖ができたのはごく最近なのか?)

……バシャンと湖の中央で大きな水音がした。

ペレウスの頬がふたたびこわばった。明らかになにか大きな生き物が立てた音だったのである。

(魚だ、きっと)

かれは身をひるがえして通路を戻り始めた。かれの好奇心はこの湖をもっとよく調べるようせっついていたが、かれの理性はいったん戻るべきだと警鐘を鳴らしていたのである。

帰り道、ペレウスは逃げるように足早に歩いた。謎は解けたにもかかわらず、不気味な気配が背後にまとわりついてくるように思えたのである。

通路の上部を半分ふさいだ大きな岩のところに戻ってきて、そこをふたたびくぐったときだった。

「うわあっ!」

目の前に明かりを手にした人影があり、そいつが恐怖に満ちた叫び声を上げた。あやうくペレウスの心臓ものどから飛び出しそうになる。

「なっ、だ、誰……ヌール?」

「おまえ……おまえ……」

ヌールは顔をひきつらせ、青ざめていた。かれは唇をわななかせてわめいた。

「なかなか戻らないと思って見に来たら……なにやってるんだ、どこに行ってたんだよ！」

むっとしてペレウスは言い返した。

「たいした言い草だな。きみの言うとおりに奥の行けるところまで行ってたんだ。湖になっていて短剣のところまでは進めなくなっていた。まさかこの肝試しは泳ぐことも必須だというのか？」

「湖なんか知らない、俺の言っていた奥はここだ！　この場所だ！」

つかの間、沈黙がかれらをとらえた。ペレウスは当惑して目をしばたたいた。

「……ここ？」

「この大きな岩だ……前はこいつが下に落ちてて、通路をふさいでたんだ。岩の表面に俺の彫った印があるじゃないか。そこらに短剣も落ちてるはずだ……もっとよく見ろよ馬鹿野郎」

ヌールの震える指が大岩を指さす。ふりむくとたしかに『×』の印が岩に刻まれていた。

ペレウスは混乱しそうになった。なんとかしてこの現象に説明をつけようと頭をひねる。

「……そういえばミュケナイの王宮の図書室で、読んだことがある。大地も変化することがあるのだと。平地が盛り上がって丘になったり、逆に山が爆発して欠けて湖になったり……それに比べれば、岩ひとつ動くくらいは不思議じゃないかも」

「なに寝言ほざいてるんだ、この岩だけが天井にするする引き上げられたというのかよ！　ラドゥヤーンが押し上げて這い出てきたにちがいない……は……はやく戻ろう」

おびえきったヌールが地団駄をふみながら言う。

それに答えようとして、――ペレウスは驚愕に叫んだ。目の前の岩の下から何者かが飛び出してきて、かれのズボン《シャルワール》の裾を強くひっぱったのである。すさまじい力だった。足から引き倒され、床に転がったペレウスの手から手燭が飛んだ。

(地底湖からあとをつけられていた――)

そうと悟りながら、ペレウスは倒された状態からとっさに思いきり蹴たぐった。そいつはかれから離れたが、逃げたわけではなくただ驚いて距離をとっただけに思えた。

ほんのつかの間、四つん這いになったそいつが、濡れてぶよぶよとした白い皮膚を持っているのが見えた。襲撃者は裸だった。

「ヌール！　こいつを照らせ」

ペレウスは顔を歪めて叫んだが、無駄だった。固まっていたヌールの手にした蠟燭もまた消えた……今度は襲撃者ではなく、突風のしわざだった。〈おおお、おおお……おおおおお〉それまでよりはるかに大きなすすり泣きの音が響き、通路を駆け抜けてきた一陣の風がヌールの火をかき消したのである。

ヌールの悲鳴が闇に響いた。

それから倒れる音と短い苦痛の叫び……どうやら浮足だったかれは、動こうとして転んだようだった。襲撃者の気配が、とつぜんペレウスから離れてヌールのほうに向かった。

今度のヌールの絶叫は、さっきよりはるかに恐怖にまみれていた。どたばたと格闘する音が聞こえた。

「やめてくれ！　近寄るな、あっちに行け――食わないでくれ！」

（ヌールが襲われている。この敵は闇のなかでも行動できるんだ）

焦ったペレウスは立とうと手をついた――手に触れる冷たい感触があった。砂埃《すなぼこり》にうずもれた、細長くなめらかな金属の感触……

短剣。

無我夢中でペレウスはそれをまさぐった。叫びをたよりにして、格闘するかれらに近づき、ヌールにのしかかった襲撃者をなんとか刺すつもりだった。だが、あわてすぎて、つかんだ手のひらの皮に痛みが走った。異様に鋭利な刃をつかんでしまったのである。

皮肉にも、それが少年たちを救った。

手の傷から出たペレウスの血が刃に触れたとき、洞窟内がほの白く照らされた。

短剣の刀身が輝きを放ちはじめていた。

（なんだこれ。それに、この短剣の羽のような軽さ……）ペレウスは目を丸くした。（これ、ダマスカス鋼じゃないか）

魔法の刃が生み出した魔法の光はぐんぐん強さを増していた。白く、明るく、炎か太陽のように暖かく。永遠の夜に閉ざされているかと思われた洞窟に、いまや真昼が訪れていた。

ヌールにのしかかっていた襲撃者の全貌が照らしだされていた。

「……なんだ、こいつは……」

かかげた短剣の光でそいつを照らしながら、ペレウスは呆然とつぶやいた。

（蜥蜴《とかげ》、なのか？　でも大きすぎる……それに眼がない……）

ペレウスと同じく呆然としているヌールの胸の上に、真っ白い大蜥蜴がいた。四肢は太く強靱そうで、胴回りは少年たちと同じほどもあり、尻尾を含めて体の長さは二ガズ（約二メートル）はあった。だが蜥蜴にしては鱗《うろこ》がなく、乳色の肌はぶよぶよとした見かけで、なにより眼球がなかった。のっぺりした白い皮膚が、眼のあるべき場所をおおっていた。

盲目の怪物はヌールを押さえつけたまま、ペレウスのほうに頭部を向けた。威嚇するように開かれた口のなかは真っ赤で、釘を並べたかのような鋭い歯列があった。灰色の長い舌がでろりと醜く垂れ下がった。

ペレウスは輝く短剣の切っ先を怪物に向け、じりじりと迫った。目がないにもかかわらず、そいつは光を感じて嫌がっているように思えたのだ。はたせるかな、怪物は短剣が近づくと、図体に似合わずすばやくヌールの上からとびのいた。

ペレウスがさっと道を開けると、怪物はいちもくさんに大岩の下にとびこんだ。湖の方向へ、四つの足でばたばた駆ける音が遠ざかっていった。

「あの短剣は、洞窟の外に持ちだせないように古代の魔法がかかってるんだ。一度持ちだそうとした盗人がいたが、外に出る直前に短剣は発火し、盗人の手を焼いて地面に落ちたらしい」

地底湖の怪物から助けられ、ペレウスとともに外に出たあと、ヌールは恥じ入ったように黙りこくっていた。かれがようやく口を開いたのは、日が完全に沈む前だった。

（ダマスカス鋼の刀には魔法がこめられている）

ペレウスは洞窟に残してきた短剣を思い返す。刀身は土埃《つちぼこり》にまみれてこそいたが、ぬぐうと錆《さび》ひとつなく艶々《つやつや》としていた。しかし血をいっしょにぬぐってしまったためか、光は徐々に消えていった。そのため、ペレウスたちは視界をとざす闇のなかに取り残され、戦々恐々としながら入り口に向かうはめになった。手で壁に触れて伝ってゆくことで、どうにか外に出られたのである。

「短剣には、暗黒の神と対立する〈炎と光輝の神〉の力がこめられているという話だ……『勇者の血を刃に受ければ、夜を真昼に変える』短剣だと言われていた。ひとつ耳、おまえがさっきそれを証明したとおりだな。

俺たちの先祖はあの短剣を洞窟に置くことで、ラドゥヤーンが出てこないようにしたんだ。

ラドゥヤーンか……ああ……くそう……あいつラドゥヤーンの化身だったと思うか？」

放牧地のはずれで、少年ふたりは石に腰かけている。どんよりと沈んでいるヌールの口ぶりを気にしつつも、聞かれたペレウスは少し考えた。

「率直なところを言ってよければ、僕には、あれは水に棲《す》む蜥蜴の変種に見えた。尋常でなく大きかったし不気味だったけれど、ただの動物じゃないかな」

「だよなあ！」ヌールはうつむけた顔を手のひらでおおった。「あとから考えると絶対そうだ。なんてことだ、俺は勇者の称号返上だ。恥知らずにも逃げだしかけて、足がもつれてすっ転んだあげく、蜥蜴ごときにあんなぶざまな悲鳴をあげてしまった」

ヌールは際限なく落ち込んでいく。伝説の魔物の幻影におびえて醜態をさらしたことを、羊飼いの少年は気に病んでいるようだった。

言葉の選択に迷い、ペレウスはぽりぽりと頬をかいた。

「ヌール、あれはどう見てもこっちを餌とみなしてた。ひどく凶暴で性悪な生き物だった。いるかいないかわからない伝説の魔物よりも、現実に存在する猛獣のほうが危険だと僕は思う」

それに、とペレウスは続けた。

「なかなか戻らない僕を心配して洞窟に入ってきてくれたんだろう。だから僕はきみの勇気を認める」

ヌールは顔を上げ、ぽかんとしてペレウスを見つめた。信じがたいことを聞いたかのようにかれは尋ねてきた。

「俺の勇気だと？　あ……あんな姿を見せたのに？

俺は、おまえが奥のすすり泣きを聞いたら、岩に印を刻むどころじゃなくすぐ逃げ戻ってくると思っていたんだ。それを笑いものにするつもりだった……でも、おまえはずっと先に行っていた。おびえる姿を見せたのは俺だけで……」

「たぶん、ラドゥヤーン伝説は僕のようなよそ者より、きみたち村の少年のほうに強く恐怖を与えるんだ。幼いころから植え付けられた恐怖というのは、他国人にはわからない根深さがあるだろうから。

たしかにきみはおびえていた。でもきみは怖がりながらも洞窟に入ってきてくれたし、待っていてくれた。それを勇気と言うのだと思う」

「……俺の醜態を、村のみんなに言いふらさないのか？」

「『きみに誘われて、ふたりで肝試しに洞窟に入った。奥をふさいでいた岩の位置がずれていた。危険な動物が出るようになっていた。短剣のおかげで助かった』こういった事実は大人に報告する。実害が出かねないんだから黙っているわけにはいかないだろう。

でも、僕がしゃべる必要があるのはそれだけだ」

次の日。

「いいかおまえら。ひとつ耳を二度と馬鹿にするな。そんな奴は俺がはったおしてやる」

井戸端で、村の少年たちを集めたヌールが、ペレウスの袖をひっぱりながら宣言した。

一日でなにが起きた？　と少年たちが困惑の視線をペレウスに浴びせてくる。ペレウス自身も困惑して立ち尽くしている。

（昨日のファリザードの気分がわかった。じろじろ見つめられたらたしかに落ち着かない）

「こいつはすごい奴だ、俺よりずっと勇気がある。洞窟の短刀を使って怪物を追い払ったんだ。それに、昨日の夜に親父と村長殿から聞いたが、こいつはファリザード様を賊や猛獣から何度も守ったんだぞ。ファリザード様がこいつと親しげになさっていたのは、理由があったわけだ。俺は勇者の称号をこいつに渡したって惜しくない。

だから俺たちは認め合って親友になったんだ。だろう、ひとつ耳！」

誇らしげにヌールはペレウスを振り返った。その顔には青いあざができている。よそ者を洞窟に入れたことで村長か父親にぶん殴られたのだろう。

「うん……そうだね」

口ごもりながらペレウスはとりあえずうなずいた。調子のいい奴というより、ヌールは根が素朴な少年なのだと思われた。だから、友人になるのは別に不服ではなかった。

「俺、もう少し大きくなったらイスファハーンに行って兵士に志願するつもりなんだ」

ほかの少年たちと別れたあと、ヌールは羊を引き連れながらペレウスの横に並んだ。かれは胸を張ってペレウスに満面の笑みを向けた。

「ほんとうは、数日後におまえらといっしょにイスファハーンに行かせてくれと頼んだんだ。でも親父は駄目だといってきかない。しょうがないから来年になるまで我慢するさ……来年には十三歳、いちおう成人したと見なされる齢だから、そうなったら親父が反対しても家を飛び出してやる。だからおまえとまた会うのはそのときになる。

そうだ、そのときはおまえも俺といっしょにファリザード様の近衛を目指さないか？」

「いや、それは」

さすがにそうなることはないだろう。ペレウスは苦笑して首をふった。

「なぜだ？　あんな美しい方に剣をもって仕えるのは素晴らしい栄誉じゃないか」

本気でわけがわからないという表情をヌールは見せた。ペレウスはかれとのあいだにいちじるしい乖離《かいり》を感じる。あの生意気で皮肉屋で天真爛漫《てんしんらんまん》なジンの少女への認識について。

「ヌール……きみ、ファリザードと話したことは？」

「そんな、おそれおおい」ヌールはぱっと顔を赤らめた。「あの方は昔からたまにこの村においでくださる。だから、俺たち村の子供も、ふとしたはずみに向こうから優しいお言葉をいただいたことは何度かある。

けれど、御前に出るとみんな胸が詰まってなにも言えなくなるんだ。なんというか、そこいらの女の子とはあまりにも別格すぎて……天女《フーリー》とはああいう姿をしておられるんだろうな」

「あ、ああ、そうか……」

昨晩のファリザードをペレウスは思い出す。夕食で出された鶏の串とイチジクと柘榴《ざくろ》のジュースをつめこみすぎて、丸く張り詰めた腹を抱えてうめいていた。ちょっと後にもう一度見てみると、眠くなったらしく猫のようにじゅうたんの上でごろごろしていた。さらに少しすると完全に寝入っていて、しかも四角いクッションを抱きかかえてその角に噛み付いていた。夢のなかでまだ食べているのか幸せそうにむぐむぐ咀嚼《そしやく》しており、あふれでるよだれをクッションに吸わせていた。

この村の少年たちの幻想を壊すことはない、とペレウスは無言で記憶にふたをした。

そんなペレウスの様子に気を留めず、ヌールは横で急に不吉なことを口にした。

「だいいち、ひとつ耳、これからきっと良くないことが起きるぞ。俺たちはファリザード様を守らねばならないと思うんだ」

けげんそうに眉をひそめるペレウスに、かれは言い聞かせてきた。

「あの大蜥蜴――唯一神がやつを呪いたまわんことを――はたぶんふつうの動物だ。だが、通路をふさぐ岩が上がっていたことはどう説明する。大地のありようも変わることがあるとおまえはいったが、俺は納得していない。そんな変化が起きれば洞窟ごと崩れていたはずだ」

笑い飛ばすには、ヌールの表情は深刻すぎた。そして、ペレウス自身もその点についてだけは不可解なものを感じていた。ヌールがいちだんと声を低める。

「魔物はいたんだ。そいつは、封印の短剣の力をついに凌駕《りようが》して岩を押し上げ……たぶん、とっくに去ったんだ。暗黒の神に仕えるために。だから、ひとつ耳、俺はおまえのような本物の勇者を目指そうと思う。今度はおまえといっしょに戦える男になるんだ」

戦と魔法と、火と闇の時代がやってくる。

黒髪 まゆげ
黒目
12才
ペレウス①
服大きめ
普段はヘラス服で、
これはファールス風
色白
最初は筋肉なし↓
着やせする
筋肉へ

ペレウス　ラフ

サー・ウィリアム
ラフ

ジンニスタンお楽しみ頂けましたか？
これから彼らがどういう道を辿ってどういう
決着がつくのか私も楽しみです。

それにしても今回、キレイどころを入れる
隙間がなく残念すぎましたので、ここで
ゾバイダさんを描かせて頂きます。

では次巻もお楽しみに…。

2015中島鯛

天然で、何を考えているか判らなくて、
日々街に出ては無銭飲食をして暮らす
黒髪の美少女パエリア。
彼女は、
究極で最強の
大魔王だった!?
藤孝剛志
Tsuyoshi Fujitaka
イラスト・瑚澄遊智
Yuuchi Kosumi
大魔王が倒せない
Nobody beat DAIMAOH!
1 大魔王 対 大魔導師

美少女大魔王の華麗な戦いと
ユーモラスな日常が始まる！
藤孝ワールドの原点が、
華麗なる絵師・瑚澄遊智との
コンビで書籍化。
web連載版から大幅に加筆し、
ぶっちぎり最強の大魔王コメディがついに登場！

おちこぼれ魔法使いが研究の果てに作り上げたのは
チートで最高なスライム少女だった。
彼女の存在がきっかけとなり、妖精や精霊や黄金竜
とも大トラブルに⁉
スライムを愛する魔法使いが、仲間を得て新たな世
界へと歩み出す！
100万人が楽しんだ
人気作が、
大幅な加筆・改稿と
新規書き下ろし
中編を加え
待望の書籍化。

スライムなダンジョンから
天下をとろうと思う。
Magi, and his Slime's Dungeon
再藤・・・・・Saitou
イラスト・椎名優・・・・・You Shiina

# ジンニスタン　1　砂漠と海の物語

発行 ―――――――― 2015年2月13日　初版第1刷発行

著者 ―――――――― 二宮酒匂

イラストレーター ―――― 中島 鯛

装丁デザイン ―――――― 百足屋ユウコ（ムシカゴグラフィクス）

発行者 ―――――――― 幕内和博

発行所 ―――――――― 株式会社 アース・スター エンターテイメント
〒150-0036　東京都渋谷区南平台町 16-17
渋谷ガーデンタワー 11F
TEL：03-5457-1471
FAX：03-5457-1473
http://www.es-novel.jp/

発売所 ―――――――― 株式会社 泰文堂
〒108-0075　東京都港区港南 2-16-8
ストーリア品川 17F
TEL：03-6712-0333

印刷・製本 ――――――― 株式会社 光邦



ISBN 978-4-8030-0685-8